ソードアート・オンライン オルタナティブ

グルメ・シーカーズ

Sword Art Online Alternative
Gourmet Seekers

著 Y.A
イラスト／長浜めぐみ
原案・監修／川原 礫

2

SWORD ART ONLINE

《食の探求団》
ユズ

Sword Art Online Alternative
Gourmet Seekers
《グルメギャング団》
カポネ

ヒナ 安達陽菜
ユズの姉にして、大手飲食
チェーンの社員。経験を生かして、
《食の探求団》の参謀と財務を担当。

ユズ 安達優月
両親の経営していた
食堂を再建するのが
夢の高校生。

ロック 荒川巖
お酒好きな
グルメレポーター。
職業柄、料理の知識は豊富。

チェリー 星野桜子
お菓子作りが趣味の主婦。
《食の探求団》のお母さん的
ポジション。

ソードアート・オンライン オルタナティブ

グルメ・シーカーズ

Sword Art Online Alternative
Gourmet Seekers

2

著 Y.A
イラスト／長浜めぐみ
原案・監修／川原 礫

SWORD ART ONLINE

プロローグ×牛肉料理

「見事なステーキ被《かぶ》り……。他の料理人プレイヤーたちは、どうして別の料理を作らないのかな？」

「ステーキは高いってイメージがあるから、値段を高く設定しやすい。パン、スープ、サラダ、デザートとつければさらに価格を上げられる。ここ第二層は牛エリアで食材の牛肉は手に入りやすいし、ドロップ品を他のプレイヤーから安く仕入れることも可能だもの。そりゃあ、手を出すでしょう」

「お肉を焼けばいいから、料理スキル熟練度が低いプレイヤーでも手が出しやすいものね。肝心のお味は……ピンキリでしょうけど」

「ステーキの場合、見た目で味の差がわかりにくいしな。ましてや、ここはゲームの中なんだから余計にそうだ。それはつまり、料理スキル熟練度が低い料理人プレイヤーでも、料理スキル熟練度が高いプレイヤーと勝負がしやすいってこと。ただ数日もすれば味はバレて、閑古鳥が鳴いている屋台もあるけど」

無事に、アインクラッド第一層を脱した僕たちは、草原と岩石のサヴァンナステージである第二層に上がった。フロアボス討伐にはなんら貢献していないけど、新しい階層に行けるのも、攻略集団のおかげだ。

《転移門》がある街《ウルバス》は、巨大なテーブルマウンテンをくり抜いて作られている。

その広さゆえか、僕たちも含めて多くのプレイヤーがここを拠点としており、商売相手には事欠かないが、ライバルである料理人プレイヤーも増えつつあった。

今日も僕たちは、限定クエストで苦労して手に入れた《エブリウェア・フードストール》を使い、お客さんに料理を売っている。

新しいメニューを増やしたのが功を奏して、売り上げは順調だ。

だが、その近くには暇そうにしている料理人プレイヤーたちの屋台も見かける。

まだ第二層だからか、お店を購入したり借りた料理人プレイヤーはいないようで、組み立て式だったり、木製の荷車にのせた屋台で料理を売る人たちだ。

フィールドに出てモンスターと戦うとなると、どうしたって命を落とすリスクがある。

フィールドに出ずに生き残る手段として、僕たちの成功例を真似《まね》た料理人プレイヤーも最近増えてきたのだった。

ただこれらの屋台は重すぎて、《エブリウェア・フードストール》のようにストレージに仕舞うことができない。

そのため、他の村や町への移動がかなり困難なはず。

彼らも僕たちと同じ料理人パーティーだから、屋台を引き、守りながらモンスターと戦って移動する戦闘力はないはずだ。

新しい食材を手に入れるためにフィールドを移動したり、モンスターを狩ったりする時には、どこかに預けるか、長期移動の際には手放さないといけないかもしれない。

それらのデメリットがない《エブリウェア・フードストール》を手に入れた僕たちは、その幸運を噛《か》み締《し》めながら料理を売っていた。

「……こんなものかな？」

「ロックさん、どうですか？」

「ついに《正確さ》を＋4にした、《インサイシヴ・キッチンナイフ》でカットと筋切りをしたから、硬くて食べられないってことはないと思うが……。はいよ」

一人炭を熾《おこ》して串焼きを焼いていたロックさんから、僕たちは試食用として《牛串》を一本ずつ手渡された。

このところ新メニューが本格的な料理に偏っているので、初心に返って気軽に食べられるメニューをロックさんが開発しているところだ。

入手が比較的簡単な《トレンブリング・オックス》の肉を、限界まで強化した《インサイシヴ・キッチンナイフ》で丹念に筋切りしてからひと口大にカット。

これを串に刺してから焼き、食べ歩きが可能なようにする。

ヒントはお祭りの屋台で売っている牛串で、炭が真っ赤に燃えた焼き台の上でロックさんが一生懸命試作品を焼いている。

火力が強いからといって、ＳＡＯ《ソードアート・オンライン》の世界で汗が噴き出すということはないけど、ロックさんは頭にどこからか手に入れた布をハチマキのように巻いており、誰が見てもお祭りの屋台の店主に見えると思う。

「どうだ？　ユズ」

「いいですね。屋台の串焼きを思い出します」

ＳＡＯにログインした日、姉ちゃんと食べたモンスター肉串よりも柔らかくて食べやすい。

料理スキル熟練度の上昇と、他のプレイヤーが集めた素材を料理と交換してもらって限界まで強化したインサイシヴ・キッチンナイフのおかげだ。

硬さと筋が気にならないといえば嘘《うそ》になるけど、安く売るのでその辺は値段相応だと思ってほしい。

できれば醤油《しょうゆ》と味噌《みそ》ベースのタレが欲しいところだけど、ないものねだりをしてもしょうがないので、岩塩とハーブ、香辛料を組み合わせて『クレイジーソルト』っぽいものを作って振りかけてあるが、これも悪くないな。

肉本来の味がわかりやすく、獣臭さも消してくれるのだから。

「ヒナさんはどう思う？」

「値段相応だと思いますよ。今後、レアリティの高いお肉で串焼きを販売する時は、もっと値段を上げればいいんですから」

「ならば試しに売ってみるか！　《トレンブリング・オックスの串焼き》は一本20コルだ！　オヤ

ツ代わりに食べるのもよし、他の料理につけるのもよしだ」

ロックさんが《牛串》を売り始めると、物珍しさから早速購入するお客さんが現れた。

「他の屋台のステーキは高いから、お金がない時はこれでいいかな」

「多少肉の硬さは気になるけど、ステーキなのにこれよりも硬かったり、筋が気になる肉もあるからなぁ。十分良心的だろう」

「夏に、お祭りの屋台で買って食べた牛串を思い出す。一緒に食べた元カノ、元気かなぁ」

牛串は、お客さんたちに好評だった。

次々と売れるので、ロックさんは焼き台から離れずに牛串を焼き続けていた。

「ステーキは高いけど、第二層ならではの味を気軽に味わいたい。そこでこの牛串ってわけね。

ロックさん、よく思いつくなぁ」

「年の功ってやつだな。チェリーさん、そっちはどうかな?」

「デザートはよく売れているわ。残念だけど私たちの戦闘力では《トレンブリング・カウ》のミルクを手に入れることができないから、生クリームじゃなくて、《牛乳クリーム》だけど。これもサッパリしているけど評判は悪くないわ」

チェリーさんが作った《牛乳クリーム》とは、牛乳をゼラチンで固め、これを《ハンドミルサー》で根気よく攪拌《かくはん》していくと、ホイップした生クリームに近いものができるというものだ。

ちなみにゼラチンは、現実世界においても、牛の骨や皮から作られている。

大量にポップする牛モンスターから材料を手に入れられるようになったので、二層ではゼラチンがより《調合》しやすくなって嬉《うれ》しい。

僕が不勉強で牛乳クリームを知らなかったんだけど、動画配信サイトで作り方も紹介されているようだ。

生クリームほど脂肪分がないので味はアッサリしているが、想像以上に生クリームっぽいので、生クリームを手に入れるまでの繋《つな》ぎとして売り上げに貢献していた。

特に人気なのは、ジャム黒パン、ゼリーにオプションでのせることだ。

できれば、一日も早く濃厚な生クリームを手に入れたいけど。

「他のプレイヤーたちも、現時点で《トレンブリング・カウ》を倒せる人はとても少ないから、買い取りもできませんしね」

「濃厚な生クリームが作れる《トレンブリング・カウ》のミルクの入手は今後の課題として、《牛乳クリーム》を使った菓子パンを作ったわ」

チェリーさんが試作したのは、黒パンに切れ目を入れ、そこに『これでもか！』と大量の牛乳クリームを詰め込んだ《マリトッツォ風牛乳クリームパン》であった。

「《トレンブリング・カウ》のミルクを使わない分、かなりのお買い得品よ」

チェリーさんが、切り込みを入れた黒パンに牛乳クリームを詰めていると、それを目撃したプレイヤーたちが集まり、《マリトッツォ風牛乳クリームパン》は飛ぶように売れていく。

「牛乳とゼラチンで泡立てたクリームかぁ。生クリームよりもサッパリしているけど、沢山食べられちゃう」

「私にもください。《トレンブル・ショートケーキ》は高いけど、こっちなら気軽に食べられていいわね」

「俺はお酒が飲めないから、甘い物が食べられると嬉しいな」

ＳＡＯでは数少ないとされる女性プレイヤーが多く集まり、他にもお酒よりも甘い物が好きな男性プレイヤーも嬉しそうに、《マリトッツォ風牛乳クリームパン》を頬張っていた。

「売り上げは順調に増えているけど、一品メインになる料理が欲しいところね。ステーキはレッドオーシャンすぎるけど……」

「どうしてみんな、同じ料理を出してお客さんを分散させちゃうかな？」

お客さんが少なくて暇だからって、こちらに恨めしそうな視線を送り続けないでほしい。

「うちで出している、別の料理を真似すればいいのに……」

「ユズはそう言うが、俺なりに分析したところ、彼らが多彩な料理を提供するのはかなり難しいと思うぞ」

彼らだって順調に料理スキル熟練度は上がっていると思うし、むしろ僕たちよりもゲームに慣れているから、美味《おい》しく、多彩な料理を出せると思うんだけど……。

「料理人プレイをしているとはいえ、彼らは元々戦うのが基本のゲーマーだろう？　さらに若いから、普段料理なんて滅多にしないはずだ。料理人になるべく、子供の頃から料理をしていて今もアルバイトで修業をしているユズ。飲食チェーン店を複数経営している会社の企画部で働いているヒナさん。スーパーの惣菜《そうざい》コーナーで働きながら主婦もしているチェリーさん。昔は飲食業界で働いていて、今はグルメレポートで食べている俺。その経験が、ＳＡＯ内での料理にかなり役立っているんだろう。同じ試行錯誤するにしても、ヒントがある俺たちの方が答えに辿《たど》り着きやすいはずだ」

ＳＡＯはリアルに近いからこそ、現実世界での調理経験や料理の知識が参考になる。

普段料理をしないプレイヤーたちは、そこの知識がないから失敗が多く、真似したくても挫折してしまうのかも。

ロックさんの言葉には説得力があるな。

「だから簡単に作れる料理……この場合ステーキね……をみんな、同じように作って売るのかもしれないわ。とにかく簡単な料理でも作り続けて料理スキルの熟練度を上げれば、新しい料理へのハードルが下がるかもしれないもの」

「チェリーさん、それだよ」

だから他の料理人プレイヤーたちは、判で押したようにステーキを売っているのか。

「ならば僕たちは、ここで油断することなく次々と新しい料理を開発する必要がありますね」

「そうねぇ。せっかくの牛エリアだから、やっぱり牛肉を前面に押し出すメインの料理が欲しいわね。ユズ、今夜は作戦会議と料理の試作よ」

「姉ちゃん、新しく売り出す、牛肉を前面に押し出した料理って……」

「それは今夜試作してのお楽しみね」

そういえば数日前、《グルメギャング団》を名乗るパーティーに宣戦布告されたりもしたので、ステーキじゃないメインの牛肉料理を考えないと。

だって僕たちは、現在一つしかない《エブリウェア・フードストール》を持ち、料理人プレイヤーの先頭を走る《食の探求団》なのだから。

第一話　トレンブル・ショートケーキ

「あれ？　早速今夜は、ステーキじゃない新しいメニューの開発をするんじゃなかったの？　こっちは宿の方角じゃないけど……」

本日の屋台営業も無事に終わり、《エブリウェア・フードストール》を畳んだ僕たちは、このところ毎日利用している常宿を目指して夜のウルバスを歩いていた。

すでに夜の帳《とばり》は下りており、外で戦っていたプレイヤーたちの大半は街に戻っている。彼らはそれぞれに、夜の街で食事やお酒、買い物、その他……ＳＡＯでは歓楽街も存在するのだろうか？　あっても僕は行かないけど……を楽しんでいるようで、日本の都市部ほどではないにしても、街中はかなり賑《にぎ》わっていた。

「人間には、時にこういう潤いも必要だよな。どこかに面白い飲食店があるといいんだけど」

ロックさんは時おり、メインストリートを歩きながら見つけた店の中を覗《のぞ》きながら、熱心にメモを取っている。

もし面白そうな店が見つかったら、空いている時間に取材に行くつもりなのかな？

そして僕はというと、一つ気になっていることがあった。

「姉ちゃん、そっちは宿の方角じゃないって。もしかして道に迷った？」

「優月《ゆづき》、今夜は噂《うわさ》の《トレンブル・ショートケーキ》を食べるから」

「えっ？　そんな話、僕は聞いてないけど？」

「それはそうよ。だって今決めたから」

「今？」

「そう今」

「……まあいいけどさぁ……」

たまに食に関する情報も掲載されるので、僕も《アルゴの攻略本》は定期的に目を通すようにしているから、《トレンブル・ショートケーキ》のことは知っている。

第二層のフィールドで遭遇できる、超巨大雌牛《トレンブリング・カウ》のミルクから作られる生クリームをふんだんに使用してあるため、気軽に食べに行くのを躊躇《ちゅうちょ》する値段だということもだ。

確かに僕たちの商売は上手《うま》くいっているけど、自分たちのお店を開くという夢を実現するためには大金が必要なので、ここは無駄遣いをせずに節約した方がいいのでは？

とパーティーのリーダーとして思わなくもなかったが、食の探求団の真のリーダーにして財政担当でもある姉ちゃんが行くと言っているのだから、もうこれは決定事項だろう。

「優月、昼間の話を覚えている？」

「昼間？　他の料理人プレイヤーの、料理のレパートリーが少なすぎるという話かな？」

彼らはゲーマーであって料理人ではないから、ＳＡＯの中だと作る料理のレパートリーが自然と貧弱になってしまうことかな？

「そうそれ！　でもね、私たちだってこれまでの知識と経験に胡坐《あぐら》をかいていたら、じきに料理経験を積んだ彼らに出し抜かれてしまうことだってあるはず。油断は禁物よ」

「それはそうかもしれない。でもだから、宿で夕食を自炊しながら、ステーキに代わる新メニューの開発をするんじゃないの？」

「新しい料理のアイデアを出すという行為は、いわばアウトプットじゃない。いいアイデアをアウトプットするためには、定期的にインプットをしなければ駄目なのよ」

「言いたいことはわかるけど……」

ただ僕たちは、ステーキに代わる新しい料理を作りたいわけであって、デザートである《トレンブル・ショートケーキ》を食べても参考になる気がしないんだ。

「それならどこか、人気のレストランで珍しい料理を食べた方がいいと思う」

「ノンノンノン。優月は甘いなぁ。新しい料理のアイデアを出すのに、必ずしも料理を食べなければいけないなんて思い始めたら、それは思考の停止にすぎない。スイーツである《トレンブル・ショートケーキ》を食べてみたら、そこに新しい料理のヒントが隠されていた！　ってね」

「そんなこと、あるのかなぁ？」

姉ちゃんの言い分はかなりの屁理屈《へりくつ》というか……ただ単に、久しぶりに生クリームたっぷりの《トレンブル・ショートケーキ》を食べたいだけではないのかと。

「チェリーさんが頑張って牛乳クリームの実用化に成功したけど、やはり本番は生クリームを使ったスイーツだから。料理をする前にその味を確認することが、料理の成功率を上げるコツだと、チェリーさんも思いますよね？」

「そうね。《トレンブル・ショートケーキ》って言うくらいだから、ケーキを作る時の参考になると思うから、私も食べたいなぁ――」

「ですよねぇ、チェリーさん」

「ユズ君、これも新しいスイーツ開発のためだから、ね？」

「……」

ゲームに疎い僕も、さすがに少しはＳＡＯのシステムについて勉強したから、料理を試食したところで成功率が上がらないことくらい知っている。

姉ちゃんとチェリーさんは、ただ単にスイーツ大好き女子の視点から《トレンブル・ショートケーキ》が食べたいだけだと思うけど、僕は名ばかりのリーダーで、真のリーダーで財政担当は姉ちゃんだ。

なによりパーティーメンバーの四人中二人が賛成したのなら、僕としてはこれ以上反対する理由がなかった。

個人的にも、僕は甘い物が嫌いではないし。

「ロックさん、どう思います？」

「いいんじゃないか。俺はどちらかというと甘味よりも酒だけどな」

ロックさんも《トレンブル・ショートケーキ》を食べに行くことに賛成したので、僕たちはウルバスの東西のメインストリートから細い道を北に曲がり、続けて右、左と。

これは情報がなければ、目的のレストランに辿り着けなかったな。

「このレストランかぁ。いざ行かん！　《トレンブル・ショートケーキ》を食べるために！」

「楽しみねぇ。生クリームたっぷりのケーキ」

姉ちゃんもチェリーさんも、久しぶりに生クリームを使ったケーキが食べられると、喜び勇んで店内に入っていく。

僕とロックさんも、静かに二人に続いた。

「むむっ、このお店の料理は結構いい値段がするのね。サラダとパンとシチューだけのくせして」

「姉ちゃん、言い方」

食べてみるとパンは白くて柔らかいし、サラダは野菜が新鮮で美味しかった。

シチューももの凄《すご》く美味しいというわけではないけど、上品な味に仕上がっているので値段相応なのではないかと。

そして改めてメニューを見ると、それ以上に高価な《トレンブル・ショートケーキ》も書かれていた。

「夕食もとったし、《トレンブル・ショートケーキ》は大きいから、二人で一つの方が……」

「《トレンブル・ショートケーキ》を四つください」

残念ながら僕の意見は姉ちゃんに受け入れられず、しばらくすると《トレンブル・ショートケーキ》が人数分、僕たちの前に置かれた。

「デカッ！」

「これは想像以上に映えるわね」

「生クリームがこんなに沢山……これを全部食べても太らないなんて最高ね」

「……」

僕が《トレンブル・ショートケーキ》に最初に抱いたイメージは、ケーキというよりも、生クリームと果物をてんこ盛りにして、ＳＮＳ映えを狙ったパンケーキであった。

勿論《もちろん》これはパンケーキではないけど、暴力的な生クリームの山と大量にのせられた苺《いちご》に似た果物が、僕にそういうイメージを抱かせるのだ。

「(こういう生クリームをドカッとのせて目立たせたデザートって、実はそんなに美味しくないんだよなぁ……)」

生クリームてんこ盛りのパンケーキだって、焼きたてのパンケーキの熱ですぐに生クリームが溶けてしまったり、そもそも生クリームが多すぎてその味に飽きてしまったりと、決して美味しくはない。

アルバイト先の藤井《フジイ》珈琲《コーヒー》でも、こういうＳＮＳ映えを狙った生クリームたっぷりのパンケーキやケーキを試作したことがあるけど、最後まで美味しく食べることができないからという理由で、新メニューとしては採用されなかった。

「(中はどうなっているんだ?)」

大きな皿に、まるで雪山のように鎮座している《トレンブル・ショートケーキ》を、やはり大きなナイフでカットしてみると、中には黄色いフワフワのスポンジ、苺入りクリーム、スポンジ、苺入りクリームの四層構造になっていた。

想像していたよりもちゃんとしたケーキのようだ。

「ただ生クリームをてんこ盛りにしたってわけじゃないのか。姉ちゃん、チェリーさん。味はどう……」

「甘さ控えめの生クリームだから、いくらでも食べれちゃう。美味しい」

「やっぱりケーキはスポンジを焼かないとね。私も早く、こういうふわふわのスポンジを焼けるようになりたいわ」

姉ちゃんとチェリーさんは恍惚《こうこつ》の表情を浮かべながら、無我夢中で《トレンブル・ショートケーキ》を食べ続けていた。

やはり、代用品扱いの牛乳クリームと生クリームは別物ってことなのかな。

続けて僕も食べてみると、確かに生クリームの甘さの加減が絶妙で、いくらでも食べられるような気がする。

するのだけど……。

「僕もスイーツが嫌いってわけじゃないけど、できれば普通サイズがよかった」

姉ちゃんとチェリーさんは、今の勢いで食べ続けると確実に完食できそうだ。

僕も完食はできそうだけど、さすがにこの量だと後半は満腹中枢との戦いになるだろう。

しかし、何度経験しても不思議なものだ。

僕は現実には生クリームたっぷりのケーキを食べていないのに、お腹《なか》がいっぱいになりつつあるのだから。

「ヒナちゃん、こんなに食べても太らないなんて最高だと思わない？」

「本当ですよね。苺っぽい果物の酸味が口の中をリセットしてくれて、そうするとまた、この甘さ控えめの生クリームとフワフワのスポンジが……。口の中が幸せぇ」

チェリーさんは、これだけ大きいのに食べても太らない《トレンブル・ショートケーキ》をえらく評価しているようだ。

現実世界でこの大きさのケーキを食べた女性は、翌日の体重が気になるだろうから。

女性二人は最後まで《トレンブル・ショートケーキ》を楽しめるようで、僕はちょっと羨ましかった。

これがもし普通の大きさのケーキだったら、僕だって安心して完食できたのに……。

「(と思ったら、コレ、思ったよりもスルスルと入ってしまったな。甘さの加減が絶妙なんだ。あれ？　ロックさんがえらく静かだな) ロックさん、《トレンブル・ショートケーキ》の味はどうですか？」

とても美味しくて満足だけど、同時にお腹もいっぱいだ。

《トレンブル・ショートケーキ》を食べに来ることには賛成していたけど、甘い物よりも酒がいいと公言して憚《はばか》らないロックさんの気配すら感じなくなったので彼を見ると、自分の《トレンブル・ショートケーキ》を前に無言で座っていた。

よく見るとひと口分だけ食べてあったが、あまり甘い物が得意ではないロックさんに、《トレンブル・ショートケーキ》は荷が重かったようだ。

「ロックさん？」

「駄目だ。こんなに大きなケーキを目にしてしまったら、もう手が動かない」

甘い物が得意ではない、それも年配の男性に、こんなに巨大なショートケーキを食べさせようとするなんて、ある意味拷問かもしれない。

彼はグルメレポーターだから甘い物が食べられないわけじゃないけど、さすがにこの量だと手が動かないのか。

「ユズ！　すまん！」

「えっ？」

ロックさんの手がようやく動いたと思ったら、彼の分の《トレンブル・ショートケーキ》が僕の前に移動してきた。

「僕がもう一個食べるんですか？」

今、満腹感と戦いながら《トレンブル・ショートケーキ》を完食したのに、もう一個だなんて……。

いくら美味しくても、量が多ければ拷問でしかないのだから。

「僕よりも、ここは甘い物好きな姉ちゃんかチェリーさんに……」

「お腹いっぱぁ――い。久々のケーキ美味しかったぁ。満足満足」

「こんなにお腹いっぱい食べても、翌日からダイエットしなくて済むなんて最高ね。でももうこれ以上は食べられないわ」

「……」

残念ながら、姉ちゃんとチェリーさんは《トレンブル・ショートケーキ》を完食したところでお腹いっぱいになってしまったようだ。

「ってことは、僕？」

「すまん！　お酒の試飲の時は、俺がユズの分も飲んでやるから」

「それ、対等な交換条件になってますか？」

ましてやＳＡＯでは、お酒を飲んでも酔っ払わないというのに……。

「前に言ってたじゃないか。家訓としてお残しは禁止なんだろう？」

「ええまぁ……」

僕の両親はあまりうるさいことを言わなかった人たちだけど、唯一口を酸っぱくして言われたのは、『出された食べ物は残すな！』だった。

「ここはゲームの中で、《トレンブル・ショートケーキ》は本物の食べ物じゃなくてデータにすぎないのだけど……。ええい！　完食してやる！」

食べ物を残してはいけないという両親の教えを守るため、僕はロックさんがひと口しか食べていない《トレンブル・ショートケーキ》にナイフを入れて食べ始める。

もはや口の中どころか、頭の中まで生クリームとスポンジの甘さに侵略されたような気分に陥り、すでに感じていた満腹感と戦いながら、どうにか二個目の完食に成功した。

「もう生クリームひと口分も入らない……」

どんなに美味しいものでも沢山食べたら、心の底から嫌になることが実感できた。

しばらくは生クリームを見たくない気分だ。

「でかしたぞ、ユズ。お茶でも飲め」

「あっ！」

ロックさんから甘くないお茶を貰《もら》って啜《すす》っていると、《トレンブル・ショートケーキ》を堪能《たんのう》した姉ちゃんが声をあげた。

「ヒナさん、どうかしたのか？」

「ロックさん、《トレンブル・ショートケーキ》を食べたら、HP《ヒットポイント》バーの下に四つ葉のクローバー型のアイコンが出現しました」

「……いや、俺には出てないな」

それはロックさんが、ほとんど《トレンブル・ショートケーキ》を食べなかったからだろう。

かなりの高額だから、そういう効果があるような予感はしていたけど。

「そうだ！　せっかくバフがついたから、このチャンスを生かさないと！」

「そうね。失敗が怖くて溜《た》め込んでいたレア食材でなにか作りましょう」

突然、姉ちゃんとチェリーさんが、せっかく高価な《トレンブル・ショートケーキ》を完食してバフがついたので、急ぎ料理をしたいと言い出した。

僕たちのHPバーの下に現れた四つ葉のクローバー《幸運判定ボーナス》のバフを有効利用して、どれだけ正確に料理しても、料理スキルの成否判定のせいで料理を失敗してしまう悲劇を回避したい気持ちはわかる。

「急いで宿に戻って新メニューの試作をしようにも、バフの持続時間が……。それに姉ちゃん、お腹いっぱいで動きたくない」

《トレンブル・ショートケーキ》二個を完食したので、僕はもうしばらくこの場から動きたくなかった。

のんびりとお茶を飲んで、もう少しお腹が空《す》くのを待ちたい……。

「わざわざ宿に戻る必要なんてないじゃない。だって私たちには、《エブリウェア・フードストール》があるんだから。ロックさん、優月をお願いします」

「ほらユズ、行くぞ！」

「ええ——っ！」

リーダーであるはずの僕の意見は採用されず、姉ちゃんとチェリーさんはレストランを出て近くの空き地に《エブリウェア・フードストール》を広げた。

僕も、ロックさんに腕を引かれながら二人についていく。

「さて、なにを作ろうかしら。優月、料理をすればすぐにお腹も空くわよ」

「ユズ、俺は《トレンブル・ショートケーキ》をちゃんと食べなかったから、バフがついてないんだ。料理を頼むぜ」

「わかりました」

過去の経験上、こうなった姉ちゃんを止めるのは難しいので、すぐに料理の準備を始める。

「姉ちゃん、どのレア食材を使うの？」

「これよ。じゃじゃぁ――ん！　レア食材《フレンジー・ボアの上質な肉》。これと、牛乳クリーム作りで調合した《ゼラチン》を使います。今度こそ成功させる！」

「ああ、あの料理ね……」

姉ちゃんが作ろうとしているのは、屋台で作るからか《焼き小籠包《しょうろんぽう》》だと思う。

せっかくバフがかかっているのに、そんな料理でいいのかって思われるかもしれない。でも、シュウマイモドキやギョウザモドキは割と簡単に作れたけど……残念ながらまだ売り物になるレベルではない……食べると熱くて美味しいスープが飛び出てくる《焼き小籠包》は難易度が高く、これまで何度も失敗していた。

《小麦生地と猪肉《いのしし》餡《あん》の焼き饅頭《まんじゅう》》にすらならなかったのだ。

「ユズ君、小麦粉を練って生地を作るわね」

「チェリーさん、お願いします」

チェリーさんが、ウインドウで小麦粉、お湯、塩を選んでタップすると、無事に生地ができあがった。

パスタやパンもそうだけど、小麦粉の扱いはチェリーさんに任せるのが一番だ。

「私は猪肉を練るわ」

そして姉ちゃんは、《フレンジー・ボアの上質な肉》をハンドミルサーでミンチにしてから、塩、黒胡椒《こしょう》、水飴《みずあめ》などの調味料を混ぜ込んでいく。

手慣れた手つきで食材と《ハンドミルサー》を選びタップすると、ピンク色の猪肉のミンチが完成した。

「鶏ガラスープに《ゼラチン》を溶かし、冷やして固めておいたものはストックがあるからこれを細かく砕いて、猪肉、ネギ、ショウガを混ぜて猪肉餡を完成させる」

僕は《焼き小籠包》の餡を完成させ、これと完成した生地をチェリーさんがタップすると、焼く前の小籠包が無事に完成した。

「ここまでは、何度か成功しているんだ。問題はこれを上手く焼くことだ」

中華街の焼き小籠包屋さんのように、焦がさず、皮を破ると熱々のスープが飛び出さなければ、貴重な《フレンジー・ボアの上質な肉》がただのゴミと化してしまうのだから。

「僕、姉ちゃん、チェリーさん三人分の幸運よ！　僕たちに熱々のスープがタップリの焼き小籠包を作らせてください！」

チェリーさんが代表して、フライパンで小籠包を焼いていく。

バフがかかっていないロックさんも見守るなか、料理が終わってフライパンの蓋を取ると、前に中華街で立ち食いした《焼き小籠包》に極めて似た料理が完成した。

「成功だ！」

「優月、まだ油断は禁物よ」

「実際に試食してみないとわからないものね」

「早速試食しようぜ」

僕たちはフライパンの中から、一つずつ《焼き小籠包》を取り出して皿にのせた。

そして、フォークで上部の皮を破いてみると……。

「スープが飛び出してきた！」

「ようし！　ギョウザやシュウマイとの差別化に成功よ！」

「熱々のスープが最高ね」

「ようやく成功したな」

僕たちは、先ほど《トレンブル・ショートケーキ》を食べてお腹いっぱいになったことも忘れて、皮を破いた焼き小籠包の中に入っているスープをスプーンですくって啜り、残りの熱々な《焼き小籠包》を食べる。

「熱々の、鶏と猪の旨味《うまみ》がタップリなスープで口の中が火傷《やけど》しそうだけど、これがいい！　スープを飲んだあとの《焼き小籠包》も最高だね」

「いくらでも食べられちゃう」

「材料が残っているからもっと焼きましょう」

「賛成！　俺は《トレンブル・ショートケーキ》を食べてないから、お腹に余裕があるしな」

僕たちもうお腹いっぱいだと思っていたけど、甘い物からしょっぱい物へと味をシフトチェンジすると、食欲が復活して焼き小籠包を楽しむことができた。

いわゆる味チェンだ。

「ふう……満足したなぁ」

「この焼き小籠包って、普通の青イノシシの肉を使うと《フレンジー・ボアの焼き饅頭》になっちゃうんだよねぇ。ここを解決しないと商品にはできないか……」

「残念ね。屋台で売れば、中華街の焼き小籠包屋さんみたいに大勢のお客さんが並びそうなのに」

確かに店頭で小籠包を焼かれると、つい並びたくなっちゃうんだよね。

「今は材料を増やして食べ応えを増強した、《大豚饅頭》で我慢してもらうしかないわね」

「レア食材である《フレンジー・ボアの上質な肉》、《調合》できるようになった《ゼラチン》、料理人プレイの先頭を走っているはずの俺たちの料理スキル熟練度。そして、《トレンブル・ショートケーキ》で幸運にバフがかかったから、調理に成功したんだろうな」

作った《焼き小籠包》を完食して総評をしている間にバフが切れてしまったけど、もっと料理スキル熟練度を上げれば、レア食材を使わなくても熱々のスープが飛び出す焼き小籠包が作れるようになるはずだ。

「なによりこの私、新しい肉料理のヒントを思いつきました！」

「本当？　姉ちゃん」

「本当よ。《焼き小籠包》が大きなヒント。もしこの新しい肉料理が成功したら、ステーキが売れないからって、あの料理を作って売り始めるのも時間の問題な、他のプレイヤーたちよりもお客さんを集められる。さあ、宿に帰って早速試作開始よ」

結局新しい料理のヒントは、《トレンブル・ショートケーキ》でなくて《焼き小籠包》から得たというオチだったけど、久々にケーキを食べて満足したし、これまでに何度も失敗した《焼き小籠包》作りに成功したのでよしとしよう。

それにしても姉ちゃんは、《焼き小籠包》から、どんな新しい肉料理を思いついたんだ?

第二話 ハンバーグに必要なもの

「ステーキ地獄から脱したと思ったら、ハンバーグ！　ハンバーグ！　ハンバーグ！　どの屋台もハンバーグばかり出して飽きるって！」

「まるで判で押したかのように、どこも牛肉１００パーセントを謳《うた》ってるのね」

ウルバスのメインストリート沿いに並ぶ、料理人プレイヤーたちの屋台街。

最初はみんなステーキを売っていたが、他店との差別化ができなかったために売り上げが分散してしまい、それを打開すべく新メニューを投入したようだ。

僕とチェリーさんで偵察しに行くと、『牛肉１００パーセント使用ハンバーグ』と看板に書かれている屋台が乱立。

「逆に、牛肉１００パーセントを謳っていないところがなくて、すでに差別化には失敗しているという……」

「正確には、牛型モンスターのお肉１００パーセントだけど。現実でもそれを売りにしているお店は多いし、それで繁盛しているところもあるから縋《すが》りたいのね」

「でもなぁ……」

第二層は『牛エリア』などと言われるほど牛型モンスターが多く出現するので、むしろ牛肉にそこまでの希少性はない。

それに加えて、レアリティが低い牛肉をステーキにすると硬いので、ハンバーグはそういうお肉を美味しく食べるための苦肉の策だろうと思ってしまうのだ。

「キッチンナイフで叩《たた》いてミンチにしているのかな？」

「大変そう」

「大変そうというか、作業自体はそうでもないかなと」

実際、《トレンブリング・オックス》の肉らしきものを料理人プレイヤーがミンチにしているところを目撃するが、調理台にストレージから取り出した肉とキッチンナイフを選び、《料理》を選択。

キッチンナイフの《オート加工》にミンチがあるので、それを選べばオートでやってくれる。

ただ硬くて筋だらけの肉なので、ちゃんとミンチ肉にするのは必要な料理スキル熟練度などを考えると難易度が高いと思われる。

実際に……。

「キッチンナイフの耐久度が減るのが早いのが面倒だよなぁ。また補修してもらわないと」

僕たちが持つ《ハンドミルサー》とは違って、ランクの低いキッチンナイフで塊肉をミンチにすると耐久度の減り方が早い。

ミンチ肉を作っている途中で、鍛冶屋に駆け込むプレイヤーがチラホラといた。

「だぁ――！　キッチンナイフがぁ――！」

耐久度が下がったキッチンナイフを頻繁に補修しに行くくらいならまだいいが、補修の手間を惜しんでギリギリまで使った結果、耐久度がゼロになってキッチンナイフが消滅する様を目撃する羽目になるプレイヤーもいた。塊肉をミンチにするのがこんなに大変だなんて。

「ハンドミルサーがないと、ハンバーグ作りも大変なのね」

調理に手間とコストが余分にかかるのに、リアルでは大衆的な料理だったイメージがまだ印象に残っているので、あまり高くしすぎると誰も買わない。

ハンバーグの販売は、ステーキが売れないための苦肉の策なのが容易に理解できた。

「チェリーさん、どこかの屋台で試食してみましょう」

「そうしましょう。（今のところ、あまり美味しそうに見えないけど……）」

「（確かに……）」

苦労して完成させたミンチ肉に、パンから作ったパン粉と、タマネギを刻んで飴色《あめいろ》になるまで炒《いた》めたものを入れて小判型に成形……はゲームなので、加工した食材と調理器具を選択してタップすると、オートで行われる。

調理器具の性能や料理スキル熟練度でその出来が大きく変わるためか、僕たちよりも料理スキル熟練度が低く、使っている調理器具のランクも低い彼らの大半が、歪《いびつ》な形のハンバーグを作り続けていた。

「（味が美味しければ、多少形が歪でも問題ないのかな？）」

「(成形が駄目な時点で、味には期待できないかも……)」

試食は他の屋台でいいかな。

僕とチェリーさんは共に口にすることなく決断し、他の屋台へと移動する。

ところが他の屋台でも……。

「あの屋台、ミンチ肉にパン粉とタマネギを入れず、そのまま成形しているけど、ゲームだから食材を省略しても問題ないのかしら？」

「(食べるとパサつきそう)」

「(コショウ、ナツメグも使わないのね。臭みが出ないかしら？)」

料理人プレイヤー全員が、料理に詳しいわけがない。

料理を作るのに多少の食材、調味料の省略は可能だとしても、あまり美味しそうに見えないな。

「(もしかしたら、焼き上がるといい具合に仕上がるのかもしれないわ)」

「(そんな風にも見えませんねぇ……)」

最後に、完成したハンバーグ種をフライパンで焼くのだが、料理スキル熟練度が低いからか、焦がしたり、あきらかに生焼けっぽいハンバーグが完成してしまう屋台が少なくなかった。

ハンバーグって、思っていた以上に難易度が高いかも。

「(ちゃんと成功してそうなところのだけ試食してみましょう。あくまでも見た目だけでしか判断できないけど……)」

焦げていたり生焼けのハンバーグなんて、現実のお店で出したらすぐに潰れてしまうと思うけど、ここはゲームの中だ。

スキルを取れば誰でも一応は料理人になれる。保健所なんかもないし。

そう考えると、ヤバいお店が混ざっているのも当然な気がしてきた。

そして、現実のお店みたいに潰れないということも。

「(あきらかな失敗作を食べる必要はないわよね。ええと……)」

「(あの屋台は平均的によさげな気がします)」

僕とチェリーさんは、どうにかハンバーグの形になっている屋台のものを試食してみるが……。

「(肉の筋が残ってるなぁ……)」

「(粗びきというには肉の塊が残りすぎていて、これをハンバーグとは認めたくないわね……)」

やはり、キッチンナイフのみでミンチ肉を作るのはハードルが高いみたいだ。

ミンチにしきれず筋が口の中に残り、ハンバーグなのにサイコロステーキが入っているような……。

しかも硬いので飲み込みづらい。

これを粗びき肉と呼ぶと、粗びき肉に失礼だろう。

ただ、ちゃんと肉をミンチにできていないだけだ。

どうにかハンバーグっぽくなっているものでも、肉のレアリティが低いのか、肉の旨味が足りず、ハンバーグっぽい粘土細工を食べているような……。

「(ハンバーグなのに、パサつくのも問題ね)」

「（牛肉１００パーセントに拘《こだわ》った弊害ですか？）」

「（それは別にいいのよ。牛肉１００パーセントでも美味しいハンバーグなんて、外の世界にはいくらだってあるんだから。ドロップした《トレンブリング・オックス》のお肉だけを使うからよくないわけで、色々と工夫が必要というわけ。子供たちからああでもない、こうでもない、と言われながらハンバーグを作り続けた私に任せなさい）」

「（ここはチェリーさんにお任せします）」

ハンバーグはお母さん味だから、試作品の調理指揮はチェリーさんに任せよう。

「試食は終わったから、今度はハンバーグの試作よ」

「僕たちも手伝いますね」

他店の偵察を終えた僕とチェリーさんは、姉ちゃんとロックさんと共に新メニューであるハンバーグの試作を始める。

一応ＮＰＣ《ノンプレイヤー・キャラクター》のお店も偵察してみたけど、靴底みたいな硬さのぶ厚くて大きなステーキを塩コショウして出すお店が大半でハンバーグは見当たらず、ちょっとアメリカンな気がした。

まずは《トレンブリング・オックス》の肉の塊を、《インサイシヴ・キッチンナイフ》でサイコロ状にカットし、スジも切っていく。

限界まで強化した《インサイシヴ・キッチンナイフ》と、頑張って上げている料理スキル熟練度のおかげで、肉の塊は均等なサイコロ状になった。

次に、カットされた肉と《ハンドミルサー》を選んでタップすると、ピンク色の綺麗《きれい》なミンチ肉が完成する。

「《トレンブリング・オックス》のお肉だけだと、赤身が多くてサッパリし過ぎちゃうから、市場で買ってきた牛脂も混ぜて、これでも牛肉１００パーセントハンバーグよ。さらに！」

チェリーさんは他の屋台と同じように、ミンチ肉、パンと《ハンドミルサー》で作ったパン粉、微塵切《みじんぎ》りにしてからフライパンで炒めたタマネギを混ぜ、完成したハンバーグ種を小判型に成形。

フライパンを用意して牛脂を塗り、ハンバーグの表面を焼き固める。

「上手く焼き色がついて、焦げもないわね。次はこの表面を焼き固めたハンバーグをオーブンでじっくりと焼くわよ」

チェリーさんは《エブリウェア・フードストール》に装備されているオーブンを立ち上げ、これでハンバーグの中にもじっくりと火を通していく。

薪のオーブンなので、火の管理はロックさんがつきっきりで担当していた。

火力を安定させ、表面を焦がさないように様子を見ながら。

これはという時間を見極めて、ハンバーグをオーブンから取り出すと、ちょうどいい焼き加減に見える。

「無事に完成ね。ユズ君、ヒナちゃん、ロックさん。食べてみて」

「ハンバーグ、美味そうですね」

他の屋台が作ったハンバーグよりも、はるかに美味しそうなハンバーグが完成した。

早速僕が初めに焼き上がったハンバーグをナイフで切ると、なんと中から肉汁が溢《あふ》れ出《で》てきた。

「偵察で食べたハンバーグからは、肉汁なんて出てこなかったのに！」

「美味しい！　これいいですね。この前の焼き小籠包もそうでしたけど、人は熱い肉汁が出てくる料理が好きですから」

「この火傷しそうな肉汁がいいな。これなら売れるぜ！」

僕たちは、チェリーさんが作った《肉汁ハンバーグ》をあっという間に平らげた。

「ＳＡＯでも肉汁ハンバーグを再現できてよかったわ。早速新メニューとして出しましょう」

「これなら絶対に売れるでしょうからね」

他の料理人プレイヤーたちがハンバーグ作りに苦戦しているなか、僕たちは《肉汁ハンバーグ》の試作に成功したので、早速『新メニュー！　肉汁ハンバーグ』と紙に書いて看板に張り付けた。

「この手書きのメニュー。読みやすいだけでなく、字に味があって、いかにも料理屋さんの手書きメニュー表って感じでいいですね」

今日はロックさんにメニュー表をお任せしたのだ。そうしたら、こんなに素晴らしいものが完成するなんて。

「昔働いていた居酒屋で、『本日のおススメ！　寒ブリが入荷しました！　刺身、ブリカマ焼き、ブリの照り焼き』とか、毎日書いてたからな。『昔取った杵柄《きねづか》』ってやつよ」

「明日からは、メニュー書きはロックさんに一任しましょう」

「姉ちゃん、字が下手だからね」

「人のことは言えないでしょうが！」

「あだっ！」

姉ちゃんに拳骨《げんこつ》を落とされてもダメージはなかったけど、つい現実世界の癖で反応してしまった。

「あっ、でも。僕もこういうメニューの書き方を覚えたいかも」

『安達《あだち》食堂』を再開させた時、特別メニューをお客さんに知らせるため、店頭に張り出すメニューが格好よく書けた方がいいだろうし。

「空いている時間に教えてやろうか？」

「わ——い、ありがとうございます」

そしてお昼の時間。

昼食をとりにウルバスの外から戻ってきた冒険者たちが、メインストリートにある屋台街に続々と姿を見せた。

ＳＡＯにおける数少ない楽しみが食事なので、必ず食事時には多くのプレイヤーたちが集まってきた。

ただ、微妙なステーキ屋から微妙なハンバーグ屋へとジョブチェンジした他の屋台にはあまり人が寄って来ず、他の料理を出して好評な僕たちの屋台に人だかりができる。

そんな彼らは、今日のメニューを見て目を輝かせた。

「肉汁だと！　ただのハンバーグではなく？」

「昨日、他の屋台で食べたハンバーグからは、肉汁なんて出なかったぞ！」

「ボソボソで、硬かったし！」

「大きな肉の塊が残っていてな。その店の主人は『粗びき肉だから』とか言いやがってさ。そんなレベルじゃなかったってーの」

「変にパサついてたよな」

「お肉界の黒パンレベルだった。このゲーム、ハンバーグって案外難しいみたいだな」

「美味しいハンバーグは、だろう？」

お客さんたちの多くは、僕とチェリーさんも試食してガッカリした他の屋台のハンバーグの被害者たちのようだ。

ならば、ここでうちの美味しいハンバーグを知ってもらえれば、しばらくは美味しいハンバーグで独占的に稼げるはず。

「食の探求団のハンバーグは、切ると肉汁が出てきますよぉ――――！」

「数量限定で――す！」

すかさず、姉ちゃんとチェリーさんがお客さんにアピールを始める。

「肉汁が出るハンバーグ、くれ！」

「俺も！」

やはり、他の屋台のハンバーグは駄目だと思っていたらしい。

お客さんたちが、うちの屋台に殺到した。

「すげえ！　ナイフで切ると、本当に肉汁が溢れてくるぞ！」

「本当だ！　おっと、皿に溜まった肉汁もちゃんと啜らないと。肉汁が出るハンバーグの本体は、実は肉汁の方だって説があるからな。アチチ、熱うまぁ――」

「皿に残った肉汁も、パンにつけて食えば無駄にならないぜ。それにしても、同じ牛肉100パーセントを謳うハンバーグなのに、全然違うんだな」

「さすがは《エブリウェア・フードストール》を手に入れた食の探求団だぜ」

肉汁ハンバーグを購入したお客さんたちは、前に僕たちが試作した《焼き小籠包》の皮を破くと飛び出してくる熱々のスープと格闘するが如《ごと》く、肉汁ハンバーグを切ると溢れ出る肉汁を楽しんでいた。

「他の料理人プレイヤーたちは、牛肉100パーセントの意味を間違えて、レアリティの低いトレンブリング・オックスの肉だけをハンバーグの材料に使ったんでしょうね」

「ハンバーグから肉汁を出すには、一定量の脂分が必要なのよ。混ぜ物のイメージがあって嫌がる人も多いんだけど、牛脂はお店で買ったトレンブリング・オックスの脂だから、嘘はついていないもの。これをミンチに混ぜ込んで、ハンバーグを成形する時には表面を滑らかに」

「どうして滑らかにするんだ？」

ロックさんが、チェリーさんに質問する。

「ハンバーグの表面が粗いと、肉が焼けて縮まった時、内部の肉汁が外に出てしまうからよ。もっともハンバーグの成形もオートだから、料理スキル熟練度次第みたいだけど」

「チェリーさん、目玉焼きが焼けましたよ」

「ありがとう、ヒナちゃん」

現実世界だと目玉焼きの黄身の形を保てない姉ちゃんだったけど、ＳＡＯの中では料理の腕前は料理スキル熟練度次第だ。

姉ちゃんは器用に目玉焼きを完成させた。

「チェリーさん、その目玉焼きはもしや」

「ハンバーグのオプションといえば、目玉焼きだから」

「目玉焼きトッピング、お勧めですよぉ――――！」

それはそうだと思い、僕たちは目玉焼きトッピングもできるとアピールし、客単価を増やそうとする。

これも、一日も早く安達食堂を再開させるためだ。

「トッピングで目玉焼き、いいね！　つけてくれよ」

「ハンバーグの上にのっている目玉焼きをナイフで切ると、半熟の黄身がハンバーグを綺麗に化粧してくれるんだ。う――――まそう――――！」

「肉汁と黄身を混ぜてパンにつけて食べると……あはぁ、なんて美味しさだぁ」

「どの屋台もハンバーグを出しているが、ここの肉汁ハンバーグが圧倒的に美味《うま》い！　やっぱり、《エブリウェア・フードストール》を手に入れた食の探求団が料理人プレイヤーのトップだと俺は思うな」

ハンバーグの達人であるチェリーさんのおかげで、多くのお客さんが目玉焼きのせ肉汁ハンバーグを注文し、美味しそうに食べている。

他の屋台をやっている料理人プレイヤーたちが、多くのお客さんが集まるうちの屋台に偵察にやって来たが……。

「ハンバーグから肉汁が出てる！」

「どうやって再現するんだよ？」

「もっと料理スキル熟練度を上げないと駄目なのか？」

それだけでは駄目なんだけど、彼らにそれを教えてあげる義理も時間もなかった。

「優月、さらにお客さんが集まってきたわよ。ここで、ハンバーグの最終兵器を投入します！」

「最終兵器？」

「これよ！」

姉ちゃんはハンバーグを成形する工程で、ウルバスで手に入れたチーズを、ハンバーグの中に入れて焼いた。

第二層は『牛エリア』と呼ばれるだけはあって、乳製品も購入できるようになったのはよかったと思う。

ミルクやチーズがあれば、料理のレパートリーが大幅に広がるからだ。

「《チーズイン肉汁ハンバーグ》。こいつにナイフを入れた瞬間、もう他のハンバーグは食べられなくなる！」

「ヒナちゃんが、チーズを仕入れてくれたの。これで他の料理人プレイヤーたちを一気に抜き去るわよ。新作《チーズイン肉汁ハンバーグ》はいかがですか――！」

「ハンバーグにチーズ入りだと？　それは中でトロけてるのか？」

「トロけてますよ。ほら」

論より証拠。

チェリーさんがお客さんの前で、焼けたハンバーグをナイフで切ると、中から肉汁と共に溶けたチーズが溢れ出てきた。

「ねぇ？」

「一つくれ！」

「トッピングで、目玉焼きもありますよ」

「勿論つけてください」

「ありがとうございます」

チーズ、目玉焼きのトッピングをつけることにより、ステーキに近い価格となったが、肉汁と目玉焼きのおかげでお客さんたちは気にせず注文してくれた。

ステーキよりも手間がかかるし、利益率も落ちるけど、客単価を上げることこそが安達食堂の再開に繋がっていく……って、姉ちゃんが言ってたんだ。

「ハンバーグから出てくる肉汁と、トロけ出るチーズと半熟の黄身。舌が火傷しそうだけどうめえ！」

「これ食ったら、他の屋台のハンバーグは食べられないな。パサパサだし」

「皿に残った肉汁とチーズも、パンにつけて食べるんだ！　すべてを味わい尽くす！」

第二層、牛エリアで得られる牛の恵みを最大限用い、僕たちは肉汁ハンバーグで大成功を収めた。

とはいえ、いつ他の料理人プレイヤーやパーティーに真似され、味で抜かれるかもしれない。

飲食業とは、生き馬の目を抜く世界だ。

これまで好調だったお店が突然潰れることもある。

これからも油断しないように頑張っていこう！

※※※※※

「料理人プレイヤーたちの先頭を走っていい気になっているようだが、無事に準備は終わった。明日からは、俺たちグルメギャング団が作る新メニューが一番人気を獲得する」

お前たちの栄光は今日までだ。

今のうちに楽しんでおくがいいさ。

第三話 × デュエルではなく、料理勝負を挑まれる

「久しいな。食の探求団！　この一週間ほど《肉汁とトロけるチーズ溢れるハンバーグ》で多くの客を集めているらしいが、今日からは俺たちグルメギャング団が……って！　話を聞いてるのか？」

「あっ！　この前の変な人たちだ！」

「あれだけ大言壮語しておいて、全然お料理をしてないという。私たち、忙しいのよ」

「時間が空いたら、お話を聞いてあげるから、ねっ？」

「俺たち忙しいからさぁ、また今度な」

「俺たちを、誰も相手をしてくれる人がいない、可哀想《かわいそう》な人を見るような目で見るな！」

今日も元気に肉汁ハンバーグを売っていると、そこに最初の宣戦布告から数日間、行方不明だったグルメギャング団の面々が姿を見せた。

確か、カポネ、ルチアーノ、トニー、ゴッティだったたか。

「食の探求団、料理で勝負だ！」

「僕たちは《肉汁ハンバーグ》を売るのに忙しいから、ちょっとご遠慮いただきたいかなって」

確かに今の僕たちは肉汁ハンバーグで優位に立っているけど、いつかは他の料理人プレイヤーに真似されるかもしれない。

なので、今のうちに稼げるだけ稼いでおきたいのだ。

戦闘主体のプレイヤーだって、美味しい狩り場を見つけたらそこで粘るじゃないか。

だから彼らの相手をしている時間が惜しいというか。

「大好評の《肉汁ハンバーグ》は、作っても作ってもすぐに売れてしまうから、あなたたちの相手をしている暇がないのよねぇ」

姉ちゃんも、グルメギャング団のリーダー・カポネの対戦要求を断った。

初めて会った時は、衝撃のあまりなにも言えなかったけど、よくよく考えたら他の料理人プレイヤーと勝負なんてしても、メリットなんてなにもない。

食の探求団の真のリーダーである姉ちゃんからすれば、そんなものを受ける必要はないという判断なのだ。

「ここで断るか？　普通？」

「空気読んで、ここは勝負を受けろよ！」

「ここでお前たちが断ったら、話が広がらないだろうが！」

「それはない」

次々に文句を言うグルメギャング団の面々。

勝負を断られたカポネたちが、ここは勝負を受けて立つのが様式美だと強く言うけど、僕たちはゲームの素人なので、そんな慣習を守る必要はないと思っていた。

それよりも、料理を売る方が大切だと思っていたからだ。

「せっかくお客さんが増えているのに、勝負なんてしたら時間が勿体《もったい》ないもの」

まあ、姉ちゃんはそう言うよね。

「戦闘プレイヤーたちが一対一で戦って己の実力を確認する《デュエル》ならともかく、料理で戦う意義ってあるか？　俺は詳しくないんだが、料理のデュエルとかってあるのか？　アルゴの攻略本には書いてなかったぞ」

「私たち料理人プレイヤーって、常に売り上げを競っているようなものじゃない。それでよくないかしら？」

ロックさんもチェリーさんも、料理勝負にまったく乗り気ではなかった。

「ここは、『料理勝負？　勿論受けて立つぞ！』って、流れだろうが！」

「なぜだ……。なせ勝負を受けない？　なにも始まらないだろうが！」

「我々は、そういう前提で色々と用意してたんだよ！　それを無駄にするのか？」

「……勝負」

料理勝負という自分の提案に乗ってこない僕たちに怒るカポネたち。

でもそれは向こうの都合で、僕たちには関係ないからなぁ。

「そもそも、あなたたちが料理をしているところを見たことないんですけど……」

最初に宣戦布告されてから、僕たちは彼らの姿を一度も見ていない。

このウルバスのメインストリートにある屋台街で料理を売っているのかと思って探してみたこともあるけど、結局一度も見つけられなかったからなぁ。

これまでなにをしていたんだろう？

「俺たちは料理人プレイヤーのトップに立つべく、これまで念入りに準備をしていたのさ。急ぎ屋台を開いて料理を売ればいいなんて、軽薄な考えは持っていない。俺たちなりの深謀遠慮ってやつだ。だが、これから俺たちグルメギャング団の伝説が始まる」

僕の質問に答えつつ、カポネたちは『待ってました！』とばかりに料理の準備を始めた。

「この数日、食の探求団の《肉汁ハンバーグ》を上回る美味しいステーキの材料を集めていてね。試しにご賞味いただこう」

カポネたちはストレージから調理器具や食器、炭、コンロ、牛肉や他の食材を取り出し、それを料理し始めた。

肉の筋切りに使っているキッチンナイフ他調理器具は、他の料理人プレイヤーたちよりもランクが高いものを使用している。

《ソードフォー》のケインさんから、彼らは戦闘力が高いって聞いているから、モンスターを倒しまくってそのお金で購入したのだと思う。

「(ユズ、あの牛肉、軽く筋切りしただけで、果汁に漬けて柔らかくするなどの工夫をしているわけでもないけど、大丈夫かね？)」

「(……わからないです)」

ただ牛型モンスターを倒して手に入れた牛肉を、塩コショウして焼いているだけにしか見えない。レアリティが低い肉は、筋切りや柔らかくするための加工が必要なんだけど、それをほとんどしていないってことは、あの肉はレアリティが高いのだろうか？

となると、カポネたちはレアリティの高い食材を高い成功率で料理できる料理スキル熟練度もあるはず。

彼らの実力を侮るべきではないとは思うのだけど、本当にただステーキを焼いているだけなので、カポネたちのステーキが本当に美味しいのか疑問ではあった。

「さあ、食べてみたまえ」

「今日は特別に奢《おご》ってあげようじゃないか」

塩コショウして焼いた……実際の動作はストレージから取り出した肉、塩、コショウ、あきらかに僕たちが使っているものよりも高そうなフライパンを選び、《料理》、《焼く》をタップしただけなんだけど、完成したステーキはとても美味しそうだ。

試しに、ステーキにナイフを入れてみると……。

「ナイフがスッと入った！　筋切りが完璧……元々筋がほとんどないのね」

「姉ちゃん、肉がとても柔らかい！」

ナイフでカットしたステーキを口に入れると、濃厚な牛肉に似た旨味と上品な脂の甘さとコクが広がる。

適度な肉汁も感じて、まるで上質の牛肉を食べているかのような感覚を覚えた。

「ＳＡＯの中で、こんなに美味しい肉を初めて食べたぜ」

「お肉のレアリティが高いのね。そしてそれを調理できる料理スキル熟練度も……」

僕たちはステーキのあまりの美味しさに、あっという間に平らげてしまった。

これまでにＳＡＯ内で食べたり、自分で作ったステーキなんて比べ物にならない美味しさだ。

「おかわりしたくなるほど美味しい」

「そうね」

僕と姉ちゃんは、グルメギャング団が自信満々な理由が納得できた。

「わかったかな？　食の探求団の諸君。少しばかり料理の経験があるからといって、料理には工夫が大事だと、安くてレアリティの低い食材を懸命にこねくり回しているようだが、料理は食材の良さ！　そしてそれを調理する料理スキル熟練度こそがもっとも大切なのさ！」

「安くてレアリティの低い食材をどれだけ工夫して料理したところで、食材の良さには勝てない」

「食の探求団、我々は明日からこの《至高のステーキ》で商売を始めるつもりだ」

「……勝てるかな？」

「「「「……」」」」

カポネたちは、ゲーム世界における正当な料理人プレイヤーなのだと僕たちとは気がついた。

だから僕たちみたいに、非効率な試行錯誤はしない。

モンスターとの戦闘で効率よく強くなってレアリティが高い食材をドロップしやすくし、稼いだお金で他のプレイヤーたちからも仕入れ、それを調理するのに必要な料理スキル熟練度も効率よく上げ、失敗が少なく美味しい料理を作る。

僕たちは試作の段階で料理の失敗が多い。

『この料理はSAOで再現されているのだろうか？』と、必要そうな食材を集めて料理してみても、失敗してゴミになってしまうことも多かった。

ここはゲームの中なので、あらかじめプログラムされていない料理は再現できないからだ。

その料理の作り方が、必ずしも現実のレシピ通りではないこともある。

ケインさんに言わせると、SAOはこれまでのMMORPGに比べると、登場したり作れる料理の種類が多いそうだけど。

グルメギャング団は、僕たちよりも圧倒的にゲームに詳しい。

だから、効率よくレアリティが高い牛肉を使った美味しいステーキを再現してみせたというわけだ。

「食の探求団よ、明日を楽しみに待っていることだな」


そして翌日。

カボネたちが調理と販売を始めた《至高のステーキ》に、大勢のお客さんが詰めかけた。

「これ、うめえ！」

「肉が柔らかいんだ」

「これ食ったら、他の屋台の硬くて筋だらけのステーキなんて食えないよな」

「高いけど、お値段以上の値打ちだ」

「このゲームにログインする前に行った、ステーキ専門店のステーキを思い出すなぁ……」

カポネたちが新規オープンさせた屋台は大反響で、その分隣にある……隣で屋台をやるな、なんて言えないから仕方がないのだけど……僕たちの屋台は閑古鳥が……とまでは言わないけど、客数の大幅な減少に見舞われていた。

ゲームに慣れている彼らは、他の料理人プレイヤーのような即席感あふれる屋台ではなく、組み立て方式で洒落《しゃれ》たデザインの西洋風屋台まで手に入れていた。

「見たかね？　食の探求団の諸君！　客は正直だねぇ。レアリティの高い牛肉を使ったステーキは高額でも大好評じゃないか。客は常に本物を求めるのさ」

忙しいなか、わざわざ嫌みを言いにやって来たカポネだったが、僕たちに反論する術《すべ》はなかった。

「せっかく、貴重な《エブリウェア・フードストール》を手に入れたくせに、こんなに少ない客数では意味がないのではないかな？　《エブリウェア・フードストール》は、我々グルメギャング団に譲るのが筋だろう」

嫌みを言うだけでなく、貴重なマジックアイテムである《エブリウェア・フードストール》を譲れ、などと言い始めたカポネであったが……。

「いや、さすがにそれはないわ」

「そこは賛同しろよ！」

「いくら美味しいステーキを出せたからって、それとこれとは話が別だろう」

「だよなぁ」

「あんたの屋台はステーキしか出さないけど、食の探求団の屋台は、他にも色々と美味しい料理が出てくるぜ。まさか毎日ステーキを食べるわけにもいかないし、あんたのところのステーキは高いじゃないか」

「当たり前じゃないか！　苦労して手に入れたレアリティの高い牛肉を使い、高品質なキッチンナイフで完璧に筋切りを行い、苦労して上げた料理スキル熟練度のおかげで焼き加減も最高なんだ！　コストと手間がかかっているんだ！」

「食の探求団も、同じように苦労して色々な種類の美味しい料理を出しているぜ」

「それなのに、彼らが手に入れた《エブリウェア・フードストール》を無条件で寄越せってのはどうかな？」

「えっ？　強引に奪ってオレンジプレイヤーになっちゃう？」

ルール、マナー違反ゆえに、カポネたちは僕たちの屋台の常連客たちのみならず、ステーキを食べているお客さんたちにまでツッコミを入れられてしまった。

まさかカポネたちも、僕たち相手に盗みを働いて、オレンジ《犯罪者》になることは望んでいないだろう。

カーソルがオレンジになると主街区に入れなくなってしまうから、商売の幅が狭まってしまうし。

「《エブリウェア・フードストール》が欲しければ、せめて対価ぐらいは支払わないとな」

「確かに。《エブリウェア・フードストール》があれば、もっと沢山、この美味しいステーキが販売できるからな、欲しい気持ちはわかるが、正当な手段で手に入れないと」

ただ、ステーキのあまりの美味しさに、『グルメギャング団にエブリウェア・フードストールを売却した方がいいのでは？』いう意見がなくもなかった。

「これでわかっただろう？　少なくともこのＳＡＯ内における美味しい料理の条件とは、効率よく料理スキル熟練度を上げ、常に最高の食材を揃《そろ》えることなのだと。高レアリティの食材を集められない食の探求団に代わり、これからはグルメギャング団が、料理人プレイヤーのトップに君臨する存在となるのさ。そのうち多くのプレイヤーたちが、我々グルメギャング団にこそ、《エブリウェア・フードストール》が相応《ふさわ》しいと思うようになっていくはずだ。その前に賢い決断をすることだな」

「グッドルーザーになろうぜ」

サブリーダーのルチアーノがドヤ顔でそう言ったが、かなりウザイ。

グルメギャング団の《至高のステーキ》は好評で売り切れとなったが、逆に僕たちの売り上げはこれまでの最低を記録してしまった。

彼らの料理が初日で物珍しさもあったという点を割り引いても、初めて客数と料理の売り上げで負けたのも事実であり、明日からも厳しい商売を強いられることを覚悟しなければいけなかった。

※※※※

「こんばんは、ユズ君」

「こんばんは、ケインさん」

「さあ行こうか」


その日の営業を終えた僕たちは、ケインさんたちとフレンドメッセージで連絡を取り合って待ち合わせをした。

その目的は、グルメギャング団に関する情報収集である。

夜の帳が下り、ランプや一部マジックアイテムの灯《あか》りがウルバスの繁華街を照らす光景はとても幻想的で、まるで本格的なファンタジー世界を舞台にした３Ｄ映画を見ているかのようだ。

やはり今日一日の狩りを終えたケインさんたち四人と合流し、彼らお勧めのお店に入る。

まずは頼んでいた《トレンブリング・オックス》や《トレンブリング・カウ》の肉などを受け取り、規定の代金を支払った。

残念ながら僕たちの戦闘力では、自力ではお客さんに提供する料理の食材すべてを集められない。

そこで、ケインさんたちソードフォーの他、いくつかのパーティーに食材の仕入れを頼んでいた。

取引が終わると、ケインさんたちが注文した料理を持った店員が僕たちの席に近づいてくる。

店員は筋肉と脂肪がタップリとついた、縦にも横にも広がっている中年男性で、料理がのったお皿を木製のテーブルの上に無造作に『ガチャッ』と音を立てながら置いた。

「お皿の耐久値が減らない、ぎりぎり粗雑な接客ってやつだ」

「このお店に、愛想やサービスは期待しないでくれ。その代わり、燻製肉《くんせいにく》がとても美味しいんだ」

お皿の上にのった燻製肉を見ると、店員の雑さに反比例してボア系モンスターのバラ肉はいい色合いで、食べやすいように均等に切られていた。

燻製肉独特の香りが鼻腔《びこう》をくすぐり、飴色にまで燻《いぶ》されたベーコンがとても美味しそうだ。

「これは……。温燻《おんくん》っぽいな」

「ですかね」

「ロックさん、ユズ君。温燻って？」

「燻製には三種類あってな……」

さすがは、グルメ記事を書いて生計を立てているだけはある。

ロックさんは燻製にも詳しかった。

「キャンプとかで肉などを短時間、80℃から140度ほど燻して、燻製風味をつけてから焼いて食べる、なんてことをするだろう？　それを熱燻って言うんだ。で、中程度の時間80℃以下の低温で燻すのが温燻で、ベーコンなんかがそう。最後に、長時間、温度を上げずに燻すのが冷燻《れいくん》だ。これは食材からしっかり水分が抜けるから長期保存に適している。スモークサーモンなんかがそうだな」

「へえ、さすがはロックさん。詳しいですね」

ケインさんは、すでにロックさんの経歴を聞いていたので、その知識にさすがだと感心していた。

その間にも、あのニコリともしない店員が『バン！』と無造作にお皿をテーブルの上に置く。

「ミックスナッツの燻製ですか」

「お酒のツマミに最高なんだよ」

「それはありがたい」

ケインさんたちとロックさんはお酒を注文し、燻製ミックスナッツをツマミに飲んでいる。

僕、姉ちゃん、チェリーさんは果汁水を注文していたけど、ほのかに甘味がある果汁水と燻製にされたミックスナッツの組み合わせも悪くないと感じた。

「これは、ザワークラウトかしら？」

「チェリーさん、カットされたブレッドもあるでしょう？　この上に燻製ボア肉とザワークラウト。そして、この粒マスタードっぽいものを少しのせてかぶりつく。う――ん、美味い！」

「本当、美味しいわね」

シンさんに勧められた食べ方でボア肉の燻製を食べてみると、なるほど納得の美味しさだ。

「燻製は今色々と試していますけど、このレベルの味が出せたらいいなぁ……」

ＳＡＯはファンタジー風な世界なので冷蔵庫がない……今のところはだけど。

となると、食材の保存は塩漬け……パンチェッタは成功して活用している……や、燻製が有効だと思い試作を続けていた。

「食の探求団の燻製かぁ。楽しみだね」

「完成したら、新メニューに入れますから」

「このスモークチキン……多分チキン？　美味しい！」

姉ちゃんは、またも表情に変化がない店員が『バン！』と置いた皿にのったスモークチキンっぽい燻製を絶賛した。

よく見ると、どの料理も食べやすいように丁寧にカットされていて、決してサービスが悪いわけではないようだ。

「シンさんたち、よくこのお店を見つけられたわね」

「本当にたまたま見つけたんですよ」

チェリーさんにその時の事情を説明するシンさん。

戦い方を教えた縁なのか、チェリーさんとシンさんは仲良く話すことが多かった。

「相当な運があるか、アルゴの攻略本にでも記載されてなきゃ、この店に気がつくのは難しいだろうな」

ロックさんがそう思うのも無理はない。

この燻製料理屋は、《トレンブル・ショートケーキ》を出すレストラン以上に目立たない場所にあったからだ。

お店は決して綺麗とはいえず、店員……どうやらあの縦にも横にも広がった無愛想な中年男性が店主兼料理人らしい……の接客態度も決していいとは言い難《にく》く、だからなのかお客さんの数はそう多くなかった。

燻製は手間がかかるから高額なのかと思うと、《トレンブル・ショートケーキ》よりは安いから、このお店は穴場だと思う。

「実は俺たち、他のプレイヤーにこのお店のことを教えたことないんだよ。ユズ君たちが初めてだな」

「そうだったんですね。でも、それだとこのお店が……」

確かに店主が無愛想だけど、燻製は美味しいし、食べやすいように丁寧にカットしてあるので、本当に客をもてなす配慮に欠けているわけではない。

ちょっとお客さんに誤解されてしまうタイプの店主で、僕に言わせると、『せっかく美味しいのに、勿体ないお店だな』と思ってしまうのだ。

「ケインさんたちが、もっと宣伝してあげたらどうですか？」

飲食業界に関わる者として、将来飲食店を経営しようとしている者として、僕は、ケインさんたちがもっとこのお店を紹介してあげればいいと素直な気持ちを語った。

せっかく美味しいのに、お客さんが来なくて潰れたら勿体ないと。

「優月、あんた一つ大切なことを忘れていない？」

「大切なこと？」

「このお店は、現実のお店じゃないってこと。ゲームのお店にお客さんが入らなくても潰れないし、むしろお客さんが少ない方が、のんびり過ごせる隠れ家的な感じでいいじゃない」

「確かに姉ちゃんの言うとおりだ！」

ゲームの中でNPCが経営するお店が潰れるなんて、特別なイベントでもなければあり得ないか。噂によると、第一層で初めて外食した、薄い野菜スープと黒パンを出す、やはり無愛想なオバちゃんのお店、まだ潰れていないみたいだし。

「でもさぁ、飲食業に関わる人間としてはさぁ」

「半ば本能で心配になるのね。わかる！　つい無意識に、このお店の一日の客数と、客単価を自分たちのお勘定から予想して。採算が取れているのかソロバンを弾《はじ》いてしまうもの」

「「「職業病なんですね……」」」

ケインさんたちは、僕たち姉弟の業について理解してくれたようだ。

「気持ちはわかるけど、あまり他の人に教えて欲しくないかな」

「このお店、美味しいから、知られたらお客さんが押しかけるでしょうしね」

「とても美味しい隠れ家的なお店を見つけ、それを独占する喜びってやつさ」

ケインさんの言い分に納得する姉ちゃん。

お客さんが来なくても潰れないから、余計にそう思うのだろう。

「現実世界だと、そういうお店ってある日突然潰れていることもあるけどな。隠れ家すぎてお客さんが入らなかったパターンだ」

グルメレポーターであるロックさんは、そんなお店を沢山見てきたのだと思う。

「まっ、ゲームのお店はいくら客がいなくても潰れないけどな。ただ……」

「ただなんです？」

「どんなに不便でわかりにくい場所にあっても、大繁盛しているお店ってあるだろう？　この店もそのうち見つかってしまうだろうな」

そんな話をしていると、お面をかぶっているのではないかと思うほど表情に変化がない店主が、次の料理を持ってきた。

「この燻製は、鴨《かも》っぽいですね」

「これは鹿っぽい？」

専門店だけあって色々な燻製があり、僕たちは少しずつシェアしながら燻製を堪能した。

「デザートは、アップルパイか」

無愛想な店主が焼くアップルパイは、無骨な見た目で大きめに切り分けられるけど、その味は、甘さ控えめでとても上品な美味しさだ。

「外のパイ生地がサクサクね」

「リンゴも酸味が強くて甘さが控えめだから、《トレンブル・ショートケーキ》が駄目だった俺でも食えるな」

「参考になるわねぇ。今度作ってみましょう」

デザートのアップルパイもとても美味しく、僕たちは楽しい夕食の時間を過ごせたのであった。

なお後日、ロックさんの予言は当たり。

この無愛想な中年男性が経営している燻製料理屋は、とても混むお店になってしまった。

穴場的なお店が繁盛店になって利用しにくくなり残念に思う、という出来事をゲームでも経験することになってしまった僕たちであった。

「あっ、そうそう。グルメギャング団の話をするのを忘れてた。実は彼らのことは以前から知ってるんだ。他のＭＭＯＲＰＧでも顔を合わせたことがあってね。かなり上手いプレイヤーたちではあったな」

ケインさんたちは、カポネたちのことを知っていた。

燻製屋を出て、宿までの帰り道、ケインさんが彼らのことを話してくれた。

本当はそれを聞くのが目的だったのに、燻製がとても美味しかったので、ついそちらの話に夢中になってしまって。

「他のＭＭＯＲＰＧでも、あの四人は同じ名前でプレイしていたからね。ゲームによっては、ギャング団はトップに君臨していたこともある」

「ケインさん。彼らは『ギャング団』を名乗っていたの？　グルメギャング団じゃなくて？」

「有名なギャングから取った名前は変えていないけど、パーティー名にグルメをつけ出したのは突然だったね。つまり彼らは、ＳＡＯでナンバーワンプレイヤーを目指す……いや、攻略集団に加わることを諦めたんだろう」

「気持ちはわからなくもないわね」

僕も、チェリーさんと同じ気持ちだ。

《トールバーナの町》で行われた第一層フロアボス攻略会議の時に見た、攻略集団に属しているプレイヤーたち。

彼らは、ケインさんたちをも超える実力を持つ人たちばかりだったのだから。

「他のMMORPGでは、彼らはトップクラスの強さを誇っていた。だけど、SAOはVRな分、他のゲームとは勝手が違う部分もある。これは攻略集団に属するプレイヤーたちから聞いたんだけど、どうやら彼らは心が折れてしまったらしい」

「心が折れた？」

「カポネたちは、他のMMORPGと同じような感覚でこのゲームの攻略を目指していたそうだ。だけど挫折してしまい、先日の第一層のボス戦には参加していない」

当初カポネたちは、『俺たちがSAOをクリアしてやるんだ！』と意気込んだものの、挫折してしまったということか。

「他のゲームなら死んでもやり直せばいいが、SAOは一度死ねば終わりだ。一番にボス戦に挑むには相当な精神力、覚悟が必要だろう。俺たちもそれができなかった」

僕たちから見たら、ケインさんたちの戦闘力ははるか雲の上の存在だ。

そんな彼らでも参加を躊躇《ためら》う攻略集団に、ちょっとゲームに慣れているくらいの人たちが参加できるわけがないか。

「第一層のフロアボス攻略には参加できなかったが、第二層以降から攻略集団に参加できるようになれば……。カポネたちはそんな風に考えていたのかもしれないけど……。だが、第一層のボス戦で攻略集団のリーダー的な存在だった、ディアベルほどの男が死んだからなぁ……」

普通のゲームでは人は死なないけど、ＳＡＯは別だ。

カポネたちがゲーム攻略に挫折したとしても、最初からボス攻略どころか、普段も極力戦闘を回避して料理ばかり作っている僕たちが、どうこう言えはしないんだけど。

「それはいいとして、だから攻略を諦めて料理なの？　理由がわからない」

僕も姉ちゃんと同じことを考えていた。

あまりに唐突ってのもあるし。

「それがヒナさん。実はカポネは、『三方亭《さんぼうてい》』グループ創業家の人間なんだよ。現会長の孫なんだ」

「あのカポネとかいう人、三方亭で働いてるんだ」

三方亭とは、明治時代初期に創業した洋食レストランの老舗で、今の会長が三代目。

企業化し、高級洋食路線で大成功して、今では『日本式洋食店』として海外にも出店している、名店中の名店であった。

「だから料理なのね。得意でしょうからね。三方亭のお料理はそうそう行けないけど美味しいもの」

チェリーさんは、過去に食べた三方亭の料理の味を思い出しているようだ。

よほど美味しかったようで、恍惚とした表情を浮かべている。

「そんなところの人なら、あの美味しいステーキを出しても納得ということですかね。料理人にしてゲーマーだったという」

強力なライバルが登場した。

カポネが料理人なら、他の料理人プレイヤーとは一線を画した存在になりそうだ。

「カポネがこのゲームにおける料理では強力なライバルになるであろうという意見には賛成だが、現実の彼は料理人ではないし、大して料理なんてできないぞ」

「ロックさん、カポネのことを知ってるんだ」

それはちょっと意外だったな。

「俺は仕事柄、飲食業界のことに少々詳しい。三方亭グループの会長の孫が、三方亭を経営している会社で役職に就いていることは知っているが、ほとんど仕事をせず、ゲームばかりしているって噂になっていたな。俺も実際に会ったことはなかったんだが、あいつだったのか」

なんか思っていたのと違うな。それじゃあ、ただの社内ニートじゃないか。

「典型的な、お金持ちの御曹司って感じね」

「恵まれていて羨ましいけど、働け、ニート」

「姉ちゃん、言い方！　ただ僕に言わせると、せっかく三方亭で働けるのに、ゲームばかりして勿体ないなぁ……って思う」

「他のゲームではトッププレイヤーだったけど、命を賭けて戦うＳＡＯで挫折してしまい、じゃあ次はなにをするかって時に、自分は三方亭グループ会長の孫だから、料理プレイで天下を取れると思った。そんな感じっぽいね」

ケインさんの推論に、みんなが首を縦に振った。

「現実の料理は不得意だけど、ＳＡＯの料理人プレイなら、自分には料理の知識があるからトップを取れるはずだ、って思ったんだろう。実際あのステーキは美味しいって評判になっているからね」

ケインさんも、グルメギャング団のステーキのことを噂で聞いていたようだ。

「彼らはゲームに慣れているので、料理スキル熟練度の上げ方も効率いいですし、戦闘力も高いのでレアリティの高い食材を手に入れやすい。ああ見えて、食材の入手で他のプレイヤーと交渉するのも上手だし、手強《てごわ》くはありますよ」

「そうだよね」

姉ちゃんの意見に同意する僕。

SAOの攻略では挫折したけど、元々上手いゲームプレイヤーであり、料理人プレイなら命の危険もなく成果を出しやすいのだから。

「ゲームのプレイ方法って、その人のこれまでの生き方が出るわね。彼の作ったステーキなんてまさにそう」

料理の美味しさは食材の質が大きく関わっている、と思っている。

だから彼は、その戦闘力の高さを利用してレアリティの高い牛肉を手に入れ、それを調理できる料理スキル熟練度も効率よく上げた。

高性能な調理器具の入手も怠っていなかった。

カポネがそういう料理を作ったのは、家業である三方亭の影響だろう。

高価で高品質な食材を惜しげもなく仕入れ、会社のお金で料理人をヨーロッパの有名レストランに研修に行かせて腕を磨かせ、料理させるので有名だ。

その分料理は高価になるけど、それに見合う美味しさなので大繁盛していた。

「ろくに仕事をしていなかったといっても、三方亭のやり方を踏襲するのね」

レアリティの高い食材、高性能な調理器具、効率よく上げた料理スキル熟練度。

その成果が、あの美味しいステーキというわけだ。

「グルメギャング団のステーキは高いけど、ちゃんとその理由があるもの。美味しいからよく売れているし、明日から苦戦するのは必至ね。次の手を打たないと……」

チェリーさんが心配するのも無理はない。

実際、僕たちの目の前でグルメギャング団のステーキは売れていて、そのせいで僕たちの屋台は客数を減らしてしまったのだから。

「新メニューを考案するか……。でもなぁ、あのステーキに勝てる料理なんてそう簡単に作れないよなぁ……」

「でもなにかしら考えておかないと」

姉ちゃんの言うとおりだ。

夕食と情報収集を終えた僕たちはケインさんたちと別れ、宿に戻って翌日の仕込みや、料理の試作をしてから就寝した。

そして翌日も屋台を開いたが、やはり昨日よりもさらに売り上げが落ちてしまった。

グルメギャング団の屋台に、まだ彼らのステーキを食べていないお客さんが殺到したからだ。

『なんとかしなきゃなぁ……』と思いながら、宿に戻るためにあと片付けをしていると、カポネたちが声をかけてきた。

「どうだ？　俺たちが考案し、見事作りあげたステーキは」

「売れる理由がわかりますね」

「言っただろう？　俺たちこそが、ＳＡＯにおけるトップ料理人プレイヤーに相応しいと。そこで、お前たちの持つ《エブリウェア・フードストール》を賭けて勝負だ！」

「えっ？」

この人たち、まだ諦めていなかったのか。

料理勝負を申し込むのはいいけど、自分たちが勝ったら、こちらが苦労して手に入れた《エブリウェア・フードストール》を寄越せだなんて。

「嫌よ！」

当然の如く、姉ちゃんが速攻で断った。

姉ちゃんなら強く断ると思っていた。

「なっ！　まだ断るのか？　これで二度目だぞ！　ここで受け入れるのが様式美……」

「変なアニメでも見すぎなんじゃないの？」

「ここはゲームの中だ！」

「あっ！　そうだったのを一瞬忘れてた。でも、嫌」

「《エブリウェア・フードストール》のような貴重なアイテムは、トップ料理人プレイヤーにこそ相応しい！　つまり、この至高と言うべきステーキを生み出した俺たちにこそ相応しいのだ！」

「それは、あなたの感想でしょうが！　《エブリウェア・フードストール》はトップ料理人プレイヤーじゃないと持てないなんてルールはないし、なによりあなたたちが本当にトップ料理人プレイヤーなら、私たちよりも先に手に入れられていたはずだもの」

「うう……」

カポネたち、妙に《エブリウェア・フードストール》に拘るな。

そうか、彼らが材料を集めて自作したと思われる屋台は、高価で美味しいステーキを販売している、高級店のイメージでデザインされているからだろう。

これをいちいち営業の前にストレージから取り出して組み立て装飾し、営業が終わると分解してストレージに仕舞うのが骨なんだと思う。

たとえ、ゲームに慣れているカポネたちでも。

「それとも、強引に私たちから奪い取るの？　もしそんなことをしたら、大きなペナルティーを食らうことくらい、ゲームに詳しいあなたたちならわかるわよね？」

「「「「……」」」」

最初の勢いはよかったけど、カポネたちでは姉ちゃんの口の上手さに勝てないようだ。

「それによぉ、一ついいか？」

続けて、ロックさんも自分の意見を述べる。

「料理勝負をして俺たちが負けたら、《エブリウェア・フードストール》をお前さんたちに進呈するんだろう？　じゃあ俺たちが勝ったら、お前さんたちはなにを俺たちに進呈するんだ？」

「……それは……」

カポネたちが沈黙してしまった。

まさか、自分たちはなにも差し出さずに勝負を挑むつもりだったとは……。

そんな勝負、ますます受けるわけがないじゃないか。

「俺たちが負けたら、貴重なマジックアイテムを失ってしまうのに、お前さんたちが負けてもなにも差し出さないなんて、こんな不公平なことはないと思うぜ」

「《エブリウェア・フードストール》と同じくらい価値があるもの賭けてくれないと不公平よね。カポネさんたちが負けたら、私たちになにを差し出すの？」

チェリーさんも、カポネたちに問《と》い質《ただ》した。

「俺たちは負けん！」

「勝負は水物って言うだろうが。もしお前さんたちが負けた時、『差し出すものはありません！』なんて言われたら損だからな。勝負は受けないぜ」

「なっ！」

カポネたちは料理勝負を受けない僕たちに驚いていたけど、僕たちからアイテムを奪うつもりなのに、自分たちが負けてもペナルティーなしにしようだなんて、そんな勝負誰も受けないと思うけどなぁ。

「ならば俺たちが負けたら、全財産を差し出すぞ！」

「全財産ねぇ……」

攻略集団でもあるまいし、百層あるＳＡＯ第二層を攻略中のパーティーが持つ全資産と、今のところ一台しかない貴重なマジックアイテムでは、釣り合いが取れないなんて話じゃないと思うけど……。

「この話はなかったということで！」

もし今、《エブリウェア・フードストール》を失うと、僕たちの活動に影響大だからなぁ。

せめてそれに匹敵するものを賭けるというのなら、話を聞いてもよかったんだけど……。

「ふんっ！　だと思ったさ。食の探求団の料理が、俺たちのステーキに勝てるわけがないんだからな」

「そうそう。僕たちのステーキには大勢のお客さんがついているんだから」

「ビビッて勝負を受けなくても当然か。明日、お客さんたちに話すとしよう」

「我々の勝ち」

料理勝負を受けないと言ったら散々な言われようだが、幼稚な挑発だからみんな気にしていない……と思ったら……。

「そこまで言うのなら、勝負を受けましょう！」

「ええ――っ！」

突然、姉ちゃんが料理勝負を受けると言い出すものだから、僕たちは大混乱に陥った。

しかも、これからグルメギャング団のステーキに対抗する新料理を開発することを相談したばかりだと言うのに。

「ちょっと姉ちゃん！」

「ヒナさん、こんな勝負を受けても損なだけだぞ」

「ヒナちゃん、落ち着いて」

そりゃあ、ロックさんとチェリーさんも止めて当然だって。

「カポネさん、あなたたちは勝負に、そのステーキを出すのね？」

「俺たちのステーキは完璧だからな」

「今日、お客さんに売っていたステーキをそのまま出すのね？」

「俺たちのステーキに改良の余地などないからな」

食材、下処理、焼き加減、今のところは逆に手を加えるとかえって美味しくなくなる危険があるほど、彼らのステーキは完璧ではあった。

「そう……。それなら勝負を受けるわ」

「なら、勝負は明後日《あさって》だ！」

「明後日ね。優月、早速料理勝負用の料理を作るわよ」

「こうなってしまったら、僕も頑張って料理を作るけどさぁ……（姉ちゃん、勝ち目があるのかな？）」

姉ちゃんは料理勝負に勝てる自信があるらしいけど、その突然決めてしまう癖をなんとかしてほしい。

「姉ちゃん、あのステーキに勝てる料理ってなに？」

「優月がたまに作ってくれるじゃない。その料理を再現できたら余裕、余裕」

「本当かな？」

食の探求団の真のリーダーは姉ちゃんだから、料理勝負を受けざるを得ない。

それにしても、姉ちゃんはどんな料理であの美味しいステーキに勝てると確信しているのだろうか？

第四話 × 料理勝負開始！

「優月、早速勝負で出す料理を作るわよ」

「そりゃあ、姉ちゃんが勝手に勝負を受けちゃったから作るけどさぁ……。あのステーキに勝てる料理なんてあるの？」

「確かに、あのステーキは美味しいからな」

「あの美味しさなら、カポネさんたちが自信を持って当然よね。ヒナちゃん、どんな料理で対抗するの？」

「優月が前に余った食材で作ってくれたことがある、あの料理です。ということでヨロシク！」

「あの料理って……。ええ――っ！　あれでステーキに対抗するの？　確かにあの料理は美味しいけど、賄いのイメージが強くないかな？」

「大丈夫だって。優月は前と同じとおりに作ればいいのよ」

「姉ちゃんがそう言うのなら作るけどさぁ……。大丈夫かな？」

「なあ、ユズ。なにを作るんだ？」

「私も気になるわ」

「ええとですね。家で肉料理の試作をした時、塊で肉を仕入れるんですけど、端材やスジ肉が出るんで、それで作った賄いみたいな料理です」

「実はそういう料理の方が美味しそうだったりするが、グルメギャング団のステーキと勝負するとなると不安になるな」

「でも美味しそう」

「勝負は明後日なので、今から作りますよ。作るのに時間がかかりますし、ＳＡＯ内で正確に再現する必要がありますから」


そして料理勝負当日。

ウルバスのメインストリートに隣接する広場に、カポネたちが集めた、彼らが作ったステーキに感動し常連となったプレイヤーたちと、僕たちがグルメギャング団と勝負すると聞いたら、ジャッジに参加してくれることになったケインさんたち他、食の探求団の常連客たちも集まってくれた。

あまり広くない広場に、その日の討伐を休んで集まった数十名の人たち。

ゲーム攻略に行くべくウルバスの外に向かうプレイヤーたちが、何事かと足を止めてこちらに視線を送るが、なぜか全員が『なんだよ、やってないじゃん』的な表情を浮かべ、その場から立ち去ってしまった。

どうやら彼らは、この広場で《デュエル》が行われるというので立ち止まったみたいだけど、実際にそんなことはなく、がっかりしながら行ってしまった。

足を止めた分、時間が惜しいと思ったのだろう。

彼らは足早に立ち去っていく。

「ところでケインさん、料理の勝負ってデュエルみたいなシステムはないですよね？　僕も自分なりに調べてみましたが、見つけられなかったので」

念入りに最新のアルゴの攻略本を見てみたけど、やはり掲載されていなかったので、見逃しがあるかもしれないとケインさんに聞いてみた。

「プレイヤー同士が戦うデュエルはあるけど、料理勝負でデュエルはできないよ」

「となると、最後に多数決を取るしかないか」

「料理勝負では、デュエルみたいに相手のＨＰを半分にするまでとか、初撃を食らわせるまでなんてルールも適用できないからね。料理勝負で攻撃……って、昔の大げさな表現のグルメ漫画でもあるまいし。デュエルなしだと盛り上がらないけど仕方がない……」

「ちょっと待ったぁ――！」

「「「「「「「「えっ？」」」」」」」」

やはりＳＡＯは戦うプレイヤー優先なのだなと思いつつ、そのまま地味に料理勝負を始めようと思ったところ、それを制止するプレイヤーの存在が。

「料理勝負はデュエルに比べると地味。それは事実ですが、工夫して盛り上げることは可能です！　そこでこの私、『マイク』が司会役を引き受けましょう！」

料理勝負に集まったプレイヤーたちの中から、一人の男性が前に出てきた。

どこから手に入れたのか。

標準的な装備の上に、金ラメの見ているだけで目がチカチカする派手なジャケットを羽織り、同じく赤ラメの大きな蝶《ちょう》ネクタイをつけている。

その服装は、大昔のクイズ番組の司会者といった感じに見えた。

「(そんな服、どこで手に入れたんだ?)」

ロックさんが小声で呟《つぶや》くが、それが聞こえた全員が首を縦に振った。

「あのぅ、あなたの名前はマイクなんですか?」

「はい! この私、昔はアナウンサー志望でしたが、今は地元でラジオ番組のDJをしたり、結婚式の司会をしたり、アニメやゲームの声優の仕事をすることもあります。声のお仕事ならなんでもお任せあれ! この特技を生かし、料理勝負を盛り上げてご覧にいれましょう」

「「「「「「「「「おお――――っ!」」」」」」」」」

押しかけ司会の登場により、地味だった料理勝負がマイクさんが司会をすることで盛り上げてくれることになり、みんなが歓声をあげた。

「(ロックさん、盛り上げる必要ってあるんですかね?)」

ようは食の探求団とグルメギャング団の料理勝負が公平にできればいいわけで、『司会っているのかな?』という根本的な疑問が湧いてきた。

「(……ないけど、まあいいんじゃねぇ? 目立てば、うちの屋台の宣伝になるかもしれないしさ)」

「(宣伝と考えると悪くないのかな?)」

「（そうよ！　私がこの料理勝負を受けて立った理由の一つに、食の探求団の知名度を上げるってものがあったから）」

現実世界の飲食店や料理人もそうだけど、有名ならお客さんが来てくれる可能性が高くなるのは確かだ。

「（どちらが美味しい料理を作るか、料理人プレイヤーの頂点を競うこの勝負に数十名のお客さんが集まった。ＳＡＯにおける料理人プレイヤーの本当のトップが食の探求団かグルメギャング団だなんて事実はないけど、この場にいるお客さんや、この勝負のお話を聞いたプレイヤーたちはそう思ってくれる。だから私は、この勝負を引きうけたのよ）」

料理勝負も、食の探求団の宣伝のうちってことか……。

「（ただ料理勝負は、ゲームシステムに正式なデュエルがないから、マイクさんが盛り上げてくれるのなら大歓迎でしょう）」

「（マイクさんは服装からしてやる気満々だし、集まったお客さんたちも喜んでいるからいいのかな？）」

「マイクさん、料理勝負の司会、お願いしますね」

「では、早速始めさせていただきます。ついに始まった、料理人プレイヤー同士による料理バトル！　なんとこの勝負は、食の探求団が手に入れた《エブリウェア・フードストール》を賭けた勝負になると聞いています！　唯一貴重な《エブリウェア・フードストール》を所有している食の探求団はこれを守りきることができるのか？　それとも、所有者がグルメギャング団へと移るのか？

大変興味深い料理バトルがスタートします！　この場にいる方々はその結果から目を離せません！」

さすがは声のプロ。

マイクさんの司会は見事なものだ。

ＳＡＯにおける名前をマイクにするくらいだから、声の仕事に拘りがあるんだろう。

それと彼は、どこからか手に入れた木彫りのマイクを使っていた。

ただ、声を拡張できるマイクがＳＡＯにあるとは思えず……あっても貴重なマジックアイテムだからそう簡単に手に入らないだろう。

小学生の作品のような木彫りのマイクは形だけで、マイクさんは周囲によく響く地声で司会を続けていた。

「まさしくプロねぇ」

チェリーさんが、マイクさんの声に感心している。

「姉ちゃんの考えは理解できたけど、問題は勝負に勝てるかなんだけど……。本当に大丈夫？」

「心配しなさんなって。今朝優月が作ったのを試食したけど、塩味でもイケたじゃない。こっちの勝利は決まったようなものだから」

「本当かなぁ……」

姉ちゃんは自信があるみたいだけど、僕はせっかく手に入れた《エブリウェア・フードストール》なのになぁ……、と思っていた。

そのくらい、カポネたちのステーキは美味しかったし、それに対抗する僕たちの料理がアレだからなぁ……。

本当に大丈夫なのか、心配になってしまうのだ。

「それでは両チームで、先攻後攻をジャンケンで決めてください」

「わかりました。ジャンケン！」

「ポン！」

ジャンケンはカポネの勝利だったけど、どういうわけかグルメギャング団は先攻を選んだ。

僕たちは、彼らがなにを考えているのか理解できなかった。

「ふふふっ、すでに勝利の女神は、俺たちグルメギャング団の隣で手を振っているぞ！」

……あまり深くは考えておらず、ジャンケンに勝ったから先！　くらいにしか考えていないようだ。

「……普通、後攻の方が有利じゃないか？」

ロックさんの言うとおり、あとで食べたものの方が印象に残るだろうからなぁ。

「……俺たちのステーキは完璧なんだ！　ハンデだ！」

「それはありがとうよ」

ロックさんがわざとらしくお礼を言う。

カポネがようやく『しまった！』と思ったようで返答が遅れたが、今さら後攻にしますとは言えなかったらしい。

そのまま僕たち食の探求団が後攻となった。

「確かにそう言われると、後攻の方が料理の印象が残りやすいから有利かもしれんが、それでも俺たちの勝ちは揺るがないさ。さあ、まずは俺たちグルメギャング団のステーキからどうぞ」

さすがに観客全員に無料で料理を振る舞うと大赤字なので、五人を選んで審査員とした。

プレイヤーとしては割と有名なケインさんは入ったけど、他の四人はよく知らない人だ。

審査員たちの前に焼かれたステーキが置かれるけど、今回もいい肉を使ってるよなぁ。

レアリティが高い肉が出るまで、ひたすら戦い続けたのだろう。

「なんて柔らかい肉なんだ！」

「口に入れると旨味が溢れてくる」

「脂の甘味も感じるが、クドくないぞ」

「筋をまったく感じないし、これはいい肉だな」

「グルメギャング団のステーキは評判だからな。これは美味しいに決まっているよ」

ケインさんも、グルメギャング団のステーキを絶賛している。

これではいくら後攻でも、厳しい勝負になる気がしてきた。

「なんなら棄権してもかまわないぞ。それでも《エブリウェア・フードストール》はいただくけどな」

審査員たちの絶賛を聞き、カポネはグルメギャング団の勝利を確信したようだ。

先にあそこまで褒められると、僕たちもこれは負けてしまうのでは……と思わなくもない。

「大丈夫かね？」

「大丈夫かしら？」

ロックさんとチェリーさんも不安になったようだけど……。

「華麗なる逆転劇を見せてあげましょう。優月、準備を！」

「はい！」

姉ちゃんに促され、僕は昨晩から作っていた料理を提供する準備を始めた。

大鍋で作り、今もこの広場で煮込み続けている料理を器に盛り付け、事前に刻んでおいたネギをパラパラと入れてから、審査員たちの前に置いた。

「これは？」

「牛汁《ぎゅうじる》です」

「牛汁？」

「筋が多い《トレンブリング・オックス》と《トレンブリング・カウ》の肉を、臭みが出ないよう長時間、柔らかくなるまでひたすら煮込んだものです」

「ええと、これは酒場などで出る牛スネ、スジ煮込みみたいな料理なのかな？」

「基本はそうですね。ですが、いまだ味噌と醤油が見つかってないので、味付けは塩味ですけど」

僕は、審査員をしている男性プレイヤーに簡単な料理の説明をする。

「ステーキやハンバーグにすると、筋が気になって食べにくい牛肉が入っている汁だから、牛汁なのか……」

「あ――はっはっ！　随分と自信満々だからなにを出してくるかと思えば！　これで俺たちの勝ち

は決まったな」

「そうかしら？　実際に食べてもらえばわかるわよ」

「食べてみないことには、味の優劣は決められないからね」

ケインさんの発言のおかげで、審査員全員がまずはスプーンで汁をすくって口に入れた。

すると……。

「美味い！　なんだこの旨《うま》みは？」

「この塩味の汁の中に、牛の旨味が凝縮されているのね！」

「これだけの強い旨みとなると、大量の肉を煮込んでいるに違いない！」

「いや、それだけじゃないはずだ。牛肉以外の旨みも……そうか！　食の探求団が販売している、《ネギ塩丼》についているスープに使っていた牛骨から取った出汁《だし》だ！」

さすがは審査員に選ばれただけあるというか、この人たち味覚が鋭いな。

続けて、汁の中にあるよく煮込んだ肉を食べ始める審査員たち。

「硬いスジだらけの肉がよく煮込んであって柔らかい。硬かった肉が口の中でホロリと解《ほぐ》れ、筋の部分がプルプルで、口の中を飽きさせないのがいい」

「コラーゲンね。美容によさそう」

「この牛汁、探ってみると肉がタップリ入っていて、グルメギャング団のステーキよりも満足度が高いな」

「この半透明な物体は……牛骨から出てきた骨髄の部分か！　これ、コンソメに似た旨みが強くて癖になりそうだぜ」

審査員たちは僕が作った牛汁を、まるで宝探しでもするかのように食べ続けていた。

しかも、ただ食べるだけでなく、実は使っている肉の量がステーキよりも多いことや、出汁を取った牛骨から取り出した骨髄の部分も具として入っていることに気がついてくれたか。

「筋だらけで硬い肉でも、こうやって長時間じっくり煮込めば、ステーキに負けない美味しさが出せるのさ」

グルメギャング団のステーキは柔らかくて美味しいけど、硬い牛筋だって長時間煮込めば柔らかくなるのだから。

「ふんっ！　そんなゲテ物が、俺たちのステーキに勝てるものか！」

「ふう、ご馳走《ちそう》さま」

「美味しかった」

「あっ、まだ料理は終わりじゃないですよ。汁の残った器をください」

審査員たちがステーキを食べている時、その様子を見て気がついたことが……僕じゃなくて、姉ちゃんなんだけど。

審査で二つの料理を食べないといけないからって理由もあるのだろうけど、グルメギャング団はステーキにサラダとパンをつけていたが、審査員たちはそちらには一切手をつけていなかった。

それなのに、彼らは牛汁の具を完食したのだ。

姉ちゃんはそれを事前に見越していたようで、『我、勝てり』と言わんばかりの表情を俺に見せながら、次の指示を出した。

「優月、次の料理よ」

「オーケー」

僕たちは審査員たちから、まだ汁が残った器を受け取ると、人数分用意した小鍋に分けて入れそこに炊いたモチ麦を入れて煮込み始める。

小鍋を分けたのは、自分が箸をつけた汁を他の人の汁と混ぜないためだ。ゲームの世界だから衛生面の問題はないけど、料理勝負なのでそこは気を使わないと。

「しっかりと、モチ麦に牛汁の旨みを吸い取らせて……」

そして、ついに完成したものは……。

「牛の旨味が大量に溶け込んだ汁を余すことなく楽しむため、最後はモチ麦雑炊にしました。どうぞ」

僕が《牛モチ麦雑炊》の入った器とスプーンを渡すと、ケインさんたちは一心不乱にかきこみ始めた。

「これは美味い！　いくらでも食べられそうだ！」

「牛の様々な部位の旨味を吸い込んだ、モチ麦の美味さといったら！」

「いくらでも食べられそう」

審査員たちは止まることなく牛モチ麦雑炊を食べ続け、ついに一人残らず完食した。

そして全員例外なく、満足そうな表情を浮かべている。

これで、双方の料理の試食が終わった。

あとは審査結果を待つのみだ。

※※※※※

「これにて、双方の料理提供は終わりました！　これからどちらの料理が美味しかったのか。審査員の方々とこの場にいる観客の方々に挙手をしていただこうと思います！　投票のルールですが、まずは審査員五名による投票！　こちらは一人10ポイントです。続けて、この勝負を観戦していたみなさんにもどちらの料理が美味しそうか挙手していただき、こちらは、一人1ポイントで集計させていただきます。そして両方の合計点で勝敗が決まるというわけです！　さあ！　それでは審査員の方々から挙手を願います！　まずは、グルメギャング団の料理が美味しいと思った人から……」

いよいよ勝敗を決める挙手が始まり……誰が集計するのか少し心配だったけど、マイクさんはこういうことに慣れているようで、素早くあがった手を数えて集計してくれた。

「いよいよ結果発表ぉ――です！　グルメギャング団のステーキと、食の探求団の牛汁！　果たして勝つのはどちらでしょうか？」

全員の視線が、一斉にマイクさんに集中する。

「先行でステーキを作ったグルメギャング団は合計17ポイント！　そして後攻で牛汁を作った食の

探求団は合計90ポイント。この料理勝負の勝者は、食の探求団となりました！」

「やったぁ――――！」

マイクさんから食の探求団の勝利という結果を伝えられると、僕は喜びの声をあげた。

「ねっ？　勝てたでしょう」

「本当に勝てたよ、姉ちゃん」

「やったぜ、俺たちの勝ちだ」

「ユズ君、ヒナちゃん。頑張ったわね」

「みんなが手伝ってくれたおかげですよ」

僕たちが勝利を喜んでいると、その結果に納得できないカポネたちが異議を申し立ててきた。

「こんなのおかしいだろうが！　どうして高レアリティの牛肉を使った最高のステーキが、レアリティが低い筋肉を使った牛汁なんかに負けるんだよ？」

「そうだ！　この結果はおかしい！　結果を誤魔化しているじゃないのか？」

「集計のやり直しを求める！」

「……」

グルメギャング団の他のメンバーも続けて抗議し、集計のやり直しを訴え出した。

だがそんなことを言ってしまえば、ボランティアでこの料理勝負を盛り上げるべく司会役を務めてくれたマイクさんが怒り出すのも無理はない。

「私はプロです！　この料理勝負の司会役を仰せつかった以上、公平中立な立場で司会役に徹し、片方を贔屓《ひいき》するなんてあり得ません！」

そう言いながら、もう一度みんなに挙手をお願いし、集計をした。

そしてその結果に間違いはないと、大きく広範囲に響く声で宣言する。

「おいおい。自信満々だった料理勝負に負けたからって、ちょっと往生際が悪いんじゃないかな？あがった手の数の差を見れば勝敗は一目瞭然だろう」

ケインさんがカポネたちに苦言を呈すと、知り合いだからか大人しくなった。

「どうして自分たちが負けたのか、審査をしてくれた人たちに聞いてみてはどうです？」

姉ちゃんは、カポネたちに自分たちの敗因を尋ねるよう促した。

「どうして俺たちの《至高のステーキ》が、下品な牛汁なんかに負けたんだ？　俺たちのステーキは最高の料理なんだぞ！」

「本当にそうかな？」

「ケイン、どういうことだ？」

カポネがケインさんに、発言の真意を問い質した。

「カポネたちのステーキは確かに美味しかったけど、それは食材のレアリティの高さに頼ったものじゃないか。しかもここはまだ第二層だ。もっと上の階層で手に入れた牛肉を使った方が美味しくなるはずだ」

「それなら牛汁だって同じことだろう？」

「そうだな。だが実は今回の勝負に限っては、それはあまり関係ないんだ。カポネたちに聞きたいんだが、どうしてこの勝負で出したステーキ、なにも改善していないんだ？」

ケインさんは、カポネたちがずっと同じステーキを出し続ける意図を問い質した。

「料理の改善ならしている！　ステーキに使う肉は、もっとレアリティが高いものを苦労して集めた！」

「食材は現時点で最高のものを集めたのか」

「レアリティが高い食材の調理は難しい。当然、料理スキル熟練度の向上にも手を抜いていない！　だから俺たちのステーキは、現時点でこれよりも美味しいものは存在しないはずだ！」

「……君たちはそう思っているのか……」

「ケイン、なにが言いたい？」

知り合いであると聞いた二人だけど、過去になにか因縁でもあるのだろうか？

カポネがケインさんに鋭い視線を送り、双方の中間点で火花が散っているようなイメージを感じた。

「確かにグルメギャング団のステーキは、現時点では最高に美味しいだろう。だけど、料理としてはどうなのかな？」

「ステーキとしては美味しいが、料理としてはどうかだと？　意味がわからないぞ」

カポネがケインさんに、なにが言いたいのだとさらに問い質した。

「わからないのか？　カポネは。ヒナさんはわかるよね？」

ケインさんは、姉ちゃんがそれを理解しているとわかっているかのように尋ねた。

「ええ、グルメギャング団のステーキは美味しいけど、本当にそれだけ」

「それだけだと？　美味しいなら、それでいいじゃないか！」

カポネは姉ちゃんにも怒気を孕《はら》んだ声をあげるが、姉ちゃんは軽くスルーしていた。

「ステーキの味つけは塩胡椒だけじゃない。たとえば、お客さんがいくつかのソースを選べるように工夫しないの？　ステーキに合うソースの試作をしてみた？」

「ステーキという料理は、肉自体の美味しさを味わうものだ！　ソースなんて邪魔だろうが！」

「あなたがそう思っても、ソースでステーキを食べたいお客さんもいるはずよ。オリジナルのステーキソースが人気のお店だって、この世にはいくらでもある。もう一つ、付け合わせも最初からまったく同じなのね」

そこは僕も気になっていた。

確かに美味しいステーキだけど、お肉に比べると付け合わせが貧相に感じてしまうのだ。

付け合わせばかりが目立ってはいけないけど、お肉があまりに美味しいから最初は気にならないものの、料理に詳しい人や二回目にこのステーキを食べる人は、この貧相な付け合わせに気がつくはずだ。

「ステーキの主役はステーキだ！　付け合わせなんて、最低限のものがあればいいんだ！」

「あなたの実家である三方亭のステーキには、クレソンや人参《にんじん》のグラッセなど、目立たないけどしっかりと仕事をした付け合わせがついているけどね。そこまで気を配っているからこその老舗だって感じる。さらに言えば、美味しいオリジナルソースも注文できる。つまりは、レアリティの高い牛肉集めと、効率的な料理スキル熟練度上げで忙しいから、付け合わせの工夫に手が回らなかったんでしょう」

「うっ！」

ステーキを美味しくすることに集中するあまり、付け合わせの改善に手が回らず、料理としては点数が低い。

図星だったのか。

カポネの表情が変わった。

「肉が美味しければ、なんでもいいだろうが！」

「その美味しさでも、あなたたちのステーキは牛汁に負けたのよ。優月はその理由がわかるわよね？」

「……ああっ、そういうことか！」

僕はそれに気がついた。

どうして美味しいステーキを出しているカポネたちが、僕の作った牛汁に負けてしまったのか。

「審査員たちも、他のプレイヤーたちも。グルメギャング団のステーキを食べたことがある人が多かったんじゃないかな？　だとすると、最初に食べた時の感動は薄れるよ」

グルメギャング団は好評だったステーキの改良をまったくしなかった。食べるのが二度目になると、人はその美味しさに慣れてしまって最初の感動は消えてしまう。

一方僕たちの牛汁は、一見ただの牛スジ煮込みにしか見えないけど、美味しくなるように色々と見えない改良を施してあった。

「レアリティが高くないので筋だらけの肉だからね。煮込む前にしっかりと筋切り、カット、下茹《したゆ》でと丁寧に下処理を施し、そのあと、牛骨から取ったスープや骨から出た骨髄と共にじっくりと煮込んである。筋が柔らかくなるまで長時間煮込むから、昨晩から調理していたんですよ」

現実の調理作業ほどではないけど、割と手順や使用する食材が多いから、美味しく作るために昨晩は試行錯誤を重ねていたのだ。

そのくらい手間をかけなければ、レアリティの低い筋だらけの肉が柔らかく煮えるわけがない。

カポネたちが使ったレアリティの高い肉を使うとなると、僕たちは屋台をお休みにして何日もフィールドを駆け巡らないといけない。

それでは牛汁の美味しさである『お肉タップリ』が手頃な価格で再現できないので、安い肉を使う必要があった。

「さらに牛汁には、ステーキにない満足感がある！」

「満足感だと？」

カポネの疑問に答えるかのように、姉ちゃんが説明を続けた。

「あなたたちがいつもステーキにつけている、サラダとパン。残す人が多くない？」

「それがなんだってんだ？　代金は貰っているのだから、ステーキのオマケなんてどうだっていいじゃないか」

「審査員たちも、まったく手をつけなかった」

姉ちゃんの視線の先には、残されて放置されたパンとサラダがあった。

「それは、お前たちの牛汁も食べないといけないからだろう」

「勿論それもあるけど、一番の理由はステーキの美味しさに比べて、サラダやパンなんて美味しくないから、食べなくていいやってなっているからじゃない？」

「それだけ、俺たちのステーキが美味しい証拠だ」

「でもパンとサラダは、定食でいうところのご飯や副菜にあたる。それが残されているのに、まったく改良していないことが、料理の美味しさを下げているのよ！」

「「「うう っ……」」」

またも図星だったのか。

カポネたちは、あきらかに動揺していた。

「一方牛汁は、単体ではステーキに及ばないかもしれない。そこで残った汁に炊いたモチ麦を入れて煮込み、雑炊を作ることで、汁に溶けた牛の旨味をすべて味わえるようにしつつ、食事としても満足しましたよね？」

姉ちゃんは、ケインさんを含む審査員たちに尋ねた。

「確かに心地よい満腹感があるね」

ケインさんたち審査員は、お腹いっぱいになってくれたようだ。

もしグルメギャング団のステーキについていたサラダとパンを食べていたら、ケインさんたちは雑炊を完食してくれなかったかもしれないが、彼らはただのサラダとパンにそこまでの魅力を感じなかったから手をつけなかった。

「特になんの代わり映えもしないパンとサラダだったからね。審査で食べる意味はないって思ったんだ。私はそこまで大食いでもないしね」

「なっ！」

審査員の一人にそう言われ、カポネはショックを受けていた。

「食の探求団の牛汁は、残った汁で雑炊を作ってくれるものだから、つい全部食べてしまった。ステーキでかなりお腹が埋まっていたはずなんだけど、美味しいからかき込むように食べてしまったな」

「食べ始めたら、あまりの美味しさについ完食してしまってね。もう一品あったら審査はできないな」

「これで本当に、コラーゲン効果のおかげでお肌がツルツルになればいいのに……」

「確かにグルメギャング団のステーキは美味しいけど、それはあくまでも単品の料理としてであって、食事としての美味しさと満足感は食の探求団の牛汁と雑炊の方が上だったってことだ」

ケインさんが最後にそう締めくくると、勝負を観戦していたプレイヤーたちもその結果に納得したようだ。

「料理勝負は私たちの勝ちですね。さあ、私たちの《エブリウェア・フードストール》に匹敵するものを差し出してもらいましょうか？」

姉ちゃんが笑顔で、カポネたちに勝者の権利を要求した。

こちらは貴重な《エブリウェア・フードストール》を失う覚悟をして勝負したのだ。

それなりのものを差し出してもらわないと。

「うう……わかったよ！　次は必ず勝つからなぁ――――！」

カポネたちは、所持していた食材、アイテム、所持金の大半を僕たちに差し出し、逃げるようにその場から去っていく。

「毎度あり！　これで欲しかった食材と新しい調理器具が買えるわね」

「とはいえ、《エブリウェア・フードストール》の評価額には到底及ばない。困った連中だ」

「相変わらずだな。あの連中は」

カポネたちに呆《あき》れるケインさんたち。

やはり彼らとカポネたちの間には、なにか因縁があるようだ。

「料理勝負に勝てると確信していたので、私たちとしてはラッキーでしたよ。うひゃあ、あのステーキを作れる高レアリティのお肉も沢山ある！　優月、あのステーキの調理もできるわよ」

「それはいいね。やっぱりステーキは肉料理の王様だからさ」

カポネたちの焼いたステーキが美味しかったのは事実だしね。

それを再現してみたかったんだ。

最初は自信がなかったけど、無事に料理勝負に勝つことができ、なかなか手に入れられない食材なども手に入ってラッキーだったかも。

「料理勝負はこれにて終了です。さて、今日の勝負で出した牛汁の販売を始めますよぉ――――！　まだ大鍋に沢山残っているから」

「「「「「「「「「「うぉ――――!」」」」」」」」」」

「当然だが、手に入れた高レアリティの肉を使ってステーキも焼くぜ!」

「ステーキソースが欲しい方は言ってくださいね。色々準備してありますから。元々はハンバーグ用ソースだったんですけど」

「(姉ちゃん、だから料理勝負を受けたのか……)」

ウルバスのメインストリートに隣接した広場に数十名の人が集まっていれば、何事かと覗きに来るプレイヤーは増えて当然だ。

さらに、この料理勝負を観戦していたプレイヤーたちはお腹が空いている。

料理勝負はいい客寄せとなり、その勝者である僕たちが作った牛汁、グルメギャング団が作ったステーキと同じお肉を使い、食の探求団オリジナルソースを使ったステーキを食べてみたい人は多く、そのあとは夕方まで大忙しだった。

「大勢のお客さんを連れて来てくれてありがとう、グルメギャング団。ハンバーグ用のソースを転用した各種オリジナルステーキソースと、付け合わせの変更でリニューアルしたステーキの材料となる、高レアリティのお肉を提供してくれてありがとう、グルメギャング団」

「姉ちゃん、悪いなぁ……」

グルメギャング団は食材集めの戦闘に比重を置いているので、僕たちに比べると少し料理スキル熟練度が低い。

同時に、オーソドックスな料理方法を好む傾向にある。

つまり、彼らが作れる料理は僕たちでも再現しやすいってことだ。

牛汁だけでなく、リニューアルしたステーキも飛ぶように売れていた。

「向こうが、料理勝負に勝ったら《エブリウェア・フードストール》を寄越せ、なんて言うのが悪い」

「ですよねぇ」

こうしてグルメギャング団との料理勝負に勝利した僕たち食の探求団は、集まった人たちに牛汁やステーキを販売して大儲《おおもう》けすることに成功するのであった。


「今日って、まるでグルメ漫画みたいだったわね」

「それは僕も思いました」

チェリーさんの発言に、みんなが納得してしまった。

こんなことができてしまうのも、SAOの中だからってことなんだと思う。

「今日は久々に声の仕事をしました。これからも、料理勝負の時には必ず駆け付けますよ。他にも声のお仕事があれば、このマイクにご依頼をお願いします」

SAO内で、料理勝負の司会以外で声の仕事なんてあるのかな？

マイクさんは、声の仕事に強い拘りがあるようだけど……。

「そういえばマイクさんって、どうやって今日の料理勝負の情報を掴《つか》んだんだろう？」

「ははは、ユズ君。それは……」

「それは？」

「職業的勘ってやつさ。牛汁と雑炊とステーキ、ご馳走さま」

今日、料理勝負の司会をしてくれたマイクさんには、料理をご馳走しておいた。

きっと次の料理勝負の時も、彼はどこからか現れて司会役を引き受けてくれるだろうから。

第五話　売り上げ勝負

「食の探求団、勝負だ！　今日こそ俺たちが勝利の美酒に酔いしれる時がやってきたのだ！」

「またですか？　昨日勝負したばかりなのに……」

「これまでの俺たちだと思うなよ！　今日はただの料理対決ではない、特別クエストでの勝負だからな。これまでのようにはいかないぞ！」

「こいつら、俺たちが勝負を受けない可能性について考慮しないのかね？」

「お腹が空いてイライラしているのかしら？　昨日の勝負を参考に作った、お肉たっぷりビーフシチューでも食べていかない？」

「美味そうだな……じゃない！　誰が敵と馴《な》れ合《あ》うか！　さあ、勝負を始めるぞ！」

今日もいつもどおり料理を売っていたら、再びカポネたちが料理勝負を挑んできた。

目的を成就するには成功するまで根気よく続ける必要があるから、めげずに勝負を挑み続ける彼らは間違っていないのか。

少しは僕たちの都合は考えてほしいけど。

「超一流の職人が作った、第二層で手に入る中ではおそらく一番豪華な調理器具セットが手に入るクエストがある！　欲しいと思わないか？」

「「「欲しい！」」」

どこでそんな情報を掴んだのか知らないけど、カポネの話によればウルバスに古くからある下町に調理器具を作る腕のいい職人がいるそうだ。

「で、どんな感じなのよ？」

豪華調理器具セットがどのくらい豪華なのか、ロックさんがカポネに尋ねた。

「実際に見ればわかる。俺たちも、今は料理を売るのに忙しいのでな。営業後に見に行くぞ」

「それは楽しみだな」

そういえばカポネたちも、今日は僕たちから離れた場所で料理を売っていたのだった。

彼らの料理は三方亭の影響なのであろう。

ビーフシチュー、オムレツ、ステーキなど。

少々値段は高いし、オーソドックスなメニューが多いけど、味はいいので、しっかりと固定客を掴んでいた。

戦闘力が高いのでレアリティの高い食材を集めやすく、僕たち以外の料理人プレイヤーよりも多くのお客さんを掴んでいる。

二十代半ばにしてグルメギャング団を名乗る厨二病《ちゅうにびょう》感や、突然料理勝負を挑む唐突さがなければ、侮れない実力を持つ料理人パーティーなのだ。

夕方になり、ウルバスの街全体が暗くなると、多くの料理人プレイヤーたちがお店を閉める。中には、昼間の営業では十分な売り上げを得られないからと、あえて夜に料理を売るプレイヤーも現れ出した。

夜は競争相手が少ないため、昼間だとあまりお客さんが利用しないレベルの屋台でも、多くのお客さんが利用していると聞く。

現実世界と同じく、みんな売り上げを得ようとそれぞれに工夫していた。

僕たちも油断せずに頑張らないと。

「実は飲食店って、それほど美味しくなくても繁盛しているところがあって、それは場所がよかったり、誰も営業していない時間にやっていたりする。逆にとても美味しいのに、競合店が多かったり、不便な場所にあって気がつかれないまま潰れるケースもあって、飲食店の営業って大変なのよねぇ……」

姉ちゃんが勤めている会社は、有名なチェーン店をいくつも経営している。

準備に準備を重ねて出店したお店が赤字で閉店するなんて珍しくもなく、元々新規の飲食店は三年以内に七割が潰れるなんて聞くから、僕たちは茨の道を歩いているとも言えた。

ただ、ＳＡＯで開いた飲食店にお客さんが来なくても、借金まみれになって潰れるなんてことがない点は救いなのか。

いや待てよ。

もしかしたら僕たちが知らないだけで、飲食店の経営資金がショートしそうになったら、とんでもない高利で貸し付けるヤミ金NPCがいるのかも？

「ここが、その職人の店だ」

そんな話をしている間に、目的の場所に到着したとカポネが教えてくれた。

このエリアもウルバスの裏通りにあるけど、雑然としていたり治安が悪そうだったり、柄の悪い人たちがたむろしているような場所には見えない。

建物は古いけどしっかりと手入れがされていて、古くからの住民が秩序だって暮らしている印象を受けた。

「こういう下町って、老舗のいい飲食店が多いイメージだよな。時間があったら取材してみたいぜ」

「そんなイメージありますね」

目的であった職人の工房も、この地区の常連客に愛されていそうな店構えをしていた。

カポネたちに続いて工房の中に入ると受付があり、作業場は客に見えないようになっている。

そして店内の棚には、ところ狭しと調理器具が並んでいた。

この工房で作られたものらしいが、どれもプロ仕様で品質もよく、料理人なら絶対に欲しくなってしまうものばかりだ。

「こんなお鍋を使ってみたいわねぇ」

チェリーさんが、シチュー用の大鍋を見ながら目を輝かせていた。

僕たちが普段使っている、作りが雑でいかにも家庭用っぽい大鍋とは違って、色合いから見て銅製だと思う。

有名レストランの厨房《ちゅうぼう》に置いてありそうな、見ているだけでワクワクする、匠《たくみ》の逸品ばかりが置かれていた。

「腕のいい職人さんなんだ」

「このフライパンもいいなぁ。このオタマも、フライ返しも。これはチーズおろしか。このボウル、使いやすそうね、優月」

現実世界でこれと同等のものを購入したら、いったいいくらかかるのだろう？

でもカポネは特に感動している様子もないので、三方亭ではこのランクの調理器具は標準装備ということか。

羨ましい……。

「このフライパンなら育ててみたいかも」

ＳＡＯで鉄製のフライパンを念入りに手入れしても、食材がくっつかずに綺麗に料理できるなんて機能はなさそうだけど。

「高いんでしょうねぇ……」

食の探求団の真のリーダーである姉ちゃんが、高そうなのでおいそれと手は出せないと言った。

値札はついてないけど、確かにもの凄く高いんだろうなと思ってしまうものばかりだ。

「残念だが、この見事な調理器具セットは非売品だ。特別なクエストをクリアしないと手に入らないのさ。だから値札がついてないだろう？」

姉ちゃんの疑問に答えるかのように、カポネが答える。

てっきり僕は、お寿司《すし》屋さんの時価ネタの如く、欲しいというとんでもない価格を提示されるものだとばかり思っていた。

姉ちゃんたちも同じだろう。

「さっき言っていた、特別クエストとやらのクリア報酬なのか。どんなクエストなんだ？」

ロックさんがカポネに尋ねる。

「これが手に入るなら、クエスト頑張りたいわね」

ロックさんもチェリーさんも、豪華調理器具セットの魅力に取り憑《つ》かれたようで、目を輝かせながら眺め続けている。

「このクエストは少々特殊でな。料理スキルを持つ二人及び、二つのパーティーが同時に受けないとクエストが始まらない対決形式なのさ。そして見事勝利した者のみが、この豪華調理器具セットを手に入れることができる」

「それってつまり、クリアできなかった人及びパーティーは、この豪華調理器具セットが手に入らないってこと？」

「そうだ！　勝者のみが豪華調理器具セットを手にできる。俺たちに相応しいクエストだと思わないか？」

先日みたいに、《エブリウェア・フードストール》を寄越せと言われないのはよかった。

グルメギャング団も、それを言ったばかりに僕たちに身ぐるみ剝がされる羽目になったから、勝者のみ景品が貰えるこの特別クエストに僕たちを誘ったんだろうけど。

「勝者のみが、豪華な調理器具セットを手に入れられる。わかりやすくて悪くないかも」

実際に素晴らしい豪華調理器具セットを見てしまったら、是非とも手に入れたくなるのが人情というもの。

それなら、これを受けないなんて選択肢は存在しない。

「では、勝負を受けるのだな」

「受けてもいいけど、このクエストの詳細を知りたいわね」

「勝負を受けるというのであれば、次の場所に案内しよう」

後ろ髪引かれつつも、豪華調理器具セットが陳列された工房を出ると、カポネはその近くにある食堂に僕たちを案内した。

建物自体は年季が入っているがよく手入れされており、地元の人たちに人気がありそうな大衆食堂って感じかな。

「では、早速クエストを受けようじゃないか」

「臨時休業の札がかかってるけど……」

「それはいいんだ。この食堂の中に入らないと、特別クエストが始まらないからな」

またもカポネを先頭に食堂の中に入ると、そこでは二人の若い男性が対峙《たいじ》しているように見えた。

そして、そんな二人を心配そうに見つめる一人の若い女性が……いや、よく見ると一人の男性ばかりに視線を送っているので、女性は彼に好意を持っているのだと思う。

「俺とお前。どちらがミーアと結婚できるか勝負だ！　それに加えて、嫁入り道具としてデュータさんが作った豪華調理器具まで貰えるなんて、俺たちの門出を祝ってくれているようだ」

豪華調理器具？

ああっ、だからアレは非売品だったのか！

「私の『双葉亭』とバスターの『金の匙《さじ》亭』による売り上げ勝負を行い、勝者がミーアの夫となれる。そういうことだな？」

「レック、俺は負けないぞ。ミーアは俺と結婚するんだ」

「私とて、ミーアを譲るつもりはない！」

近くに僕たちがいるのに、若い男性二人は特に気に留《と》めた様子もなく、決められていた会話と動作を行い、若い女性はレックと呼ばれた男性を心配そうに見つめている。

NPC同士の会話だから、突然の乱入者である僕たちよりも、シナリオを進めるのが最優先ってところがゲームっぽいと感じてしまう。

「カポネさん？　この三人と特別クエストにどんな関係があるのかしら？」

チェリーさんが、カポネに詳細な説明を求めた。

「見てのとおりだ。豪華調理器具セットを陳列していた工房の主《あるじ》デュータの娘がミーアで、この食堂『双葉亭』の跡取りで彼女に惚《ほ》れられているレック。そしてもう一人が、ここから少し離れた場所にある老舗高級レストラン『金の匙亭』の跡取りであるバスターだ。この三人は幼馴染《おさななじ》み同士でな。幼少の頃からどちらがミーアと結婚するか、激しく争うライバル同士でもあった。三人は成長し、ミーアの父は、レックとバスターにミーアと結婚する許可を出したのだが……」

「ミーアさんと結婚できるのは、二つのお店で行う売り上げ勝負の勝者のみってことね。デュータさんは素晴らしい調理器具を作る工房の主だからこそ、愛娘《まなむすめ》は優れた料理人に嫁いでもらいたいと思っている。あれだけ素晴らしい豪華調理器具を嫁入り道具として作るくらいだものね」

「そういうことだ。そこで食の探求団に選んでもらいたい。レックとバスター。どちらに手を貸す？」

「手なんて貸せるのか？」

ロックさんの懸念はわかる。

突然赤の他人から、料理の売り上げ勝負を手伝うなんて言われても、怪しすぎるだろうからだ。

「双方共に絶対にミーアと結婚したいと思っているし、そのためには助っ人《すけと》の手を借りることも躊躇しないってことだろうな。で、どうする？」

ミーアさんが惚れているレックさんは、この老舗食堂の跡取りだ。

常連客も多く繁盛しているらしい。

バスターさんが跡取りである高級レストランも老舗で繁盛しているが、両者の違いは、有り体に言えば客単価か……。

「（あきらかに、バスターさんの高級レストランの方が有利だよなぁ……）」

レックさんの食堂も人気店らしいけど、庶民向けなので料理の値段はリーズナブルだろう。

一方バスターさんの高級レストランは、高級というくらいだから、料理の値段が高いはずだ。

「（この勝負は売り上げで決まる。つまりレックさんの食堂を選ぶと、バスターさんの高級レストランの数倍……いや、十倍はお客さんが来ないと勝利するのは難しい）」

バスターさんの高級レストランでは、常に満席でお店の外にお客さんが並んでいるなんてことはないだろうし、コース料理は提供に時間がかかることを踏まえても、客単価に差がありすぎるんだよなぁ……。

「（姉ちゃん、どっちを選ぶつもりなのかな？）」

「さて、レックとバスター。どちらを選ぶ？」

カポネが選択を迫る。

まるで僕の考えを見透かしたかのように、いや、どっちがどっちを選ぶか決めないと話が進まないから偶然か。

ゲームだから仕方がないけど、僕たちが話しかけるまでずっと対峙し続けるレックさんとバスターさん。

そしてレックさんを心配そうに見つめるミーアさんがちょっとシュールだった。

「（迷うなぁ……）」

普通に考えたら、バスターさんの高級レストラン一択だろう。

なぜならこの特別クエストは、売り上げ勝負で勝利しなければ豪華調理器具セットが手に入らないのだから。

好き合っているレックさんとミーアさんのことが引っかかるけど、これはゲームで、実際に好き合っている二人の仲を裂くわけではないのだから。

「じゃあ、僕たちはバ……」

「先に選んでいいですよ」

「なっ！　ちょっと姉ちゃん！」

グルメギャング団に先に選ぶ権利をあげちゃったら、確実にバスターさんの高級レストランを選ぶに決まっているじゃないか。

だってカポネも、三方亭という客単価の高いお店が実家なんだから。

「本当にいいのか？　俺たちが先に選んで」

「どうぞどうぞ」

もしかして、あっさりと先に選ぶ権利を譲ってくれた姉ちゃんに対しなにか裏があると勘ぐり過ぎて、バスターさんの高級レストランを選べなくする策略なのか？

なんて思っていたら……。

「グルメギャング団は、バスターに手を貸すことにする。俺の実家は〝あの〟三方亭で、食堂のやり方はよくわからんしな」

「(三方亭だってたいして手伝ってないんだから、レストランの経営もよくわからんだろうが……)」

ロックさんが小声でカポネにツッコミを入れたが、彼には聞こえていなかったようだ。

それよりも、姉ちゃんが先に選んでいいなんて言うから……。

「それでは食の探求団は、レックさんの食堂を手伝います」

「今回こそ、俺たちグルメギャング団が勝利を掴む！　その舞台が高級レストランというのが実に俺らしい」

それって、自分の実家は高級レストランだから、同じ高級店である金の匙亭を手伝うのに相応しいって言いたいのか？

……ああ、彼らは僕たちの亡くなった両親が食堂をやっていたなんて知らないか。

「どちらがどちらのお店を手伝うのか、これで決まりましたね。早速クエストを始めて、あなたたちは金の匙亭に移動したらどうですか？」

ちょっとムカついたので、僕はカポネにクエストを始めようと催促した。

「では売り上げ勝負を始めるとするか」

その後は、対峙する二人に話しかけると頭上に《！》マークが浮かび、カポネが売り上げ勝負を手伝う旨を伝えると、『ありがたいけど、あなたたちは料理を作れるのか？』と問われた。

そこで僕たちとグルメギャング団が実際に食堂のキッチンで料理を作ると、『素晴らしい腕前だ。是非手伝ってほしい！』と懇願され、『はい』と答えるとクエストが進行した。

どうやら料理スキル熟練度が一定以上あることも、この特別クエストを受けられる条件らしい。

無事料理試験に合格した僕たちは、レックさんとバスターさんからどっちがどっちを手伝うのかと問われ、僕たちはレックさんを、カポネたちがバスターさんを選んだ。

バスターさんとグルメギャング団は双葉亭を出て行ってしまい、そのあとには僕たちとレックさん、そしてミーアさんが残された。

「料理ができる人たちに手伝っていただけるのはありがたいです。実はこの食堂、普段はミーアが手伝ってくれているんですが、今回は無理なので……」

ミーアさんを賭けた勝負なのに、彼女が一方のお店を手伝ったら公平性に欠けるから仕方がない。

「他の従業員はいないんですか？」

「ミーアを除けば、私と母だけです。父は先月急死してしまいまして……。おかげで助かりました」

「「……」」

食の探求団のリーダーは僕なのに、勝手に姉ちゃんがグルメギャング団との勝負を受けてしまったことに文句はない。

特に今回は、勝利できれば豪華調理器具セットが手に入るのだから。

だけど、レックさんとバスターさん。

どちらに手を貸すのか、先に選ぶ権利をグルメギャング団に譲ってしまうから……。

僕とロックさんは、姉ちゃんをジト目で見つめる。

「そんな目をしなさんなって。任せなさい。今回も食の探求団の勝利で終わるから」

「本当？」

「大丈夫よ。ねえ、チェリーさん」

「レック君とミーアさん、お似合いじゃない。手を貸してあげましょうよ」

絶対にチェリーさんは、なんらかの勝算があってレックさんを選んだ姉ちゃんを支持していないと思う。

姉ちゃんには自信があるみたいだし、この売り上げ勝負に勝利しなければ豪華調理器具セットが手に入らない。

気持ちを切り替えて、レックさんの食堂を繁盛させないと。

※※※※※

「バスターさんのお店は高級店で客単価が稼ぎやすい。カポネたちは、絶対に自分たちが有利だと思っているし、実際に有利だけど、姉ちゃんに対策があるの？」

それにしても不思議なのは、どうして姉ちゃんがレックさんを選んだかだ。

「確かに双葉亭の客単価は低いけど、古くから営業している老舗で、多くの常連客に愛されている。飲食店で新規のお客さんを増やすのは大変だから、決して双葉亭が不利ってことはない」

客数は、双葉亭の方が有利というのは間違っていないか。

「レック、本当は私も手伝いたいんだけど、父が……」

「公平な勝負ではなくなってしまうからね。ミーアは家に帰って私の勝利を願っていてくれ」

「バスターも幼馴染みだけど、私はレックのお嫁さんになりたい！　そして、この食堂でずっと一緒に働き続けたいの！」

「ミーアがこの食堂の若女将《おかみ》になれるよう、私は頑張るよ」

「うん！　待ってる！」

目の前で展開される、幼馴染みの若い男女が織りなす、非モテな僕の心を抉《えぐ》る光景。

僕は、この特別クエストをプログラムした運営への恨みを決して忘れないだろう。

「……姉ちゃん、僕、今からバスターさんのレストランに手伝いに行っていい？」

「カポネたちがいるから無理！　さあ、張り切っていきましょう！」

そして、そんな僕の気持ちなどこれっぽっちも理解してくれない、食の探求団の真のリーダーである姉ちゃん。

まあ僕も本気でバスターさんのレストランを手伝う気などないので、豪華調理器具のため、レックさんの食堂が勝利できるように動かなければ。

※※※※

「むむむっ、お店の稼働率が思っていたよりも低いじゃないか。ならば、期間限定でコース料理を安くしよう！　老舗高級レストランである『金の匙亭』の最高級コースを半額にすれば、間違いなく客数も増えるはずだ」

「ですが、それだと利益が……」

「今は金の匙亭の味を新規のお客さんに覚えてもらうことが大切だ。利益はあとからついてくる！　なにより、この勝負は売り上げが多いお店の勝ちで、利益率など問われていない！　これは短期間の勝負だし、これに勝てなければミーアを嫁にできないぞ。俺の言っていることは間違っているか？」

「いいえ……。今からコース料理の値下げをします……」

「バスター、これで君の勝ちは決まったぞ！」


早速特別クエストを始めたが、ただの料理勝負とは違って店舗の売り上げ勝負なので、お店の料理の値段を自由に変更できるのが特徴的だ。

ここはゲームのレストランなので、料理の値段をいくら下げたところで赤字で潰れるわけでも、バスターたちが借金塗《まみ》れになったり、路頭に迷うわけではない。

なによりバスターは、ミーアとの結婚を望んでいる。

値下げはわずかな期間のことだし、今は利益よりも売上を増やすことが大切だと諭すと、メニューの値下げに応じてくれた。

この金の匙亭は高級店であるがゆえか、レックの食堂に比べると客数が少ないと理解はしていたが、だいぶ店内の空席が目立つな。

店内で食事をしている客たちは大半がＮＰＣで、これはプレイヤーの売り上げだけカウントすると、他のプレイヤーたちがサクラとして来店、売り上げを嵩増《かさまし》して簡単に勝利してしまうズルを防ぐためだと思われる。

とにかく今は、プレイヤーの客を一人でも多く金の匙亭に呼び込まねば。

このコース料理価格では、大半のプレイヤーが利用できないので値下げでハードルを下げるのだ。

「これに加えて、俺たちがレアリティの高い食材を供給しよう。さらに料理が美味しくなり、お得感が高まって、多くの客がやってくるはずだ」

その分、俺たちは食材集めに集中する必要があり、料理をする時間がなくなるが、金の匙亭は老舗高級レストランなので腕のいい料理人を複数雇っているから問題ない。

俺たちの料理スキル熟練度が上がりにくくなるが、この特別クエストが終わるまでのことだ。

それよりも、特別クエストの報酬である豪華調理器具セットが欲しい。

食の探求団はちょくちょく調理器具を買い換えているが、グルメギャング団は武器と防具の買い換えも頻繁にあるから……食の探求団は、極力戦闘を避けるし、武器なんてあればいい程度にしか考えていないからな……こちらも努力はしているが、調理器具の買い換えが遅れてしまう傾向にあった。

「(売り上げ勝負なんだから、利益なんてどうでもいい！　バスターの許可を得られたから、あとは料理を売らせまくるのみ！　食の探求団よ！　今度こそグルメギャング団の勝ちだ！)」

今回は食の探求団に勝てるよう、事前にしっかりと準備をしておいてよかった。

今度こそ必ず勝利して、料理人プレイヤーナンバーワンの地位を、俺たちグルメギャング団が掴むのだ。

※※※※※

「ヒナさん、ユズさん、ロックさん、チェリーさん。手伝いよろしくお願いします」

「レックさん、私たちに任せてください。早速お昼の営業ですが、私たちが提供する新メニューや、既存のメニューの改良でお客さんを呼びますから」

「極めてオーソドックな戦法だね。それしかないとも言えるけど」

「あっちは値下げ攻勢で私たちに勝つつもりらしいけど、安易な値下げは感心しないわ」

「値下げしても、向こうの料理の価格を考えると、こっちは沢山売らないといけないがな。とにかく今はやるしかねえ」

金の匙亭なら値下げしても客単価は高いままだけど、レックさんの双葉亭で値下げをしてしまうとますます売り上げが下がるから、新メニューやリニューアルメニューで少し価格を上げつつ従来のメニューも続け、少しでも売り上げを増やす作戦だ。

「メニューが増えてちょっと大変だけど、人数は増えたから大丈夫。さあ、頑張ってお店を繁盛させるわよ」

これまで双葉亭を手伝っていたミーアさんは勝負の公平性を保つため、売り上げ勝負が終わるまで自宅に待機している。

レックさんと母親だけで、地元密着型の薄利多売で毎日多くのお客さんが詰めかける食堂を切り盛りするには難しい……たとえ相手がＮＰＣの客でも、特別クエスト中は料理を作って出す必要があるからだ。

今は僕たち四人が加わったので、手が回らないってことはないと思うけど。

「ここだよ。食の探求団とグルメギャング団が売り上げ勝負を始めたお店の一つは」

「へえ、どんな料理が食えるのか楽しみだな」

「金の匙亭はコース料理が半額だけど、気軽に食べられる価格じゃないしな。今日は双葉亭にしておこう」

「「「賛成！」」」

グルメギャング団が、僕たちと共に受けた特別クエストの情報を多くのプレイヤーたちに流したようで、試しに食べに来るプレイヤーが思ったよりも多かった。

「てっきりグルメギャング団のことだから、金の匙亭だけ情報を流しているものだとばかり」

「律儀なのか、それで俺たちに勝利しても嬉しくないって思っているのか」

カポネという男。

案外真面目……いや、勝てる自信があるんだろうなぁ。

「そのおかげで、お客さんの数は圧倒的に双葉亭の方が上ね」

元々双葉亭は地元密着型で、リーズナブルで美味しいと評判の食堂らしい。

人気メニューはビーフシチューだけど、価格を抑えるために硬くて筋が多い《トレンブリング・オックス》の肉を使っており、よく煮込んで柔らかくしているのは、先日僕たちが作った牛汁と同じだ。

そこで肉を増量し、その分価格をあげた《ビーフたっぷりビーフシチュー》、筋切りした《トレンブリング・オックス》の肉をハンドミルサーで作った果物の果汁につけ込んで柔らかくした、《やわらか加工ステーキ》、炊いたモチ麦、牛脂、鳥の卵、ネギ、細かく刻んだ《トレンブリング・

オックス》のチャーシューを炒めて作った《焼き飯》などを新メニューに加え、そのおかげか食堂は大繁盛していた。

「上手くいったわね」

「でもさぁ、やっぱり金の匙亭の客単価は脅威だよ。たとえセールで半額になっても」

さっき、ロックさんに金の匙亭の様子を見に行ってもらったけど、やはりコース料理半額の魔力は効果絶大だった。

これなら手が出せると、金の匙亭を利用するプレイヤーが少なくなかったからだ。

「とはいえ、ずっと半額なんて続けられないはずだよ」

「この勝負の間だけ、半額にすれば済む話だ。そのあと、金の匙亭に客が入ろうと入るまいと、潰れるわけじゃないからな」

ここはゲームの中であり、料理の売り上げ勝負も、現実のそれとは少し違う。

現実の店舗で、金の匙亭のような半額セールをやると最悪潰れてしまう。

確かに一時的にお客さんが詰めかけるだろうが、そういう時のお客さんの大半は価格を戻すと二度と利用しなくなるからだ。

常連客たちが、半額セール目当ての一見客のせいで利用できなくなり、不快に思って二度と利用してくれなくなる、なんてリスクもあった。

なにより、金の匙亭のようなお店が半額セールをするなんて、ブランドイメージを失墜させてしまうかもしれないのだ。

「だけど、金の匙亭はゲームの中のお店なので、半額セールが原因で潰れることも、ブランドイメージが失墜することもない。連中はあくまでもゲームのクエストを効率よくクリアしているのさ」

「なるほど」

僕たちはゲームの素人で、現実の飲食店のことが普通の人よりわかっているから、カポネたちのやり方をよくないと思ってしまうのか……。

だけどここはゲームの中なので、彼らのやり方を批判しても意味はなかった。

カポネたちのやり方で、後々金の匙亭が潰れるとは思えないからだ。

「コースの料金を半額にしても、お客さんが普段の倍来れば同じ売り上げになる。それ以上のお客さんが来たら、普段よりも売り上げている計算になるわね。あの人たち、思っていたよりも手強いかも」

チェリーさんは、グルメギャング団を侮り難い存在だと認識した。

「唯一の救いは、双葉亭がほぼ満席状態ってことだな」

食の探求団とグルメギャング団が二つのお店で売り上げ勝負をしていることが徐々に知れ渡っているようで、多くのプレイヤーが様子を見がてら食べに来てくれたからだ。

半額でも金の匙亭は敷居《しきい》が高く、双葉亭で食べてくれるお客さんが多かった。

だけど金の匙亭で食べるプレイヤーも少なくなく、そうなると客単価が高い金の匙亭が有利になってしまう。

「カポネたち、ここまで読んで金の匙亭を選んだのか……」

「食の探求団のみなさん、おかげさまでお店は満席です。これならバスターに勝てるはずです！」

レックさんは料理の手際もいいし、そういう仕様だと言われればそれまでだけど、僕たちが教えた料理もすぐに作れるようになる。

だけど、数字で経営を見られないのは惜しいところだ。

そこを補助してあげるのが僕たちの役割であり、対等な勝負ができるように頑張らなくちゃ。

「(だけど、ちょっと心配になってきたよ)」

確かにお店は繁盛しているけど、いくら満員でも金の匙亭には勝てない気がしてきた。

なぜなら、勝負は客数ではなく売り上げなのだから。

「(優月は心配しなさんなって)」

「(レックさんはいい料理人だけど、いい飲食店経営者とは言いがたいからさぁ)」

「(この勝負以外で、レックさんにそんな能力がなくても大丈夫だしねぇ。双葉亭は地元に愛されているって感じだから。私たちが頑張って勝利して、ミーアさんと夫婦仲良くこの食堂を続けてもらえばいいのよ)」

特別クエストが終わってしまえば、双葉亭も売り上げなんて気にする必要ないからなぁ。

その点、現実の店舗と関わるよりも精神的に楽だと思う。

「(僕もそうなればいいと思っているけど、現実問題としてグルメギャング団に勝てるの？)」

このまま夜の部に移行したとして、この食堂は昼間から満席状態だから稼働率はこれ以上あげられない。

元々双葉亭の料理はリーズナブルだからで、金の匙亭に売り上げでは勝てない気がするんだ。

「(姉ちゃんは、そこのところをどう思っているの?)」

「(我に策ありよ)」

そんな話をしていたら、偵察だろう。

カポネが姿を見せた。

「俺の計算どおりだ。大衆食堂を満員にするよりも、高級レストランである程度の稼働が取れれば余裕で勝てる。ましてや、利益率を考慮しなくていいんだからな」

カポネは双葉亭の様子を見てから、今度こそ自分たちの勝ちだと確信しているようだ。

「夜の営業で巻き返すから、ご心配なく」

「そんなことができるのか? この庶民向けの食堂に。価格が高い料理を出すには、金の匙亭のように多くの料理人やスタッフを抱えていなければ難しい。せいぜいやれて、既存のメニューを改良して少し価格を上げるくらいだ。どうだ? 図星だろう?」

僕はカポネの推察に間違いを見つけられず、本当に勝てるのか不安になってきた。

「いくら老舗でも安い店は駄目だな。これだけ長く店を続けながら高級店にするでなく、いつまでも貧乏人相手に安い料理なんて出しちゃって。ミーアもうだつの上がらないレックより、高級レストランの跡継ぎであるバスターと結婚した方が幸せになるに決まっているって」

カポネの嫌みを聞き、レックさんは落ち込んでしまったように見える。

すると、すかさず姉ちゃんが反論した。

「それは、自分の実家のことも踏まえて話をしているの？　ろくに手伝ったこともない実家の表層だけ真似して自信満々なようだけど、油断すると逆転負けするわよ」

姉ちゃんは気が強いから、カポネの暴言に真っ向から反論した。

ろくに実家も手伝っていない、飲食店経営をわかったフリしている男。

姉ちゃんからそう指摘されたカポネは、図星だったのか顔を歪《ゆが》めた。

「っ！　俺は負け犬の遠吠《とおぼ》えなんて気にしないぜ。安売りだけだと思うなよ。俺たちは料理で使う食材の質も上げ、さらに美味しくすることに成功したのだから。夜になれば、もっと客の数は増えるはずだ」

「ふ――――ん、自分なりに料理の改良はしているのね。でも、うちもそう捨てたものじゃないわよ。夜にやる新メニューを楽しみにしていなさいな」

「なにを出そうが、俺たちの勝ちは揺るがないがな」

カポネは言いたいことだけ言ってから、その場から立ち去った。

「嫌みな奴だが、あいつの言っていることは間違っていないからなぁ。ヒナさん、大丈夫か？」

「稼働率をこれ以上あげられないとなると、勝利するには客単価を大幅に上げる必要があるけど、それにはブランド力が必要よ。バスターさんの金の匙亭にはこの地区一番の老舗高級店という歴史があるけど、双葉亭には老舗の大衆向け食堂という評価しかない。下手に料理の値段を上げるとお客さんが飛ぶかもしれないから、難しくないかしら？」

ロックさんとチェリーさんにも、双葉亭が金の匙亭に売り上げ勝負で勝てるビジョンが見えないみたいだ。

「（姉ちゃん、本当にどうするんだろう？）」

僕たちは、姉ちゃんの指示どおりやるしかないんだけどね。

※※※※※

「……という感じにするから、夜の準備をお願いね」

「その手できたか！　確かにそのやり方なら、コース料理にすることなく客単価を上げられる」

「それでいて、金の匙亭みたいに多くの人手が必要ないってメリットもあるな」

「物珍しさもあって、多くのお客さんも期待できるわね」

お昼の営業が終わった直後、姉ちゃんは夜の営業で金の匙亭に勝つための秘策と、その準備を僕たちに指示した。

これなら勝てそうだと、みんなで準備をしていると、そこに思わぬ人物がやって来た。

「共に老舗ながら、一方は高級レストラン、それに対するは地元密着型の人情食堂！　可憐《かれん》な幼馴染みはどちらの次期経営者に嫁ぐのか？　それは、食の探求団とグルメギャング団の頑張りにかかっています！　さあ、どちらが売り上げ勝負に勝利するのか？　グルメギャング団が前回の雪辱を果たすのか？　それとも、食の探求団が連勝を成し遂げるのか？」

「「「マイクさん？」」」

勝負イコール司会ができるってことで、誰よりも早く駆け付けたマイクさん。

行動が早いな。

同時に、僕たち以外誰も聞いていないのに、司会をする意味ってあるのだろうか？

「この前の料理勝負の時みたいに、聞いている観客が一人もいなくても喋《しゃべ》るんですね」

「はい！　ユズさんたちが聞いていますからね。私は声のプロなので、何人が聞いているのかなんて関係ありません！　この売り上げ勝負の司会ができればいいんです！」

「「「プロだ……」」」

僕たちからしたら途中経過を知ることができるからありがたいけど、一円……ここはＳＡＯの中だから一コルか……にもならないのに、飾りのマイクを片手に両方のお店を回って司会をするマイクさんは真のプロかもしれない。

「そんな私の理念はさておき！　現時点でどちらのお店の売り上げが上なのか？　中間発表です！」

マイクさんは、金の匙亭にも顔を出して司会をしつつ、両店の売り上げまで調べてきたみたいだ。

「本物のプロなのね……」

チェリーさんの指摘に、僕たちは一斉に頷《うなず》いた。

「みなさんが是非知りたい売り上げの途中経過報告ですが……おおっと！　現時点では、かなりグルメギャング団が上回っていますね」

倍の差とまではいかないけど、やはり金の匙亭の高級コース半額の衝撃は大きかったようで、普段攻略を頑張っているからご褒美に、という名目で多くのプレイヤーたちが利用しているらしい。

双葉亭もリーズナブルなのに味がいいのでほぼ満員状態だったけど、如何《いかん》せん料理の値段が違いすぎる。

「厳しいなぁ……」

夜の部には姉ちゃんが考えた新しい料理と売り方を始めるけど、グルメギャング団に追いつけるのか不安になってしまう。

下手をすると、ますます差が開くかもしれないからだ。

「おおよそ計算どおり……いえむしろ、コースメニューを半額にしてもこの程度の客数なのか。それはそうよね。ゲームプレイヤーが高価なコース料理なんて、そこまでありがたがらないはず。物珍しさで一度利用してみよう。半額でお得だからってお客さんばかり」

マイクさんの中間発表を聞いても、姉ちゃんに焦った様子はなかった。ほくそ笑んでいる顔を見ると、むしろ勝利を確信している？

「姉ちゃん？」

「出している料理の価格の差がこんなにあるのに、そこまで差がないと思わない？」

「そう言われると……」

確かにマイクさんの途中経過報告によると、金の匙亭には普段よりもお客さんが入っている。

だけどそれは、コース料理半額で釣られたプレイヤーたちばかりだ。

「あれ？　半額でも客数は二倍になってない」

これなら、わざわざ一つしかないコースメニューを半額にする意味あるのかな？

僕たちが手伝っている双葉亭は新メニューを増やしたけど、料理の価格を下げたりはしていない。

元々料理の価格がリーズナブルだからってのもあるけど。

そしてお昼時は、ほぼ満席だった。

レックさんに普段の客の入りを聞くと、やはりほぼ満席らしい。

特別クエストの進行中だから、NPC客が増えたわけでもないのか。

むしろカポネたちの宣伝のおかげでプレイヤー客が増えた分、普段よりもNPC客は減っていた。

「だって、金の匙亭はお高いもの」

「半額セールをしても、入るのに躊躇するものね」

姉ちゃんとチェリーさんの考え方が、大半のプレイヤーに当てはまるはずだ。

金の匙亭のコースメニューは高額なので躊躇する人は多く、手頃なお値段の双葉亭で料理を選ぶプレイヤーの方が多くて当然というわけか。

「特別クエストで売り上げ勝負をしているから様子を見に来た。このくらいの動機で金の匙亭には入らない。双葉亭なら普通の一食分だから利用しやすいじゃない。カポネたちの宣伝に便乗したようで悪いけど、生き馬の目を抜く飲食店の世界だから仕方がないわね」

さすがは、常に厳しい競争に晒《さら》されているチェーン店業界に身を置く姉だ。

「さすがは前回の勝者、食の探求団！　油断なりません。ですが、今のところは売り上げで負けているのも事実。はたして夜の部で逆転は可能なのでしょうか？」

そして僕たち以外誰もいないのに、やはり司会を続けるマイクさん。

これがプロってやつなのか。

「これから急ぎ夜の部の準備をすると共に。優月、お店の外にその内容を張り出して、さらに多くのプレイヤーたちに宣伝をお願いね」

「了解」

姉ちゃんに頼まれ、僕は夜の部の詳細を記した看板を店の前に置き、知り合いに次々とメッセージを送る。

「でも、このくらいのことはグルメギャング団でもやっているんだけどね」

「すでに最大の手札を切ってしまったグルメギャング団ができることって、コース料理半額を続けるか、前と同じくレアリティの高い食材で料理を強化するくらいがせいぜいよ。それなら、夜の新しい双葉亭のインパクトには勝てない。さあ、夜に備えて準備を怠らないようにしないと」

「昼のやり方をそのまま続けても勝てないからやるけど、この料理というか、やり方ってSAOで馴染《なじ》むかな？」

「大丈夫よ。きっと、大勢のお客さんが集まるから」

「ユズ、これまでヒナさんのアイデアはちゃんと当たったじゃないか」

「そうそう、今回も大丈夫よ」

ロックさんとチェリーさんも大丈夫だと確信しているようで、テキパキと夜の営業の準備を進めている。

僕も、夜にお客さんが沢山来ても大丈夫なように、しっかりと準備しておかないと。

※※※※

「半額セールの続行と、それに加えて高レアリティの食材を沢山集め、金の匙亭に納品した。これで、バスターと料理人たちが作る料理はさらに美味しくなるはずだ。……ちょっと客足が鈍いか？　いや、すぐに客は増えるはず……」

「カポネさん！　大変だ！　食の探求団が妙なことを始めました！」

「妙なこと？」

夜の営業が始まり、食の探求団との売り上げ勝負はこれからが本番だ。

俺たちはやれる限りの努力はしたので、あとは結果を待つのみ。

料理勝負なのに、金の匙亭はバスター以下料理人たちが充実しているので俺たちは高レアリティの食材を納品してばかりで料理勝負感はないけどな。

それでも俺たちの勝ちは揺るがないはず。

そう思っていたら、敵情偵察に行っていたルチアーノが血相を変えて飛び込んできた。

「妙なことって、どんなことなんだ？」

今のメニューでは勝ち目がないから、金の匙亭みたいにコース料理を始めたか、高額の新メニューを出したのだろう。

だが、老舗の高級レストランである金の匙亭とは違い、大衆食堂でしかない双葉亭がそんなことをすれば、かえって客が減ってしまう。

「いくら満席にしても勝ち目がないことに気がつき、ついにヤケになったな、食の探求団。これで俺たちの勝ち……」

「カポネさん、このままだとグルメギャング団が負けてしまう！」

「連中！　なにを始めやがった？」

ルチアーノと共に双葉亭に向かうと、夜も店内は満員で、外に並ぶ客も出始めている状態だった。

双葉亭は常にほぼ満員だが、外で並ぶ客が出ることは滅多にないとバスターから聞いている。

「なにか新メニューでも始めたのか？　なんだと！」

多くのプレイヤーたちが並んでいる理由が理解できた。

表に置かれた置き看板……普段、食の探求団が使っているやつだ……には、『シュラスコ、パン、チーズ、サラダ、他肉料理、デザート、ドリンク、食べ飲み放題！』と書かれていたのだ。

「食べ放題だと？　価格は……こちらのコース料理と同じじゃないか！」

「シュラスコ食べ放題が、90分で800コルか。聞いたとおりだな」

「ちょっと高いけど、食べ放題なのがいいな」

「食べ放題って、外の世界を思い出すよな。友達や会社の同僚たちと行ったりしたのをさ」

「ちょっと並ぶけど仕方がないか」

ＳＡＯで食べ放題なんてできるのか？

実際にやっているからできるのだろう。

「カポネさん、こんなのアリなんですか？」

「アリなんだろうな。でなければ、できないはずだ」

これは双葉亭が、レックとその母親、そして手伝いをしていたミーアだけのお店だから、昼と夜の営業形態を変えるなんてことができたのだろう。

一方金の匙亭には、古くから働く多くの料理人や従業員たちがいて、彼らはかなり保守的だ。

一時的なコース料理の値下げは渋々ながら了承してくれたし、高レアレティな食材の納品は喜ばれたが、複数のコースメニューの導入ですら拒否され、ましてや食べ放題、ビュッフェなんてできるわけがなかった。

なにより、ＳＡＯで食べ放題を再現するとは……。

「カポネさん、このままだと俺たちの負けですよ。どうします？」

「どうするも……」

こちらも食べ放題をして真似しようにも、バスターはともかく、古参の料理人たちの反対で難しいだろう。

そもそも、金の匙亭みたいな店舗で食べ放題をやること自体が難しい。

高価なコース料理を提供しているので、個室が多かったからだ。

「へえ、昼はリーズナブルに食べられるんだな」

「俺は昼に定食を食べたけど、美味しかったぜ」

「となると、シュラスコも期待できるのかな」

「あいつら！　昼の定食は客に味を伝えるためだと割り切って、あえて料理の値段を上げなかったのか！」

さらに夜のシュラスコ食べ放題を利用する客に対しても、お昼は安く定食をやっていることを知らせている。

食の探求団は、この売り上げ勝負以降も、双葉亭の客数を増やそうとしているなんて……。

「偽善もいいところだ！　双葉亭も金の匙亭もゲームの中の店舗で、客なんて一人も来なくても潰れるわけじゃないんだぞ！」

「カポネさん、中の様子を偵察しないと」

「……そうだったな」

どうせ俺たちが偵察に来ていることなどバレるに決まっているし、俺たちも食の探求団が金の匙亭の様子を偵察することも認めている。

堂々と店内に入ると、店は満席だった。

「《フレンジー・ボア》のヒレ肉が焼けましたよぉ――！　欲しい人は手をあげてくださぁ――い！」

「《トレンブリング・カウ》のロースですよぉ――！　欲しい方は切り分けまぁ――す！」

「口直しに、野菜を焼いたものもあるぜ」

「焼くとパイナップルっぽい甘みが出るフルーツを見つけたの！　食べてみたい人！　バナナっぽ

い果物は、焼くとお芋みたいで美味しいですよぉ――――！」

「「「「は――――い！」」」」

食の探求団の連中は、串に刺した肉の塊が焼けると、高品質なキッチンナイフで薄く切り分けて皿にのせ、希望者に配膳していく。

店内の一角には、サラダ、デザート、パン、チーズ、ジャムなどのサイドメニューを自由に取れるようになっていた。

まさか本当に、SAO内で食べ放題を本当にやってしまうとは……。

「コース料理半額もかなり厳しいが、食べ放題でそんな値段じゃあ儲《もう》からないだろうに……」

「儲かるわよ」

完全な独り言だったが、食の探求団のリーダーの女に聞かれていたらしく、俺に反論してきた。

「いくら食べ放題でも食べられる量には限界があるし、主役のシュラスコは焼くだけ。サイドメニューは、個々が好きに食べたいものを持っていくから、配膳の手間も省けるもの。お酒は別料金で利益率が高いし、お酒を飲むと意外と食べられないんだなぁ、これが」

「ぬぬぬっ！」

俺たちが持ち出しまでして、バスターの金の匙亭勝利に手を貸しているのに、食の探求団は利益が出ているだと？

「金の匙亭は知らないけど、この売り上げで出た利益はオーナーと折半できるもの」

「……」

俺たちは確実に勝利するため、無報酬で、高レアリティの食材まで無料で提供して頑張ったというのに……。

というか、金の匙亭は人件費がかかりすぎなんだよ！

もしやこの女、そこまで予想して？

「コース料理って人手が必要だものね。でもそれは、あなたのご実家の三方亭も同じなんだけどなぁ。金の匙亭は時間制限がないから長居するお客さんもいるけど、こっちは九十分で入れ替えだから。さらにSAOには時間を計れる機能があるから、時間制限のある食べ放題がやりやすいわね。カポネさん、うちはこんな感じですけど」

「戻るぞ」

「カポネさん、なにか対策でも？」

「こうなったら、金の匙亭のブランド力に賭けるしかない！　コースメニューを三倍にして、稼働率の低さを補うんだ！」

「今からコースの価格を上げるんですか？　急に値上げなんてしたら、プレイヤーたちからボッタクリだって苦情がきますよ」

「うるさい！　このままコース料理半額を続けても勝ち目がなくなったんだ！　臨機応変に変更しなければ、勝てる勝負も勝てなくなるぞ！　豪華高レアリティ食材使用の最高級フルコースと銘打ってやれ！」

「……はい」

まだ夜は長い。

双葉亭が、突然『シュラスコ食べ放題』なんて始めるから驚いたが、まだ俺たちにも勝機は残っている。

豪華フルコースで、食の探求団を打ち負かそうではないか。

急ぎ戻った金の匙亭で、レアリティの高い食材をふんだんに使ったフルコースの提供を始めるのだが……。

「……お客、こない……」

「むしろお客さんが減ってないか？」

「カポネさん、だから急な値上げは駄目だって……」

「なぜだ？」

金の匙亭から徐々に客が消えていき、俺たちはその場に立ち尽くしてしまう。

これだけ豪華な食材をふんだんに用いたフルコースをこの値段で食べられるなんて、滅多にないってのに……。

「みんな、シュラスコの食べ放題に行っているそうで……」

「豪華フルコースが、下品な食べ放題に負けるだとぉ――――！」

まさか、値上げをしただけでこんなに客が来なくなってしまうなんて……。

「くっ……駄目か……」

さすがにここから巻き返すのは難しいかもしれない。

※※※※※

「この三日間行われた売り上げ勝負ですが、集計が終わりました！　最初はグルメギャング団が先行しておりましたが、夜の部でそれを抜き去った食の探求団の勝利です！」

「「「やったぁ――――！」」」

「「「クソォ――――！」」」

翌日、僕たちとグルメギャング団しかいないミーアの実家である工房の前で、マイクさんが売り上げ勝負の勝者を告げた。

最初は客単価の高いフルコースを半額にして客数を増やしたグルメギャング団が優勢だったけど、夜に始めた『シュラスコ食べ放題』で、食の探求団は見事逆転勝利を果たしたのだ。

連敗してしまったカポネたちは、見てわかるほど落ち込んでいた。

「レックとバスターの売り上げ勝負、俺もこの目でしかと見届けた。ミーア、レックに嫁ぐことを許す。嫁入り道具として、俺渾身《こんしん》の出来である調理器具を持って行くがいい。義息子を助けてくれたみなさんにも、同じセットを差し上げます。どうぞ受け取ってください」

これにて無事に特別クエストはクリアとなったが、その報酬は通常のクエストよりも多めの経験値と、料理スキル熟練度。

そして、豪華調理器具セットであった。

これは非売品というか、デュータさんの工房でいくらお金を払っても、これより品質の低い調理器具しか購入できないので大変貴重なものだ。

「いいなぁ、実にいい。このお鍋でシチューを作ったら絵になるんだろうなぁ」

「フライパンとフライ返しも、以前のとは比べ物にならないよ」

SAOで最初に購入できる調理器具は作りが安っぽくて、誰が見ても家庭用といった感じのものばかりだ。

それに比べると、デュータさんが作った豪華調理器具セットは、見た目からして超一流の料理人が使っていそうなもので、これを料理に使えるのかと思うとワクワクする。

「ちくしょぉ――――！　次こそは負けないからなぁ――――！」

「覚えてろよ！」

「その油断が、次の敗北を生むんだ！」

「次は勝つ！」

それぞれに捨てゼリフを吐き、カポネたちは僕たちの前から走り去っていった。

「段々とパターン化してきたな」

「ロックさん、それは言わない方が……」

続けて、勝利したレックさんが僕たちに話しかけてきた。

「ユズさん、ヒナさん、ロックさん、チェリーさん。本当にありがとうございました。色々と教わったことを生かし、ミーアと一緒にこのお店をさらに繁盛させてみせます」

「頑張ってね、二人とも」

「今度、食べに行くから」

「末永く仲良くね」

「今度は俺たちが客として利用するからよ」

僕たちは、これから結婚して双葉亭を切り盛りしていくレックさんとミーアさんにお祝いと励ましの声を送る。

「……負けたよ。レック、ミーア、結婚おめでとう」

カポネたちは走り去ってしまったが、バスターさんは負けて悔しいだろうに、心から二人を祝福していた。

「まさか、あんな思い切った手に出るとは思わなかった」

夜の部で、姉ちゃんがいきなり『シュラスコ食べ放題』を始めたから、バスターさんは驚いたのだろう。

僕たちも驚いたけど、それを許可したからこそレックさんは売り上げ勝負に勝利できたのだから。

「レックはよく許可したな。うちでは、古くから働いている料理人たちが反対するから駄目だろう」

金の匙亭は、長く働いているベテランの料理人たちが作るコース料理が一つしかない。

食べ放題は極端だとしても、たとえばコースメニューを増やすとか、単品料理も提供できるようにすることすら強く反対され、カポネたちができたのは、コース料理半額と、料理に使う高レアリティ食材の提供のみだった。

そう考えるとカポネたちも、可哀想ではあるのかな。

「自分たちで先に、金の匙亭の方を選んだんだけどな」

カポネは、金の匙亭が自分の実家である三方亭に似ていると思ったからこそ、確実に勝利できると踏んだ。

姉ちゃんは、レックさんを説得できればすぐに新しいことができる双葉亭に勝機を見出し、見事それが当たった。

カポネの中途半端な知識や経験では、姉ちゃんに歯が立たなかったことが証明されてしまったわけだ。

「とはいえ、金の匙亭の料理人たちを説得して『シュラスコ食べ放題』なんてやっても勝てなかったはず。お店の良さを殺してしまうから」

「ヒナさんがもし金の匙亭側だったとしたら、どうやったんだ？」

ロックさんが姉ちゃんに尋ねた。

「なにもしないかな。高レアリティの食材をできる限り提供するだけで。勿論半額になんてしない。ああいうお店で安売りは一番危険だから」

結局金の匙亭は、カポネたちの半額セールのせいで売り上げが落ちていたからなぁ。

客数二倍にしないといけないのに、１．５倍ほどにしか客数が増えていなかったのだから。

それなら食材で料理を強化だけすればいいという、姉ちゃんのやり方は間違っていないと思う。

「それにしても、よくヒナちゃんは双葉亭を選んだわね。勝てないって思う人が大半のはずよ」

実際、僕もそう思っていたからなぁ……。

「私がちゃんとやるのであれば、双葉亭が勝つと思っていたわよ。金の匙亭の売り上げを劇的に上げるのは難しいから、カポネが双葉亭を選ばなくて助かったぁ」

「さすがはヒナさん、実に冷静な判断だ」

「さすがよね。双葉亭の拡張性を見抜いていたなんて」

ロックさんとチェリーさんは、口々に姉ちゃんを褒《ほ》め称《たた》える。

確かに僕だったら、料理の値段だけで金の匙亭を選んでいたもしれないから。

「ミーア、結婚式の日取りを考えないといけないし、お昼の準備もあるからそろそろ」

「そうね、レック」

「結婚式には呼んでくれよな。レック、ミーア」

「勿論だとも」

無事に特別クエストは終わり、レックとミーアは今日も双葉亭を開くため、バスターも金の匙亭の営業があるのでデュータさんのお店の前から去っていった。

「なんか、個人的に双葉亭って続いて欲しいわね」

「そうだね」

僕は、どうして姉ちゃんがそう思ったのか理解できた。

レックさんの双葉亭って、造りはだいぶ違うけど、安達食堂に雰囲気が似ていたからだ。

多分姉ちゃんなら、金の匙亭でも必ずカポネたちに勝利できたはずだし、むしろそっちの方が手間もかからなかったはず。

まあ、僕が勝手にそう思っているだけだけど。

ウルバスの古い区画にその食堂はあった。

お昼は美味しい定食がリーズナブルに楽しめ、夜になるとお酒を頼む地元のお客さんたちが増えて、大いに賑わっている。

そんな地元密着型の食堂を経営しているのは若い夫婦で、今ではこのお店を利用するプレイヤーも増えていた。

そんな安達食堂に雰囲気が似ていて懐かしいお店を目の当たりにすると、僕たちも一日も早くこのSAO内で安達食堂を再現するために頑張らなければと思うのであった。

「……自分で繁盛店にしておいてどうかと思うけど、このゲーム、料理のテイクアウトや、配達のシステムにもっと柔軟性があればよかったのに。あと、予約を取れるようにして欲しい」

「無茶言わないでよ、姉ちゃん。SAOには電話すらないんだから」

人気店になってしまった双葉亭の様子を見に行こうとしたら、えらく並ぶ羽目になって、姉ちゃんが愚痴ってた。

SAOの飲食店に、予約システム、出前や◯ーバーイーツなどを求めてはいけないと思う。

第六話 × 自家醸造酢と手作りモッツァレラチーズ

「醸造期間はこんなものでいいだろう。ようやく酒が完成するぞ。さて、お味のほどは……」

「ロックさん、よかったですね」

「おうよ、SAO内では楽しみが少ないからこそ、一日も早く酒を完成させたかったのさ」

「お店でも飲めるのに、なにが違うのかしら?」

「チェリーさん、現実世界において、自分でお酒を造る機会なんてそうそうないからこそ、このチャンスを生かさないと、と思ったのさ。自分で造ったってだけで、下手な銘酒よりも美味く感じる。それが人間ってやつだ」


朝、宿の室内にて、ロックさんがストレージから出した醸造壺《つぼ》に頬ずりしていて、僕はちょっと引いていた。

SAOにログインしたばかりの頃から、《Brewing Pot《醸造壺》》と《yeast《酵母》》を手に入れて造っていた酒がついに完成したらしい。

現実世界のお酒は何年も熟成させるけど、ゲームの中だと一ヵ月でも相当時間をかけたなって思ってしまう。

それだけ、ロックさんが気合を入れてお酒を醸造した結果なんだろうけど。

「いやぁ、現実のお酒造りで一ヵ月なんて大した時間じゃないが、ＳＡＯでは何年も熟成したに等しいだろう。どんな味なのか楽しみだぜ」

ロックさんが醸造壺と空のコップをタップすると、コップの中に琥珀《こはく》色の液体が。

しっかりと熟成されたお酒の色に見えなくもない？

「見た目はバッチリだな。早速試飲をば……」

いい酒は造るのに時間がかかるからと、静かにこの時を待ち続けていたロックさんの努力が報われるのか？

果たして彼の一ヵ月間の成果は……。

たまたま食事をとりにきたケインさんたちも見守るなか、ロックさんができあがったお酒の試飲を始める。

「……」

「どうです？　ロックさん」

「すっ……。すっぱぁ――！　そっ、そんなぁ――！　醸造が進み過ぎて酢になってやがる！

たった一ヵ月だぞ！　お酒の世界で一ヵ月なんて。そこまでの時間じゃないだろうが！」

「現実のお酒の醸造期間と、ゲームのお酒の醸造期間にはかなり差があるんでしょうね。現実世界でいいお酒を造るには何年も熟成しなければならない。それではプレイヤーもつき合いきれないでしょうから、ここでは比較的短期間で醸造が進むはず」

あくまでも僕の想像でしかないけど。

「レアリティの低い食材と《yeast《酵母》》を長期間熟成させると酢になってしまうのは、高レアリティの食材じゃないからかしら？　いいお酒を造る条件である長時間の熟成に耐えられないのね」

「いいお酒になる前に、酢になってしまうんですね。レアリティが低いのに、長々と醸造するのは逆によくないのかぁ」

チェリーさんと姉ちゃんも、僕と同じ推論に至ったみたいだ。

「長く醸造すればするだけ、いい酒ができるんじゃないのか？」

「基本的にはそうですけど、今作れる安酒の場合、かえって熟成期間は短い方がいいような気がします」

やはりあくまでも僕の想像でしかないけど、間違ってはいないと思う。

「いいお酒を造るには、レアリティが高い醸造壺とイースト、食材の入手が不可欠ってことみたいです」

「そうだったのか……」

「次に成功させればいいんですよ」

ショックを受けるロックさんを慰めるケインさんとシンさん。

が、彼はすぐに立ち直った。

「また一からやり直しかぁ……。銘酒への道は長いが、まずは大衆的なお酒の完成を目指そう。で、大量にあるこの酢をどうするか？　大量の酢を短期間で消費するのは難しい。保存するための瓶を買いに行くか？」

すべて酢になってしまったので、壺を空にしてまたお酒を醸造したい。

そう思ったロックさんは、酢の大量消費方法を考えているようだけど……。

「ロックさん、お酢を一気に大量に消費したいのなら、お野菜でピクルス、酢豚に鶏肉《とりにく》のサッパリ煮、そして小魚が手に入ったら南蛮漬けを作るのに使うといいわ！」

「お酢は健康にいいので、ジュースと合わせたビネガードリンクの材料にもなる。料理とセットにすれば、早く消費できるかも」

大量の酢をどうやって早く消費するか。

チェリーさんと姉ちゃんがアイデアを出し、僕とロックさんは酢を詰める空瓶を買いにお店に走った。

酢はゲームのデータでしかないから、余ったら捨てればいい……という考えは、少なくとも食の探求団には通用しない。

お酢なら、料理に有効活用すればいいだけの話だ。

「お酢の活用方法なんですけど、ちょっといいことを思いつきました。これだけ大量のお酢があるのなら、新鮮なモッツァレラチーズを作ることができますよ。チーズを作りましょう」

「チーズかぁ。悪くないな。失敗作のお酢でも有効活用できれば問題ない。空き瓶を多めに買ってきたからそっちに移して、また酒を仕込まないとなぁ」

ロックさんと僕で、出来上がった酢をお店で買ってきた空の壺に移し始める。

続いて、再び醸造壺に食材を入れてお酒を仕込んだあと、翌日はちょうどお休みの日だったので、みんなでモッツァレラチーズを作ることにするのであった。


「まずは、牛乳を63度まで温めて……」

「チェリーさん、温度計は？」

「ええと……成功するかわからないけど、試しに一回だけ作ってみましょう」

翌日、宿の台所を借りてチーズ作りを始めた。

チーズにも色々とあるけど、今日作るのは、この第二層で手に入りやすい牛乳と酢を使い、短時間で作れるモッツァレラチーズとする。

みんなでその作り方を思い出しながら試作してみるが、最初は失敗してしまう。

さすがにゲロマズな液体に再利用の方法はなく、捨てるしかなかった。

「失敗の原因は温度管理かな？」

「その可能性が高いわね」

鍋に牛乳を入れて63度まで温め、そこに少量の酢を入れると牛乳のタンパク質が固まっていく。

それを纏《まと》めれば、モッツァレラチーズの完成だ。

そこまで難しくはないし、ＳＡＯではさらに作業が簡素化されている。

鍋と牛乳をタップしてから火にかけ、温まったらその中に酢を入れて、木ベラで混ぜるとチーズができてくる。

あとは、固まったチーズと透明なホエイ成分に分けて完成だ。

それなのに失敗したのは、料理の際に熱した牛乳の温度を計る温度計を選んでいなかったせいだろう。

適切な温度ではないため、牛乳が固まらなかったのだと推察される。

「自力で温めた牛乳が63度だと判別する方法はなさそうだな。これからも温度管理が必要な料理は沢山出てくるはず。温度計は必要だな」

「これを機に、手に入れちゃう？」

「でもよぉ、ウルバスのお店に温度計なんて売ってたか？」

「ウルバスの職人やお店が駄目なら、ブンセンさんに聞いてみましょうよ」

というわけで僕たちは、《エブリウェア・フードストール》入手クエストで第一層トールバーナに工房を移したブンセンさんの元へと向かう。

調理器具の製造といえば彼だったからだ。

先日の特別クエストで知った、豪華調理器具セットを作ったデュータさんもいるけど、彼の専門分野は金属板から叩き出す、芸術的なお鍋やバット、ボウルなどであり、温度計は専門外だろう。

ブンセンさんの工房に辿り着いた僕たちは、早速彼に温度計が作れるかどうか尋ねる。

「温度計かぁ……。作れないこともないが、材料の《レック鳥のプニプニ》が手に入らないんだよ。それを持ってきてくれれば、《温度計》を作ってやるよ」

「ブンセンさん、《レック鳥のプニプニ》ってなんです？」

「なかなか姿を見せないモンスターで、そいつの頰の中にプニプニが入っているんだ。プニプニは温めると嵩が増して、冷やすと縮む。もの凄く弱くて子供でも簡単に倒せるが、見つけるのが一番難しいそうだ」

そういう性質の素材なら、《温度計》に使えても不思議じゃないのか。

ブンセンさんの頭上に《！》マークが浮かび、クエスト『温度計の材料である《レック鳥のプニプニ》を手に入れろ！』が表示された。

「問題は、どこに《レック鳥》なるモンスターがいるかね」

皆目見当がつかないので、まずはトールバーナで聞き込みをしてみるが、この近辺でレック鳥なるモンスターを見かけた人はいなかった。

もしかすると、他の階層に生息している可能性もあるのか？

結局なんの情報も得られなかったので、ウルバスに戻って、さらに《レック鳥のプニプニ》についての情報を集めることにする。

「とはいえ、ただその辺のプレイヤーに聞きまくるのって、かなり効率が悪いんじゃないかって思う」

聞いたこともないモンスターの情報を知ってそうなプレイヤーは、この時間、ゲームを攻略しているか、外でモンスターを倒しているはずだからだ。

「優月、それなら私たちの強みを生かすのよ」

『と言いますと？」

「食べ物で釣ります！」

姉ちゃんは、いつもはその日のお勧めメニューや新メニューを貼りつける看板に『《レック鳥のプニプニ》の入手方法を教えてくれる方は食事代無料！』と書いた紙を貼った。

「姉ちゃん、字が汚いね」

前から知ってたけど。

「字なんて読めればいいのよ」

そろそろお昼なので、昼食をとりに戻ってきたプレイヤーの中に《レック鳥のプニプニ》についての情報を知っている人がいるかもしれない。

姉ちゃんの勘は見事に当たり、情報を知っているプレイヤーがいた。

「ウルバスから少し離れた廃鉱山付近に変な鳥がいてサ、そのモンスターの名前が《レック鳥》って言うんだヨ。こんな情報で一食分食費が浮いて得しちゃったナ」

情報提供のお礼である、特盛りパスタと《フレンジー・ボア》の生姜《しょうが》焼きを頬張りながら、若い女の子のプレイヤーが教えてくれた。

ほっぺたに鼠《ねずみ》のヒゲのようなものが描いてある子なんだけど、ＳＡＯ内で流行しているのかな？

もしくは、軍人がフェイスペイントをしているのと同じ？

「レック鳥を倒した人から、プニプニが手に入らないかな？　当然お礼は支払うが」

ロックさんが、《レック鳥》を見かけたプレイヤーからの入手を試みた。

すでに倒してプニプニを入手している可能性が高いからだ。

僕たちは戦闘が苦手というか、極力避けたいパーティーなので、購入できるに越した話はなかった。

「レック鳥のプニプニ……そいつを倒すとドロップする、変わったアイテムだナ。使い道は不明だけど、高く売れるから、みんな武器の購入代金にしちゃうんだヨ。この近くの道具屋にも売却されたゾ」

「そのお店なら、今日食材の仕入れで利用したけど、プニプニは売ってなかったはず」

昔遊んだＲＰＧでも、入手してからお店に売ると二度と手に入らないアイテムってあったから、《レック鳥のプニプニ》も簡易換金アイテム化しているのかも。

使用目的が限られるなんてものじゃなさそうだし。

「元々みんな、金属目当てで廃鉱山に向かったんだガ、結局骨折り損だったらしくテ、今では行く奴も少ないってサ。自分で探しに行った方が早いかモナ。ごちそうサン」

その後も、『《レック鳥のプニプニ》とお好きな料理を交換します！』という張り紙を出し続けたけど、成果はなし。

ほとんど金属を得られない廃鉱山に行ったプレイヤーが少なく、運よく《レック鳥のプニプニ》を手に入れても使い道は不明なため、手に入れてもすぐに換金して、持ち続けている人はいなかった。

「しょうがないわね。廃鉱山に行きましょう！」

というわけで翌日。

僕たちは準備をしてから、廃鉱山へと向かった。

「ああ、あの廃鉱山ね。レベルアップついでに護衛してあげるよ」

「ありがとうございます。お弁当は豪華ですよ」

「そいつは楽しみだ」

今日はケインさんたちに予定があったので、屋台の常連客たちに護衛をお願いした。

《トレンブリング・オックス》はどうにか倒せるようになったけど、廃鉱山に着くまでに何回も遭遇してしまうので、フィールドでレベルを上げているパーティーに連れて行ってもらったのだ。

ここ数日彼らは、廃鉱山までの道で遭遇した《トレンブリング・オックス》を倒して、経験値とお金、肉などを得ている。

僕たちは、彼らのうしろから安全に廃鉱山を目指すという、SAOプレイヤーにあるまじきやり方であった。

「レベル上げをしているパーティーのうしろからついて行くだけだから、報酬も格安ってことで」

護衛というほど本格的な仕事でもないので、報酬もちょっと豪華なお弁当だけで済むというコスパのよさ。

しかし姉ちゃんもよく考えるものだ。

「廃鉱山に到着したぞ」

「助かりました。お礼のお弁当です」

僕は、護衛をしてくれたパーティーに人数分のお弁当を渡す。

「さすがは食の探求団の弁当だ。美味そうだぜ」

試作品が完成した《フレンジー・ボアの燻製肉》を薄切りにして、粒マスタードと一緒にパンに挟んだサンドイッチがメインのお弁当なのでそこまで豪華じゃないけど、気に入ってくれてなによりだ。

「しかし、本当にここで別れていいのか？」

「いつ《レック鳥》が見つかるかわからないので、帰りは別のパーティーを見つけて護衛をお願いします」

そのためのお弁当も用意してきたのだから。

「無理はしないでくれよ。美味しい飯が食えなくなるから。じゃあな」

僕たちは護衛をしてくれたパーティーと別れ、廃鉱山付近の探索を始めた。

事前の情報により、廃鉱山付近のモンスターは僕たちでも対処できることがわかっている。

《レック鳥》は動きも遅く、さらに飛べない鳥だそうで、有用な飛び道具がなくても見つかれば倒せるそうだ。

四人で目を凝らしながら……本当は探索系のスキルがあればいいのだけど、僕たちはレベルアップが遅いし、スキルの枠は料理系のみで埋めたい。

なので《レック鳥》は、自らの目と足で探すしかなかった。

「もしくは、この辺で《レック鳥》を見つけて倒したプレイヤーがいたら、すぐにプニプニを買い取るかだね」

「私たちが、必ず《レック鳥》を見つけられる保証はないものね。運の要素がありすぎ」

今は目撃情報を頼りに、岩だらけの廃坑付近を丹念に捜索するしかない。

もし駄目なら、『《レック鳥のプニプニ》、買います！』と張り紙をして、お店で換金される前に買い取ることも考えないと。

「お店に売ったのに、なぜかそのお店で販売されていないのは謎だよね」

「ねえ、みんな。あそこに変な鳥がいるけど、アレが《レック鳥》かしら？」

廃坑付近で捜索を続けていたら、チェリーさんが岩に擬態をしているような色調の鳥を発見した。

「あの鳥、丸焼きにしたら美味そうじゃねえ？」

「確かに……」

ずんぐりむっくりしていて七面鳥によく似ており、動きは遅そうだ。

体型的に飛べなくても不思議はなく、だから岩の色に擬装しているのかもしれない。

「優月、ロックさん。急いで倒さないと」

「そうだった」

チェリーさんが見つけたモンスターの名前を確認すると《レック鳥》だったので、急ぎ僕は姉ちゃんの指示で目標に接近し、攻撃を開始したのだけど……。

「……弱くない？」

決して強くない僕の一撃でＨＰがすべて削られ、《レック鳥》は青いガラスのように砕け散った。

そして、《レック鳥のモモ肉》と《レック鳥のプニプニ》の入手に成功する。

「やったぁ――――！　無事手に入ったぞ！」

これで《温度計》を作ってもらえる。

《レック鳥》の丸肉も手に入ったので、あとで丸焼きにでもするか。

そんな風に思っていたら……。

「こんなに弱いのなら、もっと《レック鳥のプニプニ》を手に入れられそうね。頑張って探すわよ」

「もう《レック鳥のプニプニ》は手に入ったじゃん」

姉ちゃんは変に欲張る時があるよなぁ……。

「せっかく一日使って廃鉱山に来ているんだから、可能な限り《レック鳥のプニプニ》を手に入れて、温度計を複数手に入れないと」

「一つで十分じゃないかな？」

そういえば、温度計を作るのにいくらかかるのか、ブンセンさんから聞いていなかった。高額かもしれないし、最初から沢山作ると決めるのはどうかと思うけど……。

「ハンドミルサーだって、人数分あって助かったでしょう？　販売や譲渡もできるし、温度計にも耐久度が設定されているはずでしょ？　壊れちゃうかもしれないじゃない。時には沸騰寸前のものの温度を計るんだから」

「わかったよ」

姉ちゃんの言うことはごもっともだったので反論できず、僕たちは目を皿のようにして《レック鳥》を探し続けた。

なかなか見つからずに時間を使ってしまうが、なんとか三羽の《レック鳥》を見つけ、倒すことにも成功する。

「私でもモンスターを倒せたわよ」

《レック鳥》があまりに弱いので、チェリーさんも慣れない動きながら槍《やり》を突き入れ、一羽狩ることに成功した。

「ようし、これだけ《レック鳥のプニプニ》があれば大丈夫ね」

姉ちゃんは、帰りも廃鉱山近くで見つけたパーティーに護衛を頼み、無事にウルバスに帰還。

トールバーナへと向かい、ブンセンさんに温度計を作ってもらうことに成功したのだった。

※※※※※

「どうだ？　ワシの温度計は？」

「素晴らしい温度計ですね」

水銀ではなく、謎の鳥の脂肪なのかコラーゲンなのかよくわからない類のプニプニが、熱で膨張し、冷えると縮む原理を利用して作られた《温度計》だけど、見た目は普通の温度計とまったく変わらない。

とにかく、これがあれば料理の幅が広がることは確実なのでありがたい。

僕たちは、早速モッツァレラチーズ作りを再開した。

「ビジュアル的に温度はわからないけど、使用時に温度の設定ができるのね」

鍋に入れた牛乳を火にかけ、温度計を使うと徐々に温度が上がっていくのが確認できた。

温度計がないと、牛乳を63度まで熱する時間は勘になってしまうので、それではモッツァレラチーズ作りに成功しないわけだ。

温度計のおかげで鍋で熱された牛乳が63度になったことが確認できたので、そこにロックさん特製の酢を投入する。

「牛乳を63度にまで熱してから、そこに適量の酢を入れてかき混ぜるとチーズの成分が分離して固まってくるの。透明な液体もできるけど、これは水じゃなくてホエイだから、色々と使い道があるから捨てないで。固まったチーズは熱湯に入れて柔らかくし、火傷しないように練っていく……」

その作業もオートで、成功率は料理スキル熟練度次第というところか。

無事にチーズが固まり、透明なホエイは別の使い道があるので取っておき、完成したモッツァレラチーズを練ろうと事前に沸かしておいたお湯に入れたのだが、なぜかここで失敗の判定が出てしまい、分離したチーズはゴミになってしまった。

「どうして？　料理スキル熟練度不足なのか？」

チーズは第二層で手に入るようになったものなので、モッツァレラチーズ作りの難易度がそこまで高いとは思えないんだよなぁ……。

その後、何度も試してみるけど、分離したチーズをお湯に入れて練る工程で失敗してゴミになってしまう。

「お湯の中でチーズを練るのって、そんなに難しいか？」

ロックさんの言うとおりで、そんな作業が難しいとは思えない。

どうして上手くいかないかその原因を考えていると、チェリーさんがなにか気がついたようだ。

「モッツァレラチーズの成形って、熱いお湯の中でするから、熱さを防ぐゴム手袋が必要なんじゃないかしら？」

「確かにそうだ！　熱湯の中でちゃんとモッツァレラチーズを練れないから、失敗判定が出てしまうのね」

必要な道具が不足していたのか。

いくら料理スキル熟練度を上げても、熱湯の中に手を入れてモッツァレラチーズを練るのは難しいだろうから。

「それなら、ゴム手袋を手に入れましょう」

「姉ちゃん、そんなものあるの？」

ゴム手袋とＳＡＯ。

世界観的に合わない気がするんだよねぇ……。

「ブンセンさんに聞いてみればいいさ。なければ他の方法を考えよう」

ロックさんの言うとおりだと思い、僕たちは再びブンセンさんの元へと向かった。

今日も工房で作業を続けている彼に声をかけ、ゴム手袋及びそれに類するものが作れるか聞いてみた。

すると……。

「水気と熱を遮断する薄い手袋か？　あるにはあるが、それはこの近くの森にいる、《ジャイアント・スラッグ》の粘液が必要だぞ。それがあれば、そんなに難しいものでは……」

「すぐに獲《と》りに行ってきます！」

僕たちは、トールバーナの近くにある森へと向かう。

さすがに戦闘力が微妙な僕たちでも、すでに第一層にいる、動きが鈍い巨大ナメクジ《ジャイアント・スラッグ》に苦戦することはなかった。

「ナメクジって、生理的に無理！　大きいし、移動したあとにネトネトの粘液がぁ――」

「姉ちゃん、僕たちはその粘液が必要なんだよ」

連続して僕が剣を振るい、無事にその粘液を手に入れることに成功する。

それを持ち帰ると、ブンセンさんはすぐにゴム手袋……モドキというべきか？……を作ってくれた。

市販品のゴム手袋よりも分厚いけど、料理には使えそう……実際に手を動かして料理するわけじゃないけど。

「《ミューカスグローブ》って、一応防具扱いなんだ」

粘液の手袋……ちょっと装着するのに抵抗感があるけど……。

そして、防御力はゼロでないだけで、ほぼないに等しい。

これを装備して武器を持つと、手の感覚が鈍って落としそうなので、戦いでは使う人はいないと思う。

「これを装備してモッツァレラチーズを作れば、失敗する確率が大幅に下がるはず」

素手で熱い料理や食材を扱う時に成功率を上げてくれるかもしれないので、あとで試してみることにしよう。

先ほどと同じ工程でモッツァレラチーズを作ってみる。

分離したチーズと別の鍋に沸かしたお湯を選ぶと、同じ大きさに丸められたモッツァレラチーズが無事に完成した。

「成功した！」

無事に白くまん丸なモッツァレラチーズが完成し、これで色々な料理を作れるようになるはずだ。

「よ――し！　まずはこれでピザを作ってみよう」

第一層でクラインさんという人にピザをリクエストされていたのを思い出した。

他にもピザを食べたいお客さんは多いだろうし、ピザなら間食需要も、夕食にお酒と一緒に出すという手もあって汎用性が高い。

「ピザ生地は、パン作りの技術が応用できるでしょう」

チェリーさんが調理台の上で小麦粉と水、イーストを選んで料理すると、見事な生地が完成する。

「あとは発酵させて……」

パン生地も発酵が必須というか、そうしないと美味しいパンにならないので、ピザ生地の発酵も手慣れたものであった。

膨らんだピザ生地を一枚ずつに分割し、それを木の棒で伸ばしていく。

「空中でピザ生地を回しながら伸ばしてみたいわね。熟練度不足で失敗しちゃうかしら」

「こんな時のために、自家製トマトソースを作っておいてよかったよ」

トマトソースは、ジャム作りの応用で作ることができた。

生地にトマトソースを塗り、輪切りにしたモッツァレラチーズを散らし、バジルっぽいハーブと、薄切りにしたパンチェッタをのせる。

「あとはオーブンで焼くだけね」

「火力はちょうどいいぜ」

ロックさんが《エブリウェア・フードストール》に設置されているオーブンの火を熾し、火力を安定させてくれたので、盛り付けたピザをすぐに焼くことができた。

串焼きの時もそうだったけど、ロックさんは火の管理担当になりつつあると思う。

「焦げないといいが……。どのくらい焼けばいいのか」

最初は焼く時間がわからないので、これは色々と試してみるしかない。

「あちゃあ……。焼きすぎだな、これは」

「今度はチーズが溶けてないわね」

何度か失敗を繰り返したけど、無事にピザがちょうどよく焼ける適切な時間が判明した。

「うまそう！」

「優月、試食よ、試食！」

完成したピザをカットし、早速一口囓《かじ》ってみると……。

「チーズが、びよ――んと伸びる。成功だ！」

「久々のピザ、美味しい！」

「ビールを飲みたくなっちゃうぜ。まだ作れないけど」

「モッツァレラチーズ作りに成功したから、他にも色々と料理が作れるわね。手当たり次第試してみましょう」

「「賛成！」」

ピザの他にも、トマトとモッツァレラのカプレーゼ、モッツァレラチーズのベーコン巻き、モッツァレラチーズの磯辺《いそべ》揚げ、トマトとジャガイモのモッツァレラチーズ焼きなど、作れそうな料理を次々と試作していく。

僕と姉ちゃんはちょっとイタリアンに疎いところがあるので、メニュー選択はチェリーさんにお任せした。

「チェリーさんは、イタリアンにも詳しいんだな」

「詳しいというか、お休みにパート仲間とそういうお料理を定期的に食べに行くから。兼業主婦のストレス発散よ」

「なるほど」

「あっ、こんな料理も思いついたわ」

以前試作して、油が沢山手に入った時に作っていたカレーパン。

チェリーさんは、その中にチーズを入れるという、『もう美味しいに決まっているじゃないか！』という料理も作り始めた。

「もう一つ。モッツァレラチーズを薄い生地で包んで、パン粉をつけて、これを油で揚げれば、チーズハットグモドキの完成よ」

これにつけるケチャップはトマトソースの応用なので、すでに作ってあった。

第二層で手に入るようになった牛脂から油を作り、これで揚げていく。

「本物のチーズハットグはホットケーキ生地を使うし、中にソーセージも入れるけど、まだ作れないからチーズだけで作ってみるわ。こちらの方が値段も下げられそうだしね。ヒナちゃん、揚がったわよ」

「見た目はチーズハットグですね。うわぁ、チーズがトロトロ」

「たまにお祭りの屋台で見るよな。すげえ、チーズしか入れてないから伸びる伸びる」

「チーズしか入れないと、軽食なのにジャンク感あって、これも間食によさげですね」

モッツァレラチーズ……正確にはそれっぽいものだけど……で、ここまで料理の幅が広がるとは。

苦労して、《温度計》と《ミューカスグローブ》を入手してよかった。

「ヒナちゃん、作れるようになった料理を並べてみると、まるでイタリアンレストランみたいね。うちはパスタも出しているから」

「確かに……。じゃあ、リニューアルしましょう」

「リニューアル？」

「私たち、色々と料理を作れるようになったじゃない。だけど、いくら《エブリウェア・フードストール》があっても、全種類の料理を出すのは難しい。そこで、提供するメニューを取捨選択しようと思って」

「まあ確かに、これから作れるようになった料理を全部出していたら、キリがなくなるかもしれないな」

「準備も大変だものね」

安達食堂もメニューは多かったけど、それでも限界があったからなぁ。

材料が手に入らないので今日は提供できません、なんて料理も少なくなかったし、限定メニューなんてのもあった。

新鮮な魚介が手に入った時に出していた、刺身定食や海鮮丼とか、安達食堂の隠れた人気メニューだったのを思い出す。

「そこで、今回の新メニューはイタリアンが多いから、期間限定でイタリアンのみを出すとか」

「チーズカレーパンとチーズハットグは？」

「油が入った鍋の管理をロックさんが担当して、立ち食いメニューとして販売するわよ。あとは、日持ちがして、作り置きができて、コンスタントに売れている、瓶ジャムとスイーツナッツはそのまま売る」

食の探求団が初めて作ったジャムや、常連客が多いスイーツナッツはやめず、立ち食い客目当てのチーズカレーパンとチーズハットグはロックさんに任せ、リニューアルでモッツァレラチーズを使ったイタリアン一本にする。

さすがは姉ちゃん、悪くないやり方だと思う。

「これに、お酒はまだロックさんが新しいものを作っているから、仕入れて売りましょう。イタリアンに果実酒がないと格好つかないし、アルコールの販売は儲かるから」

「「「ですよねぇ」」」

飲食店にとって、利益率の高いアルコールとドリンクは命綱である。

飲食に関わっていて知らない人はいない。

「お酒が苦手な人も、うちはドリンク類も豊富だから。ロックさんのお酢を使った果実ドリンクも出せる！」

「リニューアル決定だな」

そんなわけで、牛乳とお酢で簡単に作れるモッツァレラチーズの量産と、それを使ったイタリア料理の試作に成功した僕たちは、屋台のメインメニューをイタリアンに寄せることにした。

「とはいえ、これはあくまでも期間限定だから。上の階層で新しい料理の試作に成功したら、またメニューは変更。階層が変わると以前手に入っていた食材が手に入りにくくなるかもしれないし、もっと美味しい食材や料理に出会えるかもしれない。なにより、お客さんは飽きやすいからね。食の探求団は、常に新しい料理に挑戦しているってイメージをつけることができれば」

「瓶ジャムとスイーツナッツを残せば、食の探求団の売りや特徴も残せるからな」

「すでに、ジャムといえば食の探求団ってイメージだものね。他の屋台はもうやめてしまった人も多いし、このまま続けて『ブランド化』するのが最適ね」

今となっては、うちと同じくらい美味しいジャムを作れるプレイヤーは多いはずだ。

だけど、最初にジャムを売った食の探求団に売り上げで勝てず、みんな撤退していた。

第二層で手に入る果物の値段が高くなり、ジャムにその値段は出せないと売り上げが落ちてしまったからだ。

ところがジャムの老舗である食の探求団のジャムは、値段を上げているけどみんな『原材料費が上がったら仕方がないよな』と言って購入してくれる。

この段階に至ったら、ジャムをやめるのは勿体ない。

なぜなら、僕たちはブランド化に成功しつつあるのだから。

理想としては、第百層でひと瓶１００コルのジャムが売れることなのだから。

そんな上の階層なら、その価格に見合う美味しさの果物があるかもしれないし。

「それでは、今日からリニューアルということで」

早速次の日のお昼から、僕たち食の探求団は、イタリアン〝風〟屋台にリニューアルした。

《エブリウェア・フードストール》は元々洋風屋台なので特に手を加えていないし、テイクアウトでカレーパンとチーズハットグを売っている謎店舗だけど、地面に置く看板や張り紙でお客さんに新メニューをアピールしていく。

「前菜にトマトとモッツァレラチーズのカプレーゼ、メインにマルゲリータ風ピザを頼み、これを果実酒で楽しむ。一日の疲れが取れるようだ」

「モッツァレラチーズ揚げをツマミに果実酒を楽しみ、締めでパスタやピザを頼むと金がかかるが、そのために命を張ってるんだ。熱くトロけるチーズを楽しんだあと、果実酒を飲むと……。くぅ――！　この一杯のために生きてるなぁ！」

「パンチェッタとジャガイモとモッツァレラチーズを焼いたやつが最高だな。口の中の塩辛さや脂っこさを、果実酒が洗い流してくれて、また美味しく食べられるんだ。あっ、ピザもちょうだい」

「パスタやピザと果実酒をお昼から楽しむ。素晴らしい休日だな」

「オシャレよねぇ」

「お酢のドリンクも健康によさそう」

「気のせいだけどね」

イタリアン風屋台は大成功だった。

ウルバスのメインストリートに接した広場に置いたテーブルと椅子に座り、混んでいる時は立ち食いまでして。多くのプレイヤーたちが食事とお酒を楽しんでいる。

イタリアンのおかげで、比率が少ない女性プレイヤーたちの支持を得られたのと、お酒のおかげで客単価を上げられたのがよかった。

「ロックさん、自家製のお酒も早く出せるようにしたいですね」

「お酢になっちゃったけど、お酢ドリンクは女子や健康嗜好《しこう》が強いお客さんに人気だからよかったわ。失敗は成功のもと。ロックさん、予想よりも早くお酢の在庫がなくなりそうだから、また作って」

「……チェリーさん、お酢は購入しないか？　醸造壺はお酒を造るためにあるし、今は全部使っているから」

「……」

「今度は成功するから、酢はできないぜ。本当にできないからな！」

チェリーさん、ロックさんにお酢を作ってもらいたかったようだけど、今度はロックさんも失敗しないはず……しないよね？

「よう、兄ちゃん。ピザを再現できたんだな」

「クラインさん、お久しぶりです」

リニューアル初日は大繁盛で、夕方も夕食狙いのお客さんがひっきりなしだった。

そしてその中に、僕たちにピザをリクエストしたクラインさんの姿もあった。

彼とその仲間は、迷うことなくなくピザを注文する。

「熱々のトロトロで引っ張ると伸びるチーズと、ちょっと酸味のあるトマトソース、ベーコンみたいにカリカリに焼けた細切りのパンチェッタ、そしてバジルの風味が全体の味を引き締めて……やっぱ、ピザは最高だぜ」

クラインさんはピザに満足してくれたようだ。

「喜んでいただけて、なによりです」

「あっ、でも。コーラは？」

「……炭酸水が見つかったら作ります」

そういえば、ピザのお供に最適なのはコーラだって言っていたのを思い出した。

コーラのフレーバーは何度も試作してそれなりに満足できるものが完成していたけど、問題はそれを割る炭酸水が見つからないことだった。

ＳＡＯに炭酸水メーカーが存在する確率はかなり低く、外で炭酸泉を見つけて汲《く》みにいかないといけない。

「炭酸泉かぁ……。誰か見つけていないか、知り合いに聞いてみるよ。誰かしら、フィールド上で見かけた奴がいるかもしれないからな」

「すみません」

「なんの、これもコーラを飲むためだから」

僕たちも、炭酸泉の情報を集めることにしよう。

ロックさんはお酒の醸造に失敗して酢にしてしまったけど、そのおかげでモッツァレラチーズの調理に成功したので、終わりよければすべてよしってことで。

第七話　炭酸泉への道と強敵

「コーラだけじゃなくて、各種ソーダ水やジンジャーエールも新メニューに入れれば……」

「入れれば？」

「注文が増えて、客単価が上がります！　料理とセットメニューを作ってお得感を出す商売もできる！　やっぱり炭酸水は必要ね」

「酒も割れるぜ。俺が今作っている酒はさほど品質が良くない。割って飲むことが多くなるから、炭酸水があった方がいい。ゲーム攻略で疲れた体に、爽やかで喉越しがいいお酒を一杯。これは売れるぜ」

「スイーツと炭酸飲料のセットも出せるのね。クリームソーダを再現したいわ。私、クリームソーダが大好きだから」


クラインさんから頼まれたコーラを再現すべく、僕たちはその材料である炭酸水の情報を求め、ウルバスの街中で情報収集を始めた。

その前に、念のため炭酸水メーカー的なマジックアイテムを探してみたけど、どこのお店にも売っていなかった。

となると、SAOの設定的にあり得るのは、フィールド上に炭酸水が出る泉があり、そこから採取する、であろうか？

そこで僕たちはウルバスの街の入り口に陣取り、今日一日のゲーム攻略を終えて外から戻ってきたプレイヤーたちから情報を集めることにした。

「炭酸水？　俺は見たことないな」

「もっと上の階層に行かないとないんじゃないか？　おっ、本当にスポーツドリンクに似た味がする」

今日一日活動して戻ってきたプレイヤーたちに、さり気なくスポーツドリンクを渡すことで口を軽くさせる。

ゲームでの表記は《SUGAR&SALTWATER》だけど、みんなそこは無視してスポーツドリンクくださいって言う。

そうしないと美味しく感じないからだろうけど。

スポーツドリンクの無料配布は姉ちゃんの作戦だったけど、なかなか炭酸泉の情報を知っているプレイヤーはいなかった。

「姉ちゃん、無料でスポーツドリンクを渡す意味ってあるの？」

「あるわよ。今日、私たちからスポーツドリンクを貰ったプレイヤーたちが、今後どこかで炭酸泉を見つけた場合、かなりの確率で教えに来てくれるもの。まだスポーツドリンクを知らないプレイヤーも多いから、その人たちに対する宣伝にもなる」

「街中でメーカーが、新製品のドリンクを試供品として配っているアレと同じようなものか。無料だってわかると、なんとなく受け取っちゃうよな」

「私、前に駅前で貰ったことあるわ。スポーツドリンクの配布は、うちの宣伝も兼ねているのね」

僕も、ロックさんも、チェリーさんも、姉ちゃんのやり方に感心する。

そしてその日は成果が出なかったけど、数日後、スポーツドリンクを配ったプレイヤーから、炭酸水らしきものが湧き出る泉の存在を教えてもらった。

「先日のスポーツドリンクのお礼さ。湧き出た水がシュワシュワ言っている小さい泉を見つけたんだ」

「やった――――！」

ようやく炭酸泉らしきものが見つかり喜びの声をあげる姉ちゃんだけど、そのプレイヤーはさらに言葉を続けた。

「だが、その泉がある場所に辿り着くには、ほぼ確実にあいつと遭遇するルートを通らないといけない。奴は下手なボス並に強いからな。料理人パーティーであるあんたらだと危なくないか？」

「そのモンスターとは？」

「《トレンブリング・カウ》。巨大な雌牛のモンスターだよ」

「「《トレンブル・ショートケーキ》にたんまりのっている、生クリームの原料を出すやつね！」」

「あっ、うん。それ」

女性二人の迫力に、たじろぐプレイヤー。

姉ちゃんもチェリーさんも、生クリーム大好きだからな。

「炭酸水を採りにいくついでに、《トレンブリング・カウ》を倒してミルクを得られないかな？

ミルクはケインさんたちや他のプレイヤーから仕入れているけどとても高いから、ここをコストダウンできれば……」

確かに自前でミルクを入手できるようになれば、もっと安く生クリームを使ったスイーツを出せるのは確実だけど……。

「姉ちゃん、無茶言うなよ……」

「他のゲームみたいに、失敗してもやり直しなんてできないからな。やめといた方がいい」

「私たちの戦闘力だとねぇ……」

「残念」

僕たちに止められ、《トレンブリング・カウ》に挑むことを諦める姉ちゃん。

「ミルクは高いなりに仕入れられるからいいか。となると、やはり炭酸水ね」

「炭酸水で作ったコーラやジンジャーエール、ソーダも作れるようになる。いいわぁ」

「酒の割り材……。《トレンブリング・カウ》は回避できないのかな？」

「どうなんでしょう？」

炭酸水のあるとされる泉に辿り着くには、《トレンブリング・カウ》とのエンカウントが発生する可能性がかなり高い。

当然他のモンスターとも遭遇するだろうし……。

僕たちがどうするか悩んでいると、そこにケインさんたちが姿を現した。

「それならば、我々がお手伝いさせていただこう。実は今頃、攻略集団が第二層のフロアボスを目指して進撃を開始しているところだけど、俺たちは今回も実力不足で参加できなくてね。ならば君たちは炭酸水を目指し、俺たちは《トレンブリング・カウ》を倒してミルクを手に入れ、それを君たちに卸すことで生クリームを使った料理やスイーツを充実させる。どちらも重要な戦いだ。是非手伝わせてくれ」

「「「ありがとうございます！」」」

こうして僕たちは、ケインさんたちに護衛されながら炭酸泉の泉がある岩山の麓を目指す。

草原を歩いているといくつも見えるテーブルマウンテンは、最初はアメリカやオーストラリアに観光に来たかのような感動を味わわせてくれたけど、人間はすぐに見慣れてしまう生き物だ。

今となっては、特になにも感じなくなっていた。

炭酸泉がある目的の岩山は、ウルバスの東にある小さな草原を超えたところにあるんだけど、その草原を噂の奴、《トレンブリング・カウ》がうろついているらしい。

他の野牛モンスターも出現するそうで、戦闘力がない僕たちだけではどうにもならなかったはずだ。

実際、途中で出没した《トレンブリング・オックス》はケインさんたちが倒してくれた。

草原に至るまでに遭遇した小型モンスターは、ケインさんたちから戦闘指南を受けながら少し倒したけど、やはり根本的に僕たちは戦闘に向いていないと思うんだ。

チェリーさんについては……もう戦ってほしいと言う人さえいなくなった。

「ふう……。上の階層に上がれば上がるほど、先が思いやられるなぁ……」

沢山料理をしているから少しずつレベルは上がっているけど、モンスターの強さに全然追いついていないと思う。

なにより、牛型モンスターの突進をいなしながら倒すなんて、少なくとも僕には無理だ。

突然、闘牛士をやってくれと言われているようなものなのだから。

ケインさんたちは華麗に戦闘をこなしているけど、そんな彼らですら、自分たちはフロアボス攻略にはついていけないと考えている。

攻略集団って、どれだけ度胸があるんだと思ってしまう。

「《トレンブリング・カウ》はもっと巨大なんだろう？　ケインさんたち大丈夫なのかね？　俺たちは他人を心配できるほど強くないけどな」

「そこは信用して、お任せするしかないですよ」

「それはそうだ」

ケインさんによると、やはりどう草原を進んでも《トレンブリング・カウ》とのエンカウントは避けられないらしい。

草原を越えた先には、麓に炭酸泉があると教わった岩山の姿が。

やはり炭酸水を手に入れるには、巨大雌牛を倒さなければいけないのだ。

「ユズ君たちは、危ないから下がってくれ。何度も倒しているのに、こいつの巨体がなかなか小さく見えるようにならないな。俺たちもまだまだということだ」

ケインさんたちは、それぞれ武器を構えて戦闘態勢に入ってから、《トレンブリング・カウ》へと斬りかかる。

僕たちはその様子を、固唾をのんで見守ることしかできなかった。


「ケインさん、僕たちも努力すれば《トレンブリング・カウ》を倒せるようになるでしょうか？」

「大丈夫だと安易に言えないのがこのゲームでね。なにしろ失敗すれば、即、死だから」

「確かに」

「無事に《トレンブリング・カウ》を倒せて、ミルクも手に入った。あとで、これを使った甘いものを食べたい気分だよ」

「任せてください」

僕たちは、まるで用心棒を雇った江戸の悪徳商人の如く、ケインさんたちに《トレンブリング・カウ》を倒してもらった。

僕たちからは、ケインさんたちは《トレンブリング・カウ》に動揺することなく落ち着き払い、連携して余裕を持って戦っているように見えた。

とはいえ、ケインさんたちが死にはしないかとハラハラしながらの観戦であり、それでもケインさんたちは順調に《トレンブリング・カウ》のＨＰゲージを削り続け、それがゼロになった瞬間、

《トレンブリング・カウ》は青い破片となって砕け散った。

ケインさんたちは無事に勝利したのだ。

「はい、ミルク」

「ありがとうございます」

姉ちゃんはケインさんからミルクを受け取ると、事前に決めてある仕入れ代金を彼に渡した。

必ずミルクは仕入れるという、姉ちゃんの執念を感じた瞬間だ。


「ケインさんたちの戦いを見ていたらハラハラしたけど、まずはミルクね。もっと潤沢に手に入るようになったら、ハンドミルサーでボール一つ分のミルクを攪拌《かくはん》して、スプーンですくって食べたいかも。生クリームがたっぷり……いいわぁ」

「いいですね、それ。昔から夢だったんですよ」

「「……（胸やけしそう……）」」

炭酸泉が一番の目的だったはずなのに、いざケインさんたちがミルクを手に入れると、それが気になって仕方がない姉ちゃんとチェリーさん。

《トレンブル・ショートケーキ》の件と合わせて、そこまで甘い物が好きなのかと、再確認させられた。

「じゃあ、炭酸泉に向かおうか」

ロックさんに促され、僕たちは目的地である岩山の麓に到着した。

「情報によれば、この辺のはずだよ」

「この岩山とその周辺には植物がほとんど生えていないし、炭酸泉があるということは、もしかしたら温泉でも湧いてたりして」

その可能性はなくもないけど……。

「ヒナさん、こんないつモンスターが出現するかわからないところで温泉に入るのかい？」

「う――ん、無理かぁ」

「泉を見つけたぞぉ――！」

僕たちが無駄話をしている間に、岩山の麓にある泉をケインさんたちが発見した。

急ぎ泉に向かうと、直径十メートルほどの透明度のある水が湛《たた》えられており、水面をよく見ると『シュワシュワ』と音を立てている。

透明度の高い泉の水底を見ると、そこにビッチリと気泡が付着していた。

「炭酸水だ！」

「ユズ、早速回収するぞ」

「はい」

可能な限り用意しておいた、コルク栓つきの空き瓶をストレージから取り出してタップし、泉を選択すると、すぐに瓶が炭酸水で満たされた。

「炭酸水ゲットね」

「ようし、これで色々と作れるぞ。クラフトコーラの原液は試作に成功しているから、これを炭酸水で割れば……」

早速僕は、炭酸泉から汲んだ炭酸水と自作したクラフトコーラの原液を混ぜ合せる。

混ぜ合わせるといっても、《調合》じゃなくて《料理》だけど。

原液は何度も失敗しながら苦労して食材を調合、クラフトコーラの味に近づけたので、失敗はないと思いたい。

《瓶入り炭酸水》と《各種ハーブ、香辛料と水飴の配合液》をタップして料理すると、無事にコーラっぽい色の液体が瓶の中に入っていた。

「早速味見を……。おおっ！　これはまさしくクラフトコーラだ！　久しぶりに飲む美味さだ」

「ちょっと味が上品だから、もう少し原液の配合は調整した方がいいかも。でも美味しい」

「コーラで酒を割ってもいいんだぜ」

「そういえば私って、久しぶりにコーラを飲んだけど、美味しいものなのね」

「ユズ君、成功したのなら我々にもコーラを」

「どうぞ」

ケインさんのリクエストに応え、僕は瓶入り炭酸水と原液を混ぜてコーラを作って、ソードフォーの面々に手渡した。

「これは協力した甲斐《かい》があったな。本当にコーラだよ」

「前に飲んだ、ちょっと高いクラフトコーラのお店を思い出すなぁ。プハァ――！　おかわり！」

「俺にもおかわりをくれ！」

「苦労して、《トレンブリング・カウ》を倒した甲斐があったな。喉ごし爽快で、実に素晴らしい。おかわりをお願いします」

ケインさんたちはクラフトコーラの美味しさを賞賛し、全員がおかわりを要求した。

「あっそうだ。おかわりですけど、オプションでミルクをホイップしたものをのせられますよ。できれば、アイスをのせて《コーラフロート》にしたいところですけど、アイスクリームはまだ難しいですね」

「確かにアイスクリームはハードルが高そうだね。他にもカキ氷とか。二杯目は生クリームのせで」

「マジックアイテムで、アイス製造機とかあるのかな？　俺も生クリームのせで」

「あっても入手難易度は高そうだ。いいねぇ、コーラの上に生クリーム」

「いやぁ、役得役得」

ケインさんたちは、姉ちゃんがハンドミルサーで作った生クリームのせコーラを受け取り、美味しそうに飲んでいる。

二杯目なのでゲップが出ないのかなと思ったけど、ＳＡＯでそこまで再現されているのか、今のところわからなかった。

「コーラを一番に飲めただけで、こっちに参加してよかったと心から思ったよ。……ほほう。第二層のフロアボスが倒されたみたいだ」

炭酸泉の近くでコーラ休憩を楽しんでいると、ケインさんのところに誰かからメッセージが入ったらしい。

どうやら、第二層のフロアボスが倒されたようだ。

「ということは、第三層に行けるんですね」

「そういうことになるね」

「それなら、急ぎウルバスに戻って準備を始めましょう」

僕たちは急ぎウルバスに戻り、不足している食材や調味料などを買い溜《かだ》め、第三層へとあがる準備を終えた。

なお、最速で第三層へとあがれる階段は、第二層のフロアボスがいる部屋に出現するらしい。

残念ながら僕たちの戦闘力ではその階段を利用することは難しいので、ウルバスに転移門が出現するまで待とうと思う。

先に買い物をしていたので、僕たちは大して待たずに転移門を潜って第三層の主街区《ズムフト》へと移動することができた。

そして、まず僕たち食の探求団がすることと言えば……。

「では恒例の、『第二層突破記念新商品』の販売をやります！　当然半額で、食の探求団の名を多くのプレイヤーたちに知らしめる！」

姉ちゃんが言い出すと止まらないので、僕たちは第二層からあがって《ズムフトの町》の探索を始める人たちを見送りながら、《エブリウェア・フードストール》を出して開店の準備を始めた。

ロックさんは、床置きの看板に貼り付ける新メニューを懸命に書いている。

「おっ、また突破記念の半額セールかい？」

「はい。今回も新メニューがありますよ」

「じゃあ待たせてもらおうかな」

第一層を突破した時に、食の探求団が半額セールをやっていたことを覚えていたプレイヤーたちもいて、彼らは僕たちが開店準備を終えるまで待っててくれていた。

「順調に固定客を掴んでいるわね」

「ヒナちゃん、準備が終わったわよ」

「じゃあ、オープンさせましょう」

僕たちは転移門の近くで《エブリウェア・フードストール》をオープンさせ、料理の販売を始めた。

「新メニューはいかがですか？」

「牛肉１００パーセントハンバーグをバンズで挟んだ、本格ハンバーガーですよぉ――！」

「チーズも挟んだチーズハンバーガーもあります」

「ハンバーガーにはこれがないとな。揚げたてのフライドポテトとフライドオニオンも一緒にどうだ？」

「そして、手作りクラフトコーラ、ジンジャーエールなど。炭酸飲料も新発売よ。ドリンクはセットメニューにするとお安くなりますよぉ。コールスローサラダ、フライドチキン、ホットアップルパイ、そしてパンケーキもお勧めです。なんとパンケーキには、オプションで生クリームを大量に盛り付けることができまぁ――す」

「おっと忘れてた！　モッツァレラチーズをたっぷり使った、マルゲリータピザもあるぜ。チーズがトロトロで美味いぜ」

次々と料理が完成し、僕たちがそれを見せびらかしながら食べていると、転移門から出てきたプレイヤーたちの視線が集まり、彼らの足が止まった。

「ファストフード感が逆に懐かしい。俺、チーズハンバーガーセットね。ポテトとコーラで！」

「一ヵ月以上も食べていないから、この香りを嗅ぐと無性に食べたくなる！　俺はピザとジンジャーエールの組み合わせが好きなんだ！」

「コーラが飲めるとは思わなかったぜ。ハンバーガーとポテトとコーラのセットをくれ。やっぱり、この組み合わせだよなぁ」

セットメニューでお得感を出したところ、大半のお客さんが、ハンバーガーとピザに、ポテトフライ、オニオンフライ。そして、コーラや炭酸飲料を注文してくれた。

「喉ごしが最高だな」

「コーラなんて久しぶりすぎる」

肉汁ハンバーグと、レタス、トマト、そしてロックさんが大量に作ってしまった酢を使ったピクルス。

これをバンズに挟んだハンバーガーと、クラインさんリクエストのピザ。

これにポテトフライとオニオンフライがあれば、あとはコーラで胃の中に流し込むだけだ。

「ゲームのお供に、ファストフードとコーラは最高の組み合わせだからね」

「よう、ユズ！　俺はピザとコーラね」

「あっ、クラインさん、毎度あり！」

「やっぱり、ピザにはコーラだよなぁ。ハンバーガーとコーラも最高の組み合わせだけどさ」

第二層で手に入れた食材を使ったファストフードを多数取り揃えた僕たちの屋台は、多くのお客さんを集めることに成功した。

ふと第三層の主街区ズムフトの空を見上げると、３６０度すべてに巨木の青々とした枝と葉が見える。

森林エリアだと聞いている第三層では、どのような食材が手に入り、どんな料理が作れるのだろう？

今から楽しみだな。

そう思いつつ、そろそろ『安達食堂』の再開計画を立てておこうかな。

第八話 ダークエルフは知っている？

第三層の主街区ズムフトにある空き地で、今日も僕たちは《エブリウェア・フードストール》を出して料理を販売している。

幸い多くのお客さんが利用してくれて、商売は順調だった。

最初は第三層攻略を始めた、キッチリと装備を整えたプレイヤーたちばかりだったけど、転移門のアクティベートから二日も経《た》つと、初期装備だったり非武装のプレイヤーたちが観光目当てで姿を見せ、うちのお店を利用してくれるようになった。

彼らからするとうちの料理は少し高いかもしれないけど、ある種の観光価格って感じで売り上げは悪くない。

「森に囲まれたズムフトで料理を売っていると、マイナスイオンが出てるって感じ。う――ん、体すっきり！」

「姉ちゃん、今時マイナスイオンって……。しかも、ここはゲームの中だからさぁ……。マイナスイオンは関係なくない？」

「優月、気分の問題ってやつよ」

ＳＡＯ第三層は、一言で言えば森のエリアだ。

それも日本で僕たちが普段見ている森とは違って、古い巨木が多くを占めており、まるで北米やカナダにある原生林を訪れたかのような気分になる。

もしくは、ファンタジーＲＰＧの舞台になっていそうな感じの森っていうとわかりやすいかも。

それに加えて、ズムフトの多くの施設が三本の巨木をくり抜いた中に作られていたので、こういう光景を見ていると僕たちは改めてゲームの世界にいるんだなと実感させてくれた。

「売り上げも順調でお金が貯《た》まってきたから、そろそろ食器を新調したいかも」

「そうねぇ。出している料理に比べてボロい、貧乏臭いってお客さんに言われちゃったものね」

チェリーさんも、姉ちゃんの意見に賛成なようだ。

料理を盛り付ける食器や、スプーン、フォーク、ナイフはすべて一階層で安く大量購入したものばかりなので、今後料理の質が上がり、レパートリーが増えれば増えるほどアンバランス感が出てくる。

食器がボロく、貧相だと料理が不味《まず》く見えてしまうリスクがあるので、最優先で対応しないと駄目かな。

「食器ばかり豪華で料理がみずほらしいのも考え物だが、逆もよくないからな。デュータさんがくれた豪華調理器具の中になかった、新しい調理器具も色々と新調したいところだ。それと、今出している料理は第二層の食材を使ったものが多い、そろそろこの第三層で手に入る食材を使った新しい料理を開発して……そのためには、武器の強化も必要か……」

ロックさんの意見に僕たちは頷く。

他のプレイヤーから食材を仕入れることもできるけど、自分で取りに行かなければ手に入らない特殊な食材もあるわけで、そのためにも最低限の戦闘能力は保持していないといけない。

そろそろ武器の更新も必要だろうし、手に入れた武器は強化しないといけない。

強化に必要な素材……は、できれば料理との交換で済ませたいところだ。

となると、プレイヤーたちを魅《ひ》きつける新しい料理が必要になるだろう。

「しかし、なかなかお金が貯まらないよなぁ」

空いている時間に、ＳＡＯ内で物件を買うにはどうしたらいいのか調査を始めようと思っていたけど、今のお金を貯めるペースから考えると、アインクラッドのかなり上の階層に辿り着かないと目標金額は貯まらないかも。

攻略プレイではなく料理人プレイはお金を貯めやすいのかと思いきや、食材、調理器具、食器類の品質を定期的に上げていかなければ、他の料理人プレイヤーたちに追い抜かれてしまうので、そうとも限らない。

「ズムフトでの商売にも慣れてきたから、この森林ステージを探索して食材を手に入れたいところだけど……」

「やあ、ユズ君たち。なにか食べさせてくれ」

そこにちょうどよく、ケインさんたちソードフォーの面々が姿を見せ、いつものように料理を注文した。

「今日はちょっと早くないですか？」

「たまには早めに切り上げようかって話になってね。二～三時間のことだけど、俺たちが攻略集団に加わらない最大の理由かもしれないな」

攻略集団の人たちの戦いぶりをケインさんや他の常連客たちから聞くけど、ストイックなんてものじゃないからなぁ。

とにかくスピードと効率を重視するので、そこについていけないプレイヤーたちから脱落し、彼らから話を聞いた人たちも攻略集団への参加を躊躇してしまう。

ケインさんたちも、僕たちと同じく少しマイペースなところがあるから、ずっとアクセル全開の攻略集団と合わないのだろう。

「実は、そろそろこの第三層の森で食材採集をしてみたいんですよ」

僕たちはそう言いながら、ケインさんたちに《チーズ入り肉汁ハンバーガー》、《フライドオニオン》、《クラフトコーラ》のセットを差し出した。

「これはサービスってことで」

「ありがとう、ヒナさん。いつも食の探求団の屋台を利用している身としては、一日でも早く新しいメニューが開発された方がいいからね。当然試食もさせてもらえるんだろう？」

「はい、勿論」

「ならば問題ないさ」

僕たちは戦闘が苦手なので、食材の入手に協力してくれるプレイヤー及びパーティーには完成した新メニューを最初に無料で提供する。

そうすることで、僕たちの食材採集に協力してもレベルは上がりにくいけど、新しい料理を一番に試食できるというメリットを示すことができた。

食事はSAOにおける数少ない娯楽なので、さすがに攻略集団に所属するプレイヤーたちは協力してくれないけど、ケインさんたちを始めとする中堅以上のプレイヤーたちが協力してくれるという仕組みだ。

「お互い、WINWINでいきましょう」

これも、姉ちゃんが考えた手法なんだ。

僕たちの戦闘力だと、すべて自力で食材を集めるのは難しいから。

「明日、このズムフト近くの森に入ってみようか。場所によっては《迷い霧の森》という、戦っている間に自分の位置を見失ってしまい、プレイヤーを迷わせるエリアもあるから、そういうところは避けるってことで」

「私たちが森で迷子になったら、もうお手上げだものね。私、方向音痴だから」

チェリーさんと同じく、僕も方向感覚には自信がないから、ケインさんたちが同行してくれるのはありがたかった。

「もしユズ君たちを遭難させると他の常連たちに叱られるくらいでは済まないからね。無理はしないさ」

というわけで翌日、僕たちはケインさんたちとレイドを組み、ズムフト近くの森の探索からスタートすることにした。

やはりこの階層の木々は巨大で、日本の森や雑木林と比べると、僕たちは小人になってしまったのではないかと思うほどだ。

「樹齢何年って設定なのかな？」

「優月、設定って言わない。雄大な自然っていいわぁ。空気も綺麗で、こういう環境で食べる料理は美味しいのよ。圏外にオープンカフェやレストランを開くことはできないけど。さあ、張り切って食材を集めましょう」

姉ちゃんは森林浴気分だけど、そんなにのんきで大丈夫かな？

そんな風に思っていたら、わずかに日の光が当たる場所に生い茂っている人間の背丈ほどの下草から、同色の虫型モンスター《リトル・グラスホッパー》が早速飛び出してきた。

ただちにケインさんたちが気がつき、まるで僕たちにお手本を見せるかのように、鮮やかに倒す。

草も大きいし、バッタも名前はリトルなのに全然小さくない……。上の階層に行くと、これの巨大版が出現するのだろうか？

「だけど、巨大なバッタが食材なんてドロップするのかしら？」

今回も戦わないことが決まっているチェリーさんは、モンスターがドロップする食材に興味津々なようだ。

「こんなに大きなバッタだ。もし食べられるとしても、俺は遠慮したいな」

ロックさんが考える食べられる虫とは、イナゴ、ハチノコ、ザザ虫とか、佃煮《つくだに》にして食べるような小さな虫のことだと思う。

僕としては試食くらいなら問題ないけど、虫型モンスターが食材をドロップするかどうか。

どちらかというと、武器を強化する《基材》をドロップしそうなイメージだ。

それに虫は小さいから食べる人が多いわけで、巨大な虫の脚や羽は食べられると言われてもなぁ……。

抵抗感があるなんてもんじゃない。

「虫型モンスターがドロップするアイテムで、食材に転用できそうなものは少なそうですね。あとは……。ヒナさん、これなんだか、わかりますか？」

ケインさんが示した場所には、背丈の小さい枯れ木があった。

巨木のせいで日が当たらなくなり枯れたのかと思ったら、そいつは根っこを地面から抜いてからユラユラ歩き出し、幹の中央部にある口を開き『モロオオォォォ！』と雄叫《おたけ》びをあげながら、僕たちに襲いかかってきた。

さらによく見ると、近くにもいくつか同じような枯れ木があって、そいつらも不気味な雄叫びをあげながら僕たちに迫ってくる。

「《トレント・サプリング》だ。《エルダー・トレント》に成長すると厄介な植物型モンスターさ。だけどこいつはそんなに強くないから、これを倒してみようか」

ケインさんたちに指導を受け、僕たちは《トレント・サプリング》と戦うが、確かにそんなに強くはないかな。

「みんな、頑張って――――！」

……まあチェリーさんはね。

その後も出現するモンスターの倒し方を実戦込みでケインさんたちから教わり、ズムフト周辺のモンスターならそう苦もなく倒せるようになった。

「おかげで、これからは僕たちだけで食材の採集ができます。モンスターのドロップ品は……まあね」

ズムフト近郊の森に出てくる、虫型モンスターと植物型モンスターから手に入るドロップアイテムの『食べられる率』を考えると、採集の方が効率がいいことがわかったのは大きな進歩だろう。

そんなわけで、早速食材の採集に入ろうとしたところ、僕たちの前にまた別のモンスターが姿を見せた。

「《フォレスト・ディアー》。森の鹿……ヒネリはないな」

やっと食べられそうな、鹿型のモンスターが出現した。

こいつなら、鹿肉をドロップしてくれるはずなので倒し甲斐があるというものだ。

「鹿肉ステーキ、鹿肉ジャーキーも悪くない。姉ちゃん、どうやって調理しようか？」

「その前に、上手くお肉をドロップしてくれるといいけど……」

「第二層は牛だったから鹿肉もいいな。鹿肉は脂身が少なくサッパリしていて、年寄りの俺には最適なお肉だからさ」

「みんな、頑張ってね」

「そんなに強くないモンスターだけど気をつけて」

チェリーさんが応援専門なのはいつものこととして、僕たちはケインさんたちから指導を受けながら、森の鹿と戦っていく。

「雄の角に気をつけるんだ」

「角のない、雌や小鹿は気をつけなくていいんですか？」

「いや、頭突きに気をつけてくれ」

「頭で攻撃してくるのは変わらないのか……」

僕たちはおっかなびっくり、ケインさんたちの指導を受けながら《フォレスト・ディアー》の角と頭による攻撃をかわし、リズムよく攻撃を続けてＨＰを削っていく。

「悲しいくらい、俺たちって弱いよな」

「しょうがないですよ」

僕たちは第三層に来てから料理ばかりしていて、今日初めてこの階層でモンスターと戦っているのだから。

「どんなモンスターが出るかも、その倒し方も、すべてケインさんたち頼りだからな……おっしゃぁ――――！　倒したぞ！」

「ロックさん、鹿肉ゲットよ！」

「早くズムフトに戻って料理したいわね」

「チェリーさん、その前に森の幸を探さないと」

「そっちも大切よね」

ケインさんたちの指導のおかげで、最初に比べるとだいぶ戦えるようになったけど、調子に乗れるほど強くなった実感はない。これからも、料理主体で頑張ろうと思う。


あとは、森を探して食材を採集しないと。

「野草の類は、第一層、第二層と大きく変わったということはないね」

あちこちに野草が生えているので、それを採集していく。

「サラダ、ソテーにして肉料理の付け合わせにするくらいかな。おっと、いいものを発見！」

姉ちゃんは、森の中を流れる小川の畔《あぜ》で食べられそうな野草を見つけた。

よく見ると……。

「クレソンに似ているかな？」

「ちょっと違わない？」

「それはゲームだからでは？」

だがちゃんと採取できたので食材のはずだ。

「ステーキの付け合わせにはいいよな、クレソン」

他にも見つけた野草を採取しながら森を探索していると、巨木が倒れ、一部朽ちているのを見つけた。

そして朽ちた巨木に大量のキノコが生えているのを発見する。

「……キノコか……」

最初は新しい食材を見つけた嬉しさから、大喜びで次々と色々な色や形のキノコを採取したのだけど……。

「優月、このキノコって食べられるの？」

「採取できたし、キノコの名称から毒をイメージさせるものはないから大丈夫なはずなんだけど、キノコは難しいからさぁ」

「そうよねぇ……」

ウインドウを開くとキノコの名前はわかるし、ちゃんと食材のカテゴリーに入っているけど、どうにも食べる気がしないのは、飲食業界に関わる者の定めというか……。

でも、もしかしたらとても美味しいかもしれないから、悩むよなぁ……。

「もしこれが毒キノコで、これを食べて死んでしまうのは、さすがにちょっと恥ずかしいというか……」

「毒キノコで死ぬなんて、嫌な死に方よねぇ」

「確かに未知のキノコだと心理的な抵抗があるね。毒キノコを間違って食べて死んでしまう人もいるって聞くし、定期的にニュースで見るから。デスゲームで怪しいキノコを食べるのは遠慮したいね……」

ケインさんも、よく知らないキノコは食べたくないようだ。

野生のキノコには、安易に手を出さない。

飲食業に関わって携わっている僕たちからすると、半ば本能でもあった。

「リーダー、俺も嫌だぜ」

「俺もだ」

「それしか食べるものはないのならともかく、他にいくらでも食べるものがあるのに、怪しげなキノコを食べる理由がないなぁ」

ソードフォーのメンバーも、採集したキノコに疑いの視線を向けている。

元々キノコに詳しくないだろうし、ＳＡＯのキノコはカラフルなものもあって怪しいからだ。

「毒キノコなら食材のカテゴリーに入らないと思うんだけど、採取できるだけ採取して、ズムフトで情報を集めればいいか」

他にも、野草や木の実、果物などを集めてからズムフトに戻った僕たちは、早速それらの食材を調理してみることにする。

「姉ちゃん、木の実はナッツ類と同じ扱い方でいいかな？」

「炒《い》って水飴と絡めれば、人気の《スイーツナッツ》として売れるからね」

「山菜に関しては、さっきの鹿肉をステーキにした時の付け合わせとかに使うと無難なのかね？」

「ＳＡＯでは、アク抜きはオートモードで処理されるから助かるわね。あの作業、意外と時間を使うから」

「ゲームならではの利点だよな。居酒屋で働いていた時、下処理に時間をかけたのを思い出したよ」

僕たちは分担して、森の幸の調理を始める。

第三層でも料理を多くの料理を売って料理スキル熟練度を上げていたおかげか、鹿肉とクレソンぽい野草を選ぶと、無事に鹿肉ステーキが完成した。

「階層が上がって鹿肉のレアリティが上がったからか、肉が柔らかい。脂身も少ないから、女性にも人気が出るんじゃないかな？」

試作した鹿肉ステーキをケインさんたちに試食してもらうが、概《おおむ》ね好評だった。

「ランチプレートにして、ドリンクをつけて、森が見えるオープンカフェで出すとお洒落でいいかも」

第三層は森のステージだから、そういうのが似合いそうではある。

問題は、オープンカフェに相応しい場所を確保できるかだけど。

「そして、第三層における新しいメイン食材。それはキノコ！」

「アイテムカテゴリだから食材だと信じて調理してみましょう。見たことない色や形のキノコだけど、案外こういうキノコの方が美味しいかもしれないし」

「その逆も然り、かもしれんが、早速料理しようぜ」

あとは調理して試食するのみだ。

色や形がちょっと変わってるけど、料理方法はほとんど変わらない。問題は味だな。

「完成！　キノコ鍋に、キノコソテー、キノコの天ぷら、キノコパスタ、キノコスープ。キノコの傘の裏側にミンチ肉を詰めて焼いたキノコの肉詰め。まずはこんなものかな？」

テーブルに調理したキノコ料理がところ狭しと並んだ。

見た目は少しカラフルすぎたけど、いざ料理が完成するととても美味しそうだ。

香りも素晴らしく、僕たちもケインさんたちも、毒疑惑を忘れたかのように一斉に手を出す。

「天ぷらも悪くないね。天ツユが欲しいところだけど、揚げたてを岩塩で食べると、ツウになった気分になる」

「このキノコは歯応えがあって、香りも強く、旨味もあっていい」

「血液が綺麗になっていくようだ」

「森の幸、最高」

キノコ料理はケインさんたちにも好評だったので、明日から新メニューとして出すことに決めた。

ただ一種類だけ変わった名前のキノコがあって、これも食材という判定だったけど……。

「で、これなんですけど。《デッドオアアライブマッシュルーム》って……名前からしてちょっと怪しいですけど……味がわかりやすいようにソテーしてみました」

まるで《ルーレット・ベリー》を思い出すかのような名前のキノコだけど、他のカラフルだったり、見た目が変わっていたりするキノコは美味しかったので、きっとこれも大丈夫なはず。

実際に調理してみると、さらに香りは強く、とても美味しそうだ。

「香りもいいし、とても美味しそうじゃないか。では早速」

ケインさんがフォークで、ソテーした《デッドオアアライブマッシュルーム》を口に運び、しばらく咀嚼《そしゃく》する。

他の三人もそれに続く。

すると……。

「なんだこの美味しさは……」

「天に昇るような……。美味しすぎる」

「松茸《まつたけ》なんて目じゃないわね。美味しい」

「香り、歯応え、旨味。すべてが高レベルなんだ！」

ケインさんたちは、試食した《デッドオアアライブマッシュルーム》を絶賛する。

「じゃあ、僕たちも……美味い！」

「香りと歯ごたえが最高ね」

「それでいて、旨みも強いのよ」

「これは美味いな！」

僕たちも、《デッドオアアライブマッシュルーム》のソテーを大いに楽しんだ。

「これなら売れるよね」

「そうね」

僕たちは、新たな美味しい食材の発見に大喜びだったのだけど、その直後、とんでもないことが起こってしまった。

「あれ？　なんか体の力が……」

「急にどうしたの？　ああ――っ！　優月、自分のＨＰのバーを見て！」

「ＨＰ？　減ってるぅ――――！」

《デッドオアアライブマッシュルーム》を食べた四人のうち、僕と姉ちゃんのＨＰが一割ほど減っていた。

「つまり、毒キノコってこと？」

「ヒナさん、俺とチェリーさんは別になんともないぜ」

「私たちにも異常はないね」

ということは、八人中二人のＨＰが減ってしまったのか。

「僕と姉ちゃんだけ、ツイてないにも程がある……」

「どういうことなのか、他の料理人プレイヤーたちからも情報を集めましょう」

僕たちは他の料理人プレイヤーたちから、《デッドオアアライブマッシュルーム》に関する情報を集めた。

そしてさらなる試食をして検証してみた結果、このキノコはもの凄く美味しいが、一定の割合で毒キノコが交じっていて、食べるとＨＰが一割ほど減ることが判明する。

「しかも毒アリか毒ナシかを見た目では判断できず、実際に食べてみないとわからない、非常に厄介なキノコということだな」

ロックさんが残っていた《デッドオアアライブマッシュルーム》を見比べているが、なんら成果はなかった。

残念ながらこれはゲームだからか、どのキノコを見ても同じにしか見えなかったからだ。

「う――ん、どれが毒キノコなのか見分けがつかない。どのくらいの割合で毒キノコなんだろう?」

「何度見ても同じにしか見えないわね。お手上げでぇ――す!」

姉ちゃんも、《デッドオアアライブマッシュルーム》を見分けることを諦めた。

「こんな危ないキノコの調理は禁止! いくら美味しくても、モンスターと戦っているお客さんにHPが減るかもしれない料理は出せないもの」

それは、料理に携わる者が持つ最低限の倫理、ルールだ。

そう僕たちは思っていたんだけど……。

「さあ、とっても美味しいキノコ料理だよぉ――――!」

「天にも昇る美味だ。実際に食べてみてくれ」

他の料理人プレイヤーたちはそう思わなかったようだ。

もしくは、自分たちは毒のあるキノコを見分けられると思ったのか。

他の屋台で出された《デッドオアアライブマッシュルーム》料理の被害を受けるプレイヤーたちが続出した。

「コラッ! 俺たちはこれからフィールドに出るんだぞ!」

「いきなりHPを減らすな! 俺たちを殺す気か!」

ところがHPの減少はプレイヤーたちにとって死活問題であり、すぐに《デッドオアアライブマッシュルーム》料理を出す屋台はゼロになってしまった。

「毒アリと毒ナシとで見た目に違いがあるわけではないからなぁ。料理に携わるものとして、危ない食材を使うわけにもいかない。ただ俺たちがわからないだけで、もしかしたら見分け方があるのかもしれない。どのみちこのままだとお客さんに出せないことは確かだ」

ロックさんも、この件に関してはお手上げといった感じだ。

「火を通したら、色や見た目に差が出るとか、そんな特徴があればいいのに……」

しかしながら、何度目を凝らしても同じキノコにしか見えず、僕たちが《デッドオアアライブマッシュルーム》を出すことを諦め始めたその時。

「森の美味、《デッドオアアライブマッシュルーム》のスープ、ソテー、マリネサラダ、鍋、焼きキノコと、コース料理を楽しむことができますよ。安全な《デッドオアアライブマッシュルーム》を調理して出しているのは、俺たちグルメギャング団だけ！」

「「「いらっしゃいませぇ――――！」」」

「げっ！　グルメギャング団！」

どういうわけか、このところ姿を見せなかったグルメギャング団が、突如《デッドオアアライブマッシュルーム》料理を出す屋台をオープンさせたのだ。

しかも、自分たちの料理は安全だと謳っていたので、多くのプレイヤーたちがグルメギャング団の屋台に殺到した。

「なんか悔しいわね」

「はははっ、見たか？　食の探求団よ。俺たちがちょっと本気を出せばこんなものさ」

「《デッドオアアライブマッシュルーム》の毒アリ、毒ナシを正確に見分けるなんて……」

どうやって見分けているんだろう？

是非知りたい。

「俺たちはしばらく森に入り、森エルフの補給部隊と出会ってな。彼らから《デッドオアアライブマッシュルーム》の毒アリ、毒ナシを見分ける方法を教わったのさ。おおっと、俺たちが先にクエストをクリアしてしまったからな。次に受けられるようになるには、そこそこ時間がかかると思うぜ」

「ぐぬぬ……」

先手を取られてしまい、それに続くことができない。

残念がる僕たちと、自慢げなカポネたちだったけど……。

「嘘つけ！　俺のＨＰバーが減ったぞ！」

「俺のＨＰもだ！」

他の屋台よりは割合が少なかったけど、グルメギャング団の《デッドオアアライブマッシュルーム》料理を食べたプレイヤーの一部から苦情が入った。

「そんなバカな！　森エルフに教えてもらったやり方でやっているのに！」

「完璧に見分けられるわけじゃなかったのね」

「そっ、そんなぁ――――！」

「「「「「「「そんな、じゃねぇ――――！　料理に払った金返せ！」」」」」」」

哀れ、グルメギャング団の《デッドオアアライブマッシュルーム》料理販売は、短い時間で終了してしまった。

「完全にではないけど、グルメギャング団は《デッドオアアライブマッシュルーム》の毒アリ、毒ナシをある程度見分けられた。ならば私たちもエルフに教わりましょう！　向こうが森エルフなら、こっちはダークエルフの補給部隊を探せばいいのよ。同じエルフなんだから、きっとキノコに詳しいはず」

「姉ちゃん、そんな都合よくダークエルフの、それも補給部隊って見つかるものなの？」

というか、この階層にはエルフが、それも森エルフとダークエルフの両方がいたんだ。

「とにかく森に行かなければ会えないわ！　いざ行かん！」

姉ちゃんは、思い立ったらすぐに行動する人なので、僕たちは静かに《エブリウェア・フードストール》を片付け、出発の準備を始める。

「……ダークエルフなら、他にも森の美味しいものについて知っているかもしれないか」

「ダークエルフって、どんな料理を食べているのかしら？　それも新しいメニューに生かせるといいわね」

ダークエルフからキノコの毒アリ、毒ナシの見分け方を習うという、実現可能なのかよくわからない目的のため、僕たちはダークエルフのキャンプ、野営地を目指して出発するのであった。

第九話　《翡翠の秘鍵》クエストを受けてみるが、クリアするとは言ってない！

「ダークエルフと森エルフ。他のゲームだと対立状態だったりとかするけど、ＳＡＯでもそうらしいな。俺たち、戦いに巻き込まれたりしないよな？」

「ロックさん、その時は即撤退ですよ。どうせ僕たちの戦闘力じゃあ、双方の戦いに加わったところで死ぬリスクが高まるだけなんですから。なにより僕たちには、エルフたちが掲げる大義よりも大切な目的があるんですから」

「キノコの毒アリ、毒ナシの見分け方をエルフから教わる、だな。都合よくエルフの補給部隊が見つかるといいが……」

「森エルフでもダークエルフでもいいけど、早くエルフに会いたいわね」

姉ちゃん、最初はダークエルフって言ってたじゃん、って思う僕。

まあ、《デッドオアアライブマッシュルーム》の見分け方を教えてくれるのなら、どちらでもいいんだけど。

今日は商売を休み、ズムフトの町を出て森の奥へと移動を始めた僕たちは、涼やかで清涼感すら感じる森の中を念入りに探索してエルフとの接触を図るのだが、なかなか見つからなかった。

「あっ、野草を見つけたわ」

「私は木の実を発見」

「チェリーさん、姉ちゃん。エルフの発見を優先しないと……」

「発見した食材が勿体ないじゃない。それに、見つけた食材を採集していたからエルフと出会えませんでした、なんてことはないはずよ」

「それはそうなんだけど……」

僕が姉ちゃんに口で勝てるとは思わないし、同じく見つけた食材を無視するのは勿体ないと思って必ず拾ってしまう。

姉弟して、貧乏性なところは似ていると思う。

「ヒナさん！　モンスターだ！」

「やったぁ――！　鹿肉発見！」

茂みに潜む《フォレスト・ディアー》を発見し、チェリーさんの応援を受けながら僕たちで倒す。

ケインさんたちによる特訓のおかげで、僕たちだけで第三層の初級モンスターを何とか倒せることが確認できてよかったけど、結局その日はどちらのエルフとも合流できなかった。

「やっぱりエルフと接触したかったら、《翡翠の秘鍵》クエストを開始しないと会いにくいんだな」

「もしかしたら、通常時にフィールド上でエルフと出会える可能性も考慮したけど、そもそもNPCのエルフってモンスター扱いで、さらに言うと強いからなぁ。クエストで出会った方がいいか」

「そうなんですか？（シンさん、それ、先に教えて欲しかったかも）」

「アルゴの攻略本が更新されているから、それを見ればわかるよ」

夜、一緒に夕食をとっているケインさんたちにエルフとの接触方法を教わったが、《翡翠の秘鍵》という特別クエストに参加するのが一番てっとり早いと教わった。

だが《翡翠の秘鍵》から始まるエルフ戦争キャンペーン・クエストには戦闘も多いらしく、戦闘が苦手な僕たちではクリアできない可能性が高い。

このまま、偶然森でエルフに遭遇するまで粘るか？

なんて考えていたら……。

「情報が出始めたので、俺たちも《翡翠の秘鍵》クエストに挑戦しようと思ってね。一緒にどうかな？」

「「「是非お願いします！」」」

というわけで、僕たちはケインさんたちとレイドを組み、早速《翡翠の秘鍵》クエストを始めることにする。

翌朝、ズムフトを出てケインさんたちについて移動すると、遠くから金属音が聞こえてきた。

「お玉で鍋を叩いた音じゃないよね？」

「優月、なによ、その古いアニメキャラが朝に主人公を起こす時にやりそうな例えは。これは剣を交えて戦っているのでは？」

「ヒナさん、正解だ。さあ、キャンペーン・クエストを始めようか。ついて来てくれ」

僕たちはケインさんたちに引率されている身なので、彼らに従って森の奥へと入っていく。

もしこのまま迷子になってしまったら……そこはケインさんたちを信じよう。

さらに走って行くと剣を交える金属音が徐々に大きくなっていき、叫び声やらかけ声も聞こえてきた。

どうやら、複数の人たちが剣で戦っているようだ。

「本当に、森エルフとダークエルフが戦ってる！」

巨木の間を走り続けていたら急に開けた場所に出て、先ほどから聞こえていた金属音や声の主を確認することができた。

「耳が尖《とが》ってて本当にエルフだ」

ロックさんが、初めて見るエルフたちに興奮しながらメモを取っていた。

片や、僕たちとは比べ物にならないほど煌《きら》びやかな装備に身を包み、金髪欧米系イケメン。

もう一人も、黒や紫の装備に身を包んだ肌の黒いイケメンで、なるほどエルフって美形が多い設定なんだなって思ってしまった。

「俺たちはダークエルフの味方をするけど、問題ないよね？」

「問題ないです」

「選択できる身分じゃないしな。ケインさんたちの自由にやってくれ」

おっと、美形エルフに嫉妬……見とれている場合ではなかった。

早速《翡翠の秘鍵》クエストが始まるが、ケインさんたちはダークエルフ側につくらしい。

戦闘力が微妙すぎる僕たちはそれに異議を唱えることもなく、ようは《デッドオアアライブマッシュルーム》の見分け方を教われればいいわけで、ただひたすら森エルフからの攻撃を防御するようにと指示された。

僕たちが、見てわかるほど性能が高そうな装備で固め、イケメンゆえに強そうな森エルフの戦士とまともに戦えるはずもなく、言われるがままに防御のみをしていた。

「全力防御なのに、ＨＰの削れ方が！」

「私たちって本当、戦闘に関しては駄目駄目よね」

「やっぱりモンスターとのバトルは怖すぎる！」

「嵐が過ぎ去るのを待つしかないわ」

『防御だけしていろ！』ってケインさんたちから言われたけど、どちらにせよ僕たちがこんなに強い森エルフ相手に一撃入れるのも難しく、自然とカタツムリのように引っ込んで防御に集中するしかなかった。

ＨＰがこんなに勢いよく削れるのは初めてで、徐々に恐怖感が増してくる。

「(本当にＨＰが半分まで減ったら、この嵐のような攻撃は終わるのかな？)」

そんな不安と戦いながら我慢していると、なかなかこの嫌な時間が終わらないように感じる。

それでも我慢し続けていたら、ようやく僕たちに対する攻撃がやんだ。

なんと、森エルフの騎士とダークエルフの騎士が相討ちとなって倒れてしまったのだ。

「本当にＨＰバーが半分に……生き残れてよかったぁ……って！　ケインさんたちが手を貸したダークエルフの騎士も倒れちゃった。大丈夫なの？」

『助けたダークエルフの騎士が死んでしまったらクエストが始まらず、ダークエルフと接触できないのでは？』と、姉ちゃんが心配していた。

ＨＰを半分に削られ、やっぱり駄目でした、では骨折り損なんてものじゃないからだろう。

「ヒナさん、これでいいんだよ」

そう言うとケインさんは、倒れたダークエルフに駆け寄る。

「救援感謝する……が、私はもう駄目だ。すまないが、この鍵を南の……」

消滅寸前、辛《かろ》うじて生きているダークエルフの男性騎士が『秘鍵を南にある野営地に届けてくれ』と言い残して死んだ。

僕たちがダークエルフにかまけている間に、一緒に倒れた森エルフも消滅していたけど、それはご愁傷様ってことで。

二人の遺骸が消滅したあとには、木の葉を縫い合わせた小さな袋が一つ残され、中には緑色の宝石で作られた鍵が入っていた。

「これをダークエルフの野営地に届けると、クエストが始まるわけだ」

「よかったぁ、クエストが無事に始まって」

僕たちは《翡翠の秘鍵》クエストのクリアに興味はないけど、《デットオアアライブマッシュルーム》の毒アリ、毒ナシを見分ける方法を必ず手に入れたいのだから。

「それでは、南の野営地に向かうとしよう。ついてきてくれ」

「「「はーーーい」」」

僕たちの戦闘力だと、ズムフト南にあるという野営地に単独で辿り着くのも困難なので、ちゃんと言うことを聞きますとも。

そんなわけで、志半ばで倒れたダークエルフの男性騎士の遺言に従い、僕たちは第三層南部にあるダークエルフの野営地へと向かう。

その道中、僕は最新のアルゴの攻略本を流し読みして情報を集めるのだけど……。

「やっぱり僕たちに、キャンペーン・クエストのクリアは辛《つら》い」

「だよねぇ」

やはり戦闘がネックだな、と思う僕たち姉弟。

続けてケインさんたちから、ダークエルフの野営地は通常の村ではなく、フロアをまたいで展開する《エルフ戦争キャンペーン・クエスト》をダークエルフ側で進行させているプレイヤーのみが立ち入れる特別な野営地だと説明を受けた。

野営地はパーティーごとに生成されるインスタンス・マップであり、僕たちは他のプレイヤーたちと出会うことはないのだと。

「ということはつまり……」

「商売は難しいってことじゃないかしら？」

「他のプレイヤーに出会えなければ、料理を売りようもないからな」

つまり、少なくとも《デッドオアアライブマッシュルーム》の見分け方を会得するまで、お金を稼げなくなるのか。

「お金を稼げなくても、料理をすれば料理スキル熟練度は上がるからそこまでのデメリットはないのかな？」

「ユズ、野営地には多くのダークエルフがいるんだろう？　エルフだって飯を食うんだから、クエストのおかげで野営地の中に入れたことを生かして屋台を開こうぜ」

プレイヤーに料理は売れないけど、ダークエルフに売れば問題ないのか。

ケインさんたちと一緒に戦闘続きなのは嫌だから、野営地では別行動がいいかもしれない。

「ケインさんたちは、野営地の司令官さんに会って《翡翠の秘鍵》クエストをどうぞ」

「……まあ、ユズ君たちはそう言うよね。だけどＮＰＣって、よほど特別なケースでないとプレイヤーのショップを利用しないいんだよ」

えっ？

そうなの？

だからって戦闘三昧も嫌だから、ここは野営地でダークエルフたちに料理を振る舞う一択で！

「……にしてもです！　僕たちには別の目的がありますし、ケインさんたちは夕食は期待しておいてください」

「クエスト攻略中に食事が期待できるのはいいね。じゃあ、野営地に着いたら別行動にしようか」

そんな話をしつつ、途中出現するモンスターはケインさんたちがなぎ払ってくれたので、僕たちは無事にダークエルフの野営地に到着した。

野営地ってことは軍事拠点であり、その証拠のように濃霧に包まれ、黒い旗がいくつも立てられている。

「野営地を隠すために、霧が深い場所に作ったのかしら？」

「ヒナさん、これはダークエルフの《森沈みのまじない》らしい」

その証拠に、しばらく奥に進むと嘘のように霧が晴れてしまった。

それでも、野営地の入り口を守るダークエルフの衛兵たちから露骨なまでに警戒されている。

だがケインさんが例の鍵を見せると、すぐに野営地に中に入れてくれた。

「この辺の話の早さはゲームだよな」

「じゃあ俺たちは、この鍵を司令官に届けて《翡翠の秘鍵》クエストのクリアを目指すから」

ケインさんたちは《翡翠の秘鍵》クエストを続けるため、僕たちと別れた。

勿論僕たちは、野営地の中で《エブリウェア・フードストール》を開き、料理を作ってダークエルフに販売できるのか試してみる。

ダルトーさんのクエストや売り上げ勝負時のＮＰＣのように、料理を購入してくれるダークエルフがいる可能性があるからだ。

入り口にいた衛兵たちの様子を見るに、僕たち人間はダークエルフに警戒されているから、キノコの見分け方を教わるには、まずは彼らと料理を通じて仲良くなることが肝要だろう。

早速、超特急で《エブリウェア・フードストール》を準備し、定番メニューを作り、お客さんが来るのを待つのだけど……。

「誰も近づいて来ない……。ゼロはちょっと傷つくなぁ」

「警戒されている？　ダメ元だったとはいえ……」

「美味しいですよぉ────！」

「これは難易度が高いな」

ところがよそ者で別種族であるからなのか、ダークエルフたちは決して僕たちに近寄って来ず、こちらが声をかけても返事すらしてくれなかった。

時おりダークエルフの若者たちが……エルフだから年齢不詳であるが……こちらの様子をうかがうのみなのだ。

「もしかして、私たちって監視されているのかしら？　スパイの疑いをかけられているとか？」

ゲームのNPCが、クエストに参加したプレイヤーに試練を与える。あり得るかもしれない。

「そんな感じがしますね。それにしても、エルフって本当に耳が長いのねぇ。そしてイケメン多し」

「美形が多くて目の保養になるわぁ。これでキノコの見分け方を教えてくれたら最高なんだけど……」

「「……（イケメンでなくて、悪うございましたね）」」

姉ちゃんとチェリーさんは、イケメン揃いのダークエルフを目の保養だと思っているようだけど、僕とロックさんは、己がイケメンでないことを呪っていた。

というか、イケメンでもそうでなくてもコンタクトできなければ意味がない……姉ちゃんとチェリーさんは見ているだけで満足なんだろうけどさ。

「誰か、話くらいできるといいんだけど……」

「ゲームでも、異種族とのコミュニケーションは難しいですね」

《翡翠の秘鍵》クエストに参加したおかげで……僕たちは、ただ森エルフの騎士からの攻撃を防御していただけだけど……ダークエルフの野営地に入れたが、《デッドオアアライブマッシュルーム》の見分け方をダークエルフに教わるためのヒントすら得られない。

それ以前に、まずどうやってダークエルフと会話をするんだって状態だ。

「優月、どうする？」

「こうなれば、ダークエルフが気に入りそうな料理を作るしかないです。まずは異文化コミュニケーションから！　ダークエルフたちが殺到した時に備えて多めに作りたいから、大鍋で作る料理がいいかな。なにがいいかな？」

「急に食べる人が増えた時に対応できる、沢山作ると美味しい料理がよくて……あっそうだ！　ここは野外でキャンプみたいだし、カレーがよくない？」

「チェリーさん、ナイスアイデア！　野外でカレーって、それだけで美味しく感じるから」

「ケインさんたちも喜ぶでしょう」

チェリーさんのアイデアで、僕たちは追加でカレーを作り始めた。

プレイヤーたちには大人気とまではいかない料理だけど、ダークエルフなら気に入ってくれるかもしれない。

「色は青いけどな」

「ロックさん、ダークエルフに『カレーは黄色い』なんて常識はありませんよ。それにもしかしたら、カレーの匂いでダークエルフたちの警戒感を解けるかもしれないし、匂いに釣られて《デッドオアアライブマッシュルーム》のことを教えてくれたりして。まるで『北風と太陽』のように」

「ユズ君、その例え合ってるかしら？」

強引に聞き出さず、香り豊かな美味しいカレーで教えてもらう。

間違った例えじゃないと思う。

「エルフってお肉とか苦手そうだから、野菜カレーにします」

姉ちゃんの言うことももっともだと思い、僕たちは大鍋に大量の野菜カレーを作り、麦飯とパンも用意した。

「カレー粉をたっぷり使って、カレーの香りを周囲に拡散させるのよ」

「じゃんじゃんいくぞ」

惜しげもなく使ったカレー粉のおかげで、広範囲に広がるカレーの香り。

それに釣られて大勢のダークエルフたちが……集まらなかった。

「警戒感強すぎ！」

「異種族との交流は難しいわねぇ」

ケインさんたちは《翡翠の秘鍵》クエストクリアのためその場におらず、僕たちが異種族間交流の難しさについて考えていると、ようやく一人のダークエルフが屋台に近づいて来た。

「見たことがない料理ですね。初めて嗅ぐ香りです。これって、売り物なのですか？」

「《野菜カレー》ですね。もしよろしければ、食べますか？　多めに作ってあるので」

「いただけるんですか？」

「どうぞ遠慮なく」

想定どおり大勢のダークエルフたちがカレーに殺到するということはなかったが、ようやく第一ダークエルフとの会話に成功した。安堵《あんど》する僕たちだったが、一つ気になることがあった。

それは、他のダークエルフたちが、その女性に対し小バカにしたような表情を向けることだ。

ただ女性の方も、彼らの侮蔑の視線など歯牙にもかけていないように見える。

「……ああ、私の名前はミケアといい、この野営地の端で補給物資の管理をしているソンバルト隊長の秘書をしています。多くのダークエルフたちからしたら、補給部隊に回されたソンバルト隊長は嘲笑の対象なのです」

その言葉とともに、ミケアというダークエルフの女性の頭上に《！》が浮かぶ。

「「「「クエストだ！」」」」

ウインドウにクエストの詳細が記載された。

その内容は、『左遷騎士たちとの交流と、野営地の食事事情を改善せよ』であった。

それにしても、エルフ戦争キャンペーン・クエストをクリアしようとしているケインさんたちとレイドを組んでいるのに、僕たち食の探求団だけが別のクエストを受けるなんてできるんだな。

相変わらず、ＳＡＯのシステムを完璧に理解していない僕の誤解なんだろうけど。

「あなた方の《野菜カレー》、とても美味しかったです。ここで料理を作っていると、あなた方は人間なので警戒したり、珍奇なものを見る視線を送る同胞も多いので、ソンバルト隊長がいる倉庫の近くに移動しませんか？」

まさかそのような誘いを受けるとは思わなかったけど、このままここに《エブリウェア・フードストール》を出していてもお客さんが増えるとは思わない。

「ユズ、心機一転、場所を変えるのは悪くないと思うぜ」

「このままだと、ミケアさん以外にお客さんが来ないでしょうからね」

野菜カレーを気に入ったミケアさんの提案により、僕たちは《エブリウェア・フードストール》を、野営地の中心部から端の倉庫へと移すことにするのであった。

第十話 × エルフはきっと知っている！　レアキノコの謎

「クレープ各種、ゼリー、プリン、ババロア、新鮮なフルーツジュースとスムージーもありますよ」

「ようやくダークエルフたちが警戒を解いてくれてよかったぜ。金にはならんが、食材は森で手に入るし、食材費くらいはソンバルト隊長が支払ってくれるからな。これも、《デッドオアアライブマッシュルーム》の見分け方を教わるためってね。スイーツが好評じゃないか。俺はもっとエルフが飲む酒を探したいところだが……」

「ロックさん、人間もエルフも甘いものが好きなんですよ」

「ケインさんたちは今頃、《翡翠の秘鍵》クエストをクリアしているでしょうけど、僕たちは戦闘に向かないので、新しく湧いた料理関連のクエストに集中しましょう」


ミケアさんからのお誘いで、僕たちは《エブリウェア・フードストール》をダークエルフたちの奇異の目に晒される野営地の中心部から、大型テント型の倉庫が立ち並ぶ端へと移動した。

すると不思議なことに、多くのダークエルフたちが集まり、野菜カレーとチェリーさんが作るスイーツに群がる。

非番なのか、休憩時間なのか。

野営地の中心部にいたダークエルフたちとは違い、ここのダークエルフたちは食欲旺盛だった。

「人族が考案したクレープなる食べ物が、実に美味しいですね」

「美味しいばかりでなく、心が落ち着く」

「こういう寛《くつろ》げる屋台が、野営地内にあるのは素晴らしい」

移転した僕たちの屋台は、すぐに野営地内に溶け込んだ。

どうしてかというと、それはここに屋台を出す許可をくれたソンバルト隊長のおかげであった。

ミケアさんから紹介されて挨拶をしたソンバルト隊長は、彼女と同じくあまり軍人特有の威圧感を感じず、人間への警戒心も薄いように見える。

倉庫の近くで屋台を開くと、ソンバルト隊長が認めた人ということで、補給部隊に所属するダークエルフたちが利用するようになり、ようやく僕たちは警戒されなくなった。

NPC相手なので利益は出ないが、補給部隊を統括しているソンバルトという隊長が食材費を補塡してくれるので、料理スキル熟練度を上げるいい機会だと僕たちは思っている。

「森エルフとダークエルフ関連のクエストは長丁場で、この第三層から第九層まで続く。これから各階層で必要に応じてクエストをクリアしていくけど、今のところ特に用事はないかな。気が変わって、ユズ君たちはキャンペーン・クエストのクリアを……目指さないか」

どうやら受けたクエストを放置しても問題なさそうだし、僕たちはケインさんたちとレイドを組んでいるけど、一緒にクエストをクリアしなければいけないって話でもないらしい。

それどころか、僕たち食の探求団だけで新しいクエストを受けてしまったから、もしかしたら他のプレイヤーたちが知らないレアな展開になっているかもしれないと。

「エルフ関連のクエストで、料理系のクエストがあったなんて知らなかった」

「キャンペーン・クエストを開始して、なおかつ料理スキル熟練度も上げているプレイヤーなんてほとんどいないでしょうからね。そりゃあベータテストで見つかる機会もなかっただろうな」

クエストに戦闘があると、食の探求団は一気に参加するハードルが上がってしまう。

なので心苦しくはあるけど、僕たちはケインさんたちの後ろにくっついて、戦闘を任せないといけない。

その代わり僕たちは、料理系のクエストで貢献できると思う。

「お互い目的のため、苦手分野は協力し合って頑張るってことで。しかし、やはり青いカレーは慣れないなぁ……」

「ダークエルフには好評なんだけどなぁ」

「それこそ、『青い森』なんてブランド名をつけようかと思うくらいにな」

「ロックさん、似たようなパスタソースの商品があったわよね？」

「そうだったかな？　あれは確か洞窟……」

エルフ戦争キャンペーン・クエストを順調にこなしているケインさんたちも、クエストの合間に食事をとりに来るようになったけど、僕たちはソンバルト隊長のクエストに集中している。

ただ屋台をやっているだけに見えるかもだけど、本来の目的である《デッドオアアライブマッシュルーム》を見分ける方法を会得する気持ちは他のどの料理人プレイヤーにも負けない。

それに加えて、ダークエルフが知っている未知の美味しい食材や料理の作り方を手に入れることも目指す。

これぞ、料理人プレイヤーの生き様ってやつだ。

「多分、料理目当てで《翡翠の秘鍵》クエストを始めた料理人プレイヤーなんていないはず。君たちらしいね。それで、なにかいいものは手に入ったのかな？」

「へへっ、ダークエルフは結構いい酒を作れるみたいで、それをいくつか購入したぜ。イメージどおり、果実酒が充実しているな」

初めての醸造で酢を作って落ち込んでいたロックさんだったけど、野営地でダークエルフからお酒を手に入れてご機嫌だった。

「そろそろ二回目の醸造の結果もわかるし、ツマミにできそうな料理も作れるようになったから、こじんまりとした立ち飲み屋でも開けないかなって思うんだよ。勿論メインはこっちだから、週に一回か二回、夜に二〜三時間やるだけになると思うけどな」

「なんかいい感じのお店ですね。隠れ家的な居酒屋って」

「オープンしたら俺たちも行くから、必ず教えてくださいよ」

「今から楽しみだぁ」

「ＳＡＯの酒場もいいけど、やっぱり日本人は居酒屋ですよね」

なんか、えらくソードフォーの面々の食いつきがいい気がする。

「オープン前には告知するから、楽しみにしていてくれよ。そこで出すお酒は、まだ仕入れに頼る必要があるけど。ダークエルフの酒も出すとなると、少し値段が上がるか……」

ケインさんたちとそんな話をしていると、そこにミケアさんが空いた鍋と水筒を持ってやって来た。

「すみません、今日は……《シケット・スパイダーの脚玉子炒め》を三つください。飲み物は、ブルーベリーのビネガードリンクを三つずつで」

「あれ？　隊長さんは？」

「ヒナさん、今日は珍しく隊長にも仕事があるので、料理は持ち帰りなんですよ」

「えっ？　《シケット・スパイダー》の脚なんて食べられるの？　あと、テイクアウトあり？」

ケインさんは、初めて聞く料理に鋭く反応した。

SAOでは、料理が数少ない娯楽であるからこその反応速度だと思うけど。

ただ、彼はすでに日替わりメニューである《鹿肉のロースト》を食べ終わっていたので、僕が《シケット・スパイダーの脚玉子炒め》を調理する様子を羨ましそうに見ていただけだけど。

「はい。《シケット・スパイダー》の脚はたまにドロップするんですけど、脚の身と卵を《フレンジー・ボア》のラードで炒めると、『カニ玉』みたいになって美味しいんですよ」

ケインさんに料理の説明をし終わったところで、料理が成功した。

「それは知らなんだ」

「なかなか海の幸が手に入らないので、頑張って似た味を探しました」

現実でも、クモや虫には、エビ、カニに似た味のものがある。SAOでももしかしたら……と思ったら、その通りだった。しかも、モンスターは大きいから、食べごたえもあっておいしい。

通常プレイヤーからは気持ち悪い、と敬遠されている蜘蛛《くも》型モンスターのドロップ品だけど、僕たちにとってはお宝だ。

「はい、《シケット・スパイダーの脚玉子炒め》とブルーベリーのビネガードリンクを三つずつですね。どうぞ」

「ありがとうございます。美味しい屋台ができたので、このところ食事が楽しみだって、隊長もおっしゃっていました」

「隊長？」

ケインさんは、僕たちがダークエルフと仲良くしているのを初めて目撃して驚いていた。

彼らは普段、キャンペーン・クエストに挑んでいてここにいないから、たまたま今回が初顔合わせだったからであろう。

「ええ、この倉庫群を管理しているソンバルト隊長です。あっ、私はソンバルト隊長の秘書をしているミケアと申します。隊長が食事を心待ちにしているので戻りますね。ありがとうございました」

ケインさんに挨拶をしたミケアさんは、ソンバルト隊長が執務をしている大型テントへと戻って行った。

「ダークエルフと仲良くできるなんて、ユズ君たちは凄いな。あの子は珍しく親しみやすい感じの子だね。このクエストが始まってからかなりの数のダークエルフと話をしたんだけど、みんな口調が固かったし、基本塩対応だから驚いたよ」

「食料倉庫の管理や食料調達が仕事ってことは後方支援要員だから、前線要員じゃないのでピリピリしていないんだろうな」

「そんなところでしょうね」

ロックさんの考えにケインさんが納得し、そして翌日。

「やっぱり、ここで出来たてを食べるのが一番だね。美味しい物を食べさせてもらおうか」

昨日はミケアが彼の分の食事をテイクアウトしていたが、今日はいつものように時間に余裕があったようで、直接食事をとりにきた補給部隊の長であるソンバルト。

僕たちの料理が気に入られたことにより、彼に関わるクエストが進行していくことになる。

第十一話 ✕ 左遷騎士ソンバルトは、戦いよりも美味しいものを食べたい

危うくダークエルフの野営地で孤立しかけた僕たちだったけど、補給部隊と倉庫群の責任者である騎士ソンバルト隊長と、彼の秘書であるミケアさんのおかげで、ダークエルフたち……補給部隊の人たちだけだけど……向けに料理を作ることができ、料理スキル熟練度も順調に増えていた。

儲けはほぼないけど、赤字じゃないから問題ない。

これから上の階層に上がれば上がるほど、レアリティが高い食材が増えて料理の難易度が上がるし、僕たちが『安達食堂』を再開させるには時間がかかる。

料理スキル熟練度さえ上げておけば、稼ぎはあとで取り戻せる。

あとは、僕たち料理人プレイヤーにとって武器にあたる調理器具の更新を怠らないことが大事かな。

ソンバルト隊長は補給部隊に回されたけど、実はかなりのエリートだったらしい。

確かに見た目も、凄腕《すごうで》の騎士という風貌だったけど……。

「ヒナ殿。今日はパンケーキのトリプルと、生クリーム特盛り、ジャムはサルナシのものを。カットフルーツオプションも特盛りで頼む。飲み物は、ルザル草のハーブティーを」

「毎日ありがとうございます」

「普通は野営地で外食なんてできないから、この屋台があってよかったよ。いやあ、左遷されてみるものだ」

そんなソンバルト隊長だけど、普段はあまり仕事をしているように見えず、時間があると屋台に食事やオヤツを食べに来るようになっていた。

それにしても、補給部隊に回されると左遷扱いなのは、人間の軍隊と同じなんだなって思った。軍事行動において補給がもっとも大切だと言っておきながら、補給部隊をバカにする人はあとを絶たず、それはダークエルフも同じみたいだ。

「隊長！　またこんなところで油を売って！　早く仕事に戻りましょうよ！」

そしていつもそんな彼を注意しに現れるのは、中学生くらいにしか見えない美少年見習騎士のマルクであった。

まだ少年なので怒る声も可愛《かわい》く、幼さが残る顔立ちはダークエルフゆえにとても整っており、世のお姉さんたちに人気が出そうな子だ。

「マルク、今日の仕事はもう終わったじゃないか。拙者は補給部隊の責任者として、漏れなくすべての仕事をこなしている。他になにをすればいいのかね？」

「隊長ほどの腕前なら、森エルフたちをいくらでも薙《な》ぎ倒《たお》せるではないですか！　こんな後方の倉庫群と補給ルートの管理で無為に時間を潰すなんて！」

「マルク、戦いにおいて衣食住の確保はとても大切なことだ。前線で戦う戦士たちが安心して休める場所を維持、防衛することも大切な仕事なんだよ」

「『腹が減っては戦はできない』からな」

「ロック殿。それは人族の格言ですか。実に深い」

ロックさんのことわざに感心しながら頷き、配膳されたパンケーキとハーブティーを楽しむソンバルト隊長。

美形なダークエルフの男性騎士が、まるでＳＮＳ上での映えを狙ったかのようにデコレーションされたパンケーキを美味しそうに頬張る姿は非常にシュールでもあり、同時にその容姿と相まって似合ってもいた。

「あっ、ソンバルト隊長、ここにいたんですか？」

「ミケア君、君もどうかな？　人族のパンケーキは実に美味しい」

「遠慮なくいただきます」

「ミケアさん！　あなたからもソンバルト隊長に注意してくださいよ！」

マルクとは違いミケアさんは、ソンバルト隊長が必要な仕事をしているのであれば、残りの時間になにをしていても気にならないようだ。

エリートだったのに、突然左遷されたら誰でもやる気をなくすだろうし、彼の能力だと補給関連の仕事はさほどの重労働でもないらしい。

時間が余ってしまうので、こうやってオヤツの時間をノンビリと楽しんでいるのだろう。

そのことが彼の従者であり、騎士見習いでもあるマルクには気に入らない。

前線に出て戦ってほしいと思うのは、彼がまだ若いからだろう。

「マルク。人生、時に寄り道というのも必要なのだよ。なにより我々の一番大切な任務は、後方の補給路と、この野営地にある倉庫群を管理、維持、防衛することだ。ロック殿が言っていただろう？　『腹が減っては戦はできない』と。森エルフたちとの戦いに赴く多くの戦士たちの衣食住を支える後方支援だって、とても大切な仕事なのだから」

「僕は前線で戦いたいんです！」

「どのみちマルクは見習い騎士なので、戦いには出られないよ。補給物資の補給、管理も騎士団で出世するためには必要な経験なのでね。しっかりと覚えておきなさい」

「（ソンバルト隊長の方が圧倒的に上手ね）すみません、実はソンバルト隊長にお尋ねしたいことがあるのですが……」

そんな上司と部下とのやり取りが落ち着いたところで、僕たちは一番の目的を達成するため、姉ちゃんが代表してソンバルト隊長に声をかけた。

「ヒナ殿、なにかな？」

「《デッドオアアライブマッシュルーム》の毒アリ、毒ナシを見分ける方法を教えてください」

僕たちが毎日《エブリウェア・フードストール》を出してダークエルフたちに料理を作っているのは、それを教わるための友好度を上げるためだったのだから。

「人族は、あのキノコの毒アリ、毒ナシが見分けられないのか。それは人生を損している。拙者が教えてあげよう。だが、ここには《デッドオアアライブマッシュルーム》がないみたいだ」

ソンバルト隊長の頭上に、《！》マークが浮かんだ。

確認のためにウインドウをタップすると、『森に入って《デッドオアアライブマッシュルーム》を入手し、ソンバルト隊長に渡す』というクエストが新しく追加され、僕たちはガッツポーズをした。

「そうですね」

「だけど俺たちは弱いからな。慎重に行こうぜ」

翌朝。

僕たちは、野営地からそう離れていない森の中を探索する。

「……野草と他のキノコはすぐに見つかるけど……」

《デッドオアアライブマッシュルーム》は割と群生している。

一つ見つければ近くにいくつも生えているのだけど、そこに辿り着くまでが大変だ。

「それでも、他の野草、木の実、キノコは採るんだね」

「せっかく見つけたのに勿体ないじゃない。せっかくの食材なんだから」

「ヒナちゃん！　モンスターが！」

「ヒナさん！　いくぜ！」

「虫は、《シケット・スパイダー》以外こないで！　鹿は肉を寄越せぇ――――！」

途中何度か戦闘があったけど、ケインさんたちの指導のおかげで、そう危険もなく倒すことができた。

そして、レベルアップすることができた。

「レベル6……。僕たちにしては頑張ったと思う」

「優月、スキルスロットが増えたわよ！」

「やったわね。どんなスキルを覚えるの？」

「悩むよなぁ」

僕たちは、レベルアップを心から喜んだ。

「嬉しいのはわかるけど、もっと効率よくレベルを上げようと欲張って、野営地周辺から離れるなんてことはしないでね」

そこは、ケインさんたちから強く言い含められていた。

彼らはキャンペーン・クエストの進行に集中していて、僕たちの引率ができないからだ。

その代わり、僕たちが足を踏み入れても問題ない場所を教えてくれたので、ケインさんたちには感謝しかない。

下手に森の奥地に行くと、僕たちの戦闘力では死んでしまうのだから。

「みんな、見つけたわよ」

しばらく森の中を探していると、チェリーさんが《デッドオアアライブマッシュルーム》を発見した。

そしてその近辺で目を凝らすと、無事に群生地を発見。

これを大量に採取して野営地に持ち帰り、ソンバルト隊長に渡した。

「よくぞ見つけてきた。さて、《デッドオアアライブマッシュルーム》の見分け方だが、ここで名人を紹介しようと思う」

「「「名人ですか？」」」

「彼の居る場所に行こうか」

ダークエルフのキノコ名人。

どんな人なんだろうと思いながら、ソンバルト隊長の案内で野営地を歩いていると、いくつかの大型テントが見えてきた。

「炊事場だ」

「いい匂いがするわね」

今は夕食の支度をしているのかな？

ソンバルト隊長たちに続いて僕たちもその一つに入ると、数名のダークエルフたちが分担して料理を作っていた。

そして、ダークエルフの調理人たちに指示を出している人が……。

「時間が押している。急げよ。……ソンバルトか。なんの用事だ？」

「デアキン殿。実は人族の客人に、《デッドオアアライブマッシュルーム》の見分け方を教えてほしいのだ」

ソンバルト隊長は、デアキンという名のダークエルフの調理責任者に対し、僕たちに《デッドオアアライブマッシュルーム》の毒の有無の見分け方を教えてくれと頼んだ。

デアキンさんはソンバルト隊長よりも年上に見え、彼もデアキン殿と呼んで敬意を払っているようだ。

「人族はそんなこともわからないのか。調理などしないお前たちでもわかるだろう？」

デアキンさんがミケアさんとマルクに持っていた《デッドオアアライブマッシュルーム》を見せると、二人とも簡単にその毒アリ、毒ナシを見分けていた。

「私は子供の頃から見分けていますからね、それは毒ナシです」

「僕も子供の頃は、母上に頼まれてよく採りに行きましたので。これも毒ナシですね」

「ほらな、見ればわかる。色や裏側のヒダの形が微妙に違うんだ」

「そう言われてみると、なんとなく違いがあるような……」

デアキンさんから『見ればわかる』と言われると、そんな気がして……こない僕たち。やはり見た目はまったく同じだからだ。

そんな時、ふとあることを思いつく。

スキルの中に《食材鑑定》というものがあり、これを取ればデアキンさんの教えと合わせて、キノコの毒の有無を見分けられるようになるのではないかと。

「レベルが上がって取得できるスキルの数が増えたから、試しに《食材鑑定》を取ってみましょう。《食材鑑定》って、今後美味しい料理を作る際に必要になりそうだし」

「一見高レアリティに見えても、実は……なんて食材も出るのかな？」

「今後、《デッドオアアライブマッシュルーム》みたいに、毒の有無が見分けにくかったり、なんなら美味しい個体の見分けが必要な食材が出たりするかもしれないしな」

「料理人プレイをしている私たちに相応しいスキルよね」

姉ちゃんの考えに従い、僕たちが《食材鑑定》を取った瞬間、不思議なことに毒アリと毒ナシの《デッドオアアライブマッシュルーム》に違いがあることがわかってきた。

急にわかるようになったので、この感覚を他人に説明するのが難しいな。

「本当に微妙な差だけど、わかるようになった！　具体的になにが違うのか聞かれると困るけどわかる！」

「本当だ。どうしてわかるんだろう？」

「こっちは毒アリで、こっちは毒ナシだ。わかるぞ」

「正解だ。もう教えることはない」

ついに僕たちは、《デッドオアアライブマッシュルーム》の毒の有無を見分けられるようになった。

「元々デアキンさんに教わらなくても、《食材鑑定》を取れば見分けられたってことかしら？」

「どうかな？　もしそうだとしたら、《食材鑑定》を取った他の料理人プレイヤーの中にも《デッドオアアライブマッシュルーム》の毒の有無を見分けられたと言い出す人がいたはずだ。このキノコだけは、ダークエルフなり、森エルフに見分け方を教わるのと、《食材鑑定》を取る。この二つの条件が重ならないと見分けがつかないのかもしれない」

ロックさんの推察が、正解なような気がする。

でも、グルメギャング団は僕たちよりもレベルが高いから、《食材鑑定》を取っていたはずなのに、どうして完全な見分け方を習得できなかったんだろう？

「あいつらって、自分たちで戦ってレアリティが高い食材を集めているだろう？　戦闘技能の取得を優先したんじゃないのか？」

ロックさんの言うとおりな気がする。

エルフから教わっただけで、完全に毒の有無を見分けられるようになったと勘違いしたのか。

グルメギャング団ならあり得るのかな？

「とにかくこれで、《デッドオアアライブマッシュルーム》料理を出せるようになるはずだ。ズムフトに戻ったら、お客さんに出す新メニューが欲しかったんだ」

「じゃあ、新料理を作ってみますか」

食材を手に入れたら、それを料理したくなる。

これぞ、料理人の性《さが》ってものだ。

せっかく調理場のある大型テントの中にいるので、姉ちゃんが音頭を取って、《デッドオアアライブマッシュルーム》料理の試作を始める。

「まずはキノコ料理の基本。ただ焼いて岩塩を振るだけ！」

焼き台を用意し、《デッドオアアライブマッシュルーム》をタップして時間を設定する。

すると徐々に、いかにも旨みタップリな香りが漂ってきた。

儲けを度外視して料理スキル熟練度を上げたおかげで、一回目でも生焼け、黒焦げという失敗は防げたけど、焼く時間についてはもう少し試作が必要だな。

「単独でも主役を張れそうな、ソテーも作りましょう」

「スープを作ったけど、旨みは《デッドオアアライブマッシュルーム》のみにしたわ。うーーーん、いい香り」

「カレーの具材もこのキノコにしてみたぜ」

色々と料理が完成し、早速四人で試食してみる。

「「「「美味しい！」」」」

やはり、《デッドオアアライブマッシュルーム》は美味しい。

問題は、ちゃんと毒ナシだけを選別できているかだ。

料理を食べ終わって満足しつつ、ＨＰバーを確認してみると……。

「今回は大丈夫そうだ」

「当たり前だ。俺がまったく止めなかったのだから」

どうやらデアキンさんは口数が少ない人のようで、なにも言われなかったということは、ちゃんと見分けられていたってことみたいだ。

「「「ありがとうございます、デアキンさん」」」

「今夜は久しぶりに、兵士たちに《デッドオアアライブマッシュルーム》を使った料理を食べさせてやりたくてな。こいつは採取してからあまり保たないので、後方から送られてこない。現地で手に入れるしかないのさ。残りを提供してくれないか？」

デアキンさんの頭上に《?》マークが浮かび、『野営地の兵士たちに夕食で出す、《デッドオアアライブマッシュルーム》料理を作り、さらにダークエルフたちと親密になろう!』という新たなクエストが表示された。

「わかりました! 差し上げますし、調理も手伝います」

この時も、採取してきた残りの《デッドオアアライブマッシュルーム》の毒の有無を見分けてみたが、ミスもなく毒アリのキノコをはねることができた。

「カポネたちはエルフから話を聞いたあと、試しに《デッドオアアライブマッシュルーム》を調理してみたはず。その時に、たまたま毒アリを引かなかったがために、不完全な見分け方なのに気付かなかった可能性があるね」

「運がいいのやら、悪いのやらね」

「悪いわよ。お客さんに毒アリの料理を出してしまったんだから」

「現実の飲食店なら、終わってたかもしれないな」

グルメギャング団が完全な見分け方を会得できなかった理由は不明で、あくまでも推測でしかないけど。

「ようやく《デッドオアアライブマッシュルーム》の完璧な見分け方を習得できたから、あとでお料理を作って、ケインさんたちにも食べてもらいましょう」

「お世話になっているからね」

そして翌日、僕たちは昨日手に入れた《デッドオアアライブマッシュルーム》を使い、キノコ鍋、キノコモチ麦雑炊、キノコのミルクシチュー、キノコのグラタン、キノコオムレツなどを料理し、ケインさんたちに振る舞った。

「グルメギャング団でもできなかった完全な《デッドオアアライブマッシュルーム》料理を、最初に食べられてラッキーだったよ」

ケインさんは、美味しそうに料理を食べている。

「デアキン殿が作るキノコ料理とはまた別の料理なのだな。実に美味しい」

いつのまにかソンバルト隊長もやってきて、今日も健啖《けんたん》ぶりを見せてくれる。

「ソンバルト隊長は、昨晩、デアキンさんが作った《デッドオアアライブマッシュルーム》料理を食べたのでは？」

デアキンさんに見分け方を教わった時点でクエストが終わったので、僕たちはソンバルト隊長が《デッドオアアライブマッシュルーム》料理を口にしているところは見ていないけど。

「それでもまた食べたくなるのが、このキノコなのさ」

せっかくのチャンスは逃さないってことか。

あまり利益にはならないけど、作った料理を美味しそうに食べてもらえるのは嬉しい。

料理スキル熟練度もさらに上がったので、次は新しい食材や料理を探すことを始めようと思う。

せっかくダークエルフの野営地にいるのだから。

第十二話　秘薬《エルフの雫》の材料を集める！

『あれ？　一緒にいたエルフたちはどこに？　共に《命令書》を奪取するシナリオのはずなのに、これじゃあ失敗じゃないか』

『俺としたことが……』

『そんなことってあるの？　とにかく一旦戻って仕切り直しだね。原因はわからないけど、僕たちって結構間抜け？』

『……むむむっ、かもしれないなぁ……』


僕たちと別行動を取り、順調にエルフ戦争キャンペーン・クエストをクリアしていたソードフォーだったはずだけど、第六章《潜入》のクリアに失敗し、野営地に戻ってきた。

このクエストは、ケインさんたちが雇い入れたダークエルフたちと共に、北にある森エルフの野営地から《命令書》を奪ってくるものだという。

ところが《命令書》があるテントに辿り着く直前、なんと雇ったはずのダークエルフたちとハグれてしまうという謎の展開に見舞われ、ケインさんたちはどうしていいのかわからなくなって、ここまで戻って来たそうだ。

「連続クエストに失敗すると、そのあとってどうなるんですか？」

「わからない。もう一度《潜入》をやり直そうと思ったんだけど、なぜかそれができなくて。なにか見落としがあるはずなんだよなぁ……」

連続性のあるキャンペーン・クエストだからこそ、一度失敗するとやり直しは利かないのか。

それともケインさんたちが、やり直せる条件を見つけられなかったのか。

「みんな、お酢と森の果物のドリンクはいかが？　お酢は疲労感を和らげてくれて元気が出るわよ」

「腹が減っただろう？　飯でも食って元気だせよ。今日は改造したデミグラスソースで鹿肉を根気よく煮込んだ《鹿肉シチュー》があるからさ」

「「「すみません」」」

ガッカリしているケインさんたちに食事を出していると、そこにソンバルト隊長たちが姿を見せた。

「ユズ殿、少しよろしいか？」

「あっ、はい。なんでしょうか？」

ソンバルト隊長の方から話しかけてくる。

これは新しいクエストか？

「実は《エルフの雫》という秘薬が必要なので、その材料集めを手伝ってほしいのです。北にある森エルフの野営地の様子がおかしい。もしや大規模な攻撃があるのではないかと司令官は判断したようで、仲間たちを強化する薬が必要というわけです」

キャンペーン・クエストの流れが変わったからか、僕たちが《デットオアアライブマッシュルーム》のクエストをクリアしたからか、また新たなクエストが発生した。

「しかしな、ソンバルト隊長。俺たちの強さでは、秘薬の材料があるような場所のモンスターに勝てないぜ」

ロックさんは肯定的な表情を浮かべなかった。

自慢じゃないけど、僕たちが安全にモンスターを狩り、食材を採集できる第三層の範囲がさほど広くない。

やってみれば案外大丈夫かもしれないが、一度死ねば終わりのＳＡＯで油断は禁物だ。

なにより、僕たちは料理人プレイヤーなのだから。

「拙者たちがいるので、採集や運搬で手を貸していただけるだけで助かります。補給部隊員の多くも臨戦態勢に入るので人手が足りないのです。それに必要な材料とは、食材でもありまして」

「食材採集なら、お手伝いします！」

「わかったわ」

「我々ソードフォーも手伝います」

ソンバルト隊長の頭上に《！》マークが浮かび、ウインドウを確認すると『野営地が臨戦態勢に入った！　ダークエルフたちが防衛戦で勝利できるように、秘薬《エルフの雫》の材料を集めろ！』という新たなクエストが表示される。

「ソンバルト隊長、それで《エルフの雫》の材料ってなんですか？」

「まずは、《フォレストハニー》だ。森の奥にある《蜜の大樹》という樹《き》の樹液を集めて半日ほど醸造壺で発酵させ、これを煮詰めた蜜だ。とても美味なうえ、《エルフの雫》の材料にもなる。そこに行くまでに何度かモンスターと戦うことになるが、拙者たちがいるので安心してほしい」

「それは心強いです」

「では急ごう。蜜の採集を手伝ってくれたお礼に、ユズ殿たちにも《フォレストハニー》を進呈しよう」

「（《フォレストハニー》……メープルシロップみたいなものかな？）ありがとうございます」

「甘味の採集なら大歓迎よね、ヒナちゃん」

「パンケーキにたっぷりかけて食べたいですね」

「酒の材料に使えないかな？」

「君たちは本当に変わらないよね。これは褒め言葉だけど」

僕たちとケインさんたちは、ソンバルト隊長たちと一緒に森の奥へと向かう。

途中、僕たちに戦闘の指南もしてくれるのだが……。

「凄すぎて真似できない……」

料理人プレイヤーには到底無理な戦い方というか、よくそんな動きができるなと感心するしかなかった。

「さすがはダークエルフ。強いなんてもんじゃないな」

ケインさんたちも、現時点ではソンバルト隊長には勝てないと思ったようだ。

「モンスターをバタバタと倒してくれるけど、僕らに経験値はほぼ入らないね」

「経験値が欲しければ、少なくともトドメを刺さないとね。ソンバルト隊長たちの攻撃に割り込むのは困難だけど」

ソンバルト隊長一人なら割り込みも不可能ではないと思うけど、彼ほどではないにしても、ミケアさんとマルクも凄腕で、ケインさんでも静かに三人の戦いぶりを見ているしかなかった。

「隊長はたまに戦い方を教えながらトドメを刺す役目を譲ってくれるから、むしろ弱い僕たちの方に経験値が入るという皮肉」

こんな時、僕たちは弱くてよかったと思ってしまうのだ。

逆にいえば、僕たちがSAOのゲームシステムでも予想できなかったほど弱い？

いやもしかしたら、弱いパーティーやプレイヤーとレイドを組んでこの料理系クエストに挑戦する人への配慮なのかも。

「あの木になっているのが、《エルフの雫》の材料になる《シドラスの実》だよ」

ソンバルト隊長が、木の枝からぶら下がっている小さなジャガイモのような実を指さした。

ちょっと高い位置にあって、指摘されるまで気がつかなかった。

このクエスト、《エルフの雫》に使う食材はソンバルト隊長が教えてくれるのか。

緩いクエストだなって思ったけど、距離は歩くし、必要な食材の種類が多く、《デッドオアアライブマッシュルーム》の見分け方を教わるクエストと同じく、時間と手間がかかるのが料理系クエストである可能性が高まってきた。

「石を投げて落とすんですよ」

ミケアさんが実践も兼ねて、足下から拾った石を《シドラスの実》に向かって投げる。

すると、的確に《シドラスの実》のヘタに直撃し、その勢いで実が落ちてきた。

僕はそれをキャッチする。

「熟した実のヘタと、枝の部分の接合が緩いんです。ですが、《シドラスの実》の方に当ててしまうと……」

石が直撃した《シドラスの実》は『グシャ』っと潰れ、地面に落ちると消えてしまった。

「というわけなので、しっかり狙ってくださいね」

僕たちもケインさんたちも、投擲《とうてき》は苦手というかほとんど経験がないのでなかなか上手くいかない。

それでもどうにか頑張って、どうにか数個の《シドラスの実》の確保に成功した。

「これだけあれば十分だ。次は……」

しばらく森の中を歩くと、再びソンバルト隊長がある場所を指し示した。

「《フキタの葉》だ。これも、《エルフの雫》の材料になる」

「了解。これを採取すればいいんだな」

ロックさんが葉を採集するとさらに森の奥へと向かい、途中でソンバルト隊長が見つけた食材を採集する作業を繰り返す。

「残りは、《フォレストハニー》だけだ。この奥に《蜜の大樹》がある！」

どれくらい歩いただろうか？

巨木ばかりが生い茂る薄暗い森を歩いていくと、突然小さな広場に出た。

そしてその広場の真ん中に、直径三十メートルはあろうかという巨木が生えている。

下草すら生えていない円形の広場の真ん中に一本だけそびえ立つ巨木は存在感が際立っていた。

「これが《蜜の大樹》ですか。この樹の周囲には草ですら一本も生えていないですね」

「《蜜の大樹》が多くの樹液を作ろうと、その根から周辺の地中にある栄養をすべて吸い取るので、周囲の植物はすべて枯れてしまうのさ」

「強い木なんですね」

「おかげであの巨木は、常に多くの甘い樹液を蓄えている」

その証拠に、《蜜の大樹》に近づくと爽やかな甘い香りが漂ってくる。

「メープルシロップに似た香りね」

「ヒナ殿、人族は《フォレストハニー》をメープルシロップというのですか？」

「ええ、そんなところです。ところで、樹液はどうやって採取するのですか？」

「ヒナ殿、こうするんです」

ソンバルト隊長は持参した空の壺を、《蜜の大樹》の根元にある窪《くぼ》みにセットすると、その上にある樹皮を剣で切った。

すると樹皮に刻まれた傷から透明の液体が滴り落ち、セットしてあった空の壺に落ちていく。

「この《蜜の大樹》の根本にある不自然な窪みは、拙者たちの先祖が幹を削って作ったものでね。こうやって壺をセットしてから上の樹皮に傷をつけると、そこから溢れ出た樹液が壺に溜まる。いくつか壺を用意したので、もっと蜜を集めよう」

一時間ほどかけて、持参した空の壺すべてに《蜜の大樹》を集め終わったが、その間にロックさんが変わった食材を発見した。

何本かある倒木……いや、これは落下した《蜜の大樹》の枝だ。

半ば朽ちた枝の中から、小さな幼虫を多数採取することに成功する。

「これ、食材なんだ。落ちた《蜜の大樹》の枝の中で木を食べているから、この幼虫からも甘い匂いがする」

となれば、この幼虫の調理方法は簡単だ。

「フライパンで炒るか、鍋で茹《ゆ》でる」

ストレージからフライパンと鍋を取り出し、《蜜の大樹に巣くう幼虫》と共にタップして料理すると、《幼虫焼き》、《幼虫茹で》が完成した。

「炒って茹でるだけだから簡単なのかと思えば……」

調理難易度が高いせいか、思ったよりも出てしまった調理失敗のゴミのことはすぐに忘れて試食をしてみる。

テレビやネットで見たことはあるけど、実際に食べたことはなかったので、ＳＡＯ内ではどんな味がするのか楽しみだ。

「幼虫なのに、クリーミーで美味しい！」

「コクがあって、爽やかな甘さだな。そうか！　こいつは《蜜の大樹》を食べているからか」

姉ちゃんとロックさんは、《幼虫焼き》と《幼虫茹で》を交互に試食してその味を絶賛していた。

特に甘い物が苦手なはずのロックさんが気に入っているということは、《蜜の大樹に巣くう幼虫》は、食材として大きなポテンシャルを秘めているはずだ。

クリーミーさと甘さも兼ね備えた最高のデザート……ただ、その外見を気にしなければだけど……。

「本当に美味しいわね。でもちょっと売れないかも……。特に女性にはねぇ……」

こんなに美味しいけど、その正体は幼虫。

美味しいスイーツなのに女子ウケが難しい時点で、メジャーなスイーツにはなりにくいとチェリーさんは分析していた。

「ヒナさんとチェリーさんみたいに、抵抗なく食べる人は少ないだろうからなぁ……」

姉ちゃんもチェリーさんも、『虫やだぁ、気持ちわる――い』とか騒ぐタイプじゃなく、美味しければオーケーだろうから。

「なにより、《蜜の大樹》から枝が落ちないと、この幼虫は探せないものね」

《蜜の大樹》が枝を落とすのは、どうやらランダムみたいなので、幼虫はかなり希少な食材ということになる。

「自然と値段を上げざるを得ないから、ゲテ物で希少品というカテゴリーで売るしかないね」

「いちいち、ここに獲りに来ないといけないのが一番のネックよね。なのでこのチャンスを逃さない！　壺に樹液が溜まるまで、一匹でも多く《蜜の大樹に巣くう幼虫》をゲットする！」

「「「お――っ！」」」

たとえお客さんには不評だったとしても、僕たちが食べるから問題ないと、可能な限り《蜜の樹液に巣くう幼虫》を集めておく。

結局、見た目がグロイなどと言われつつも味が極上なので、《幼虫焼き》も《幼虫茹で》も高額にもかかわらず、すぐに売り切れてしまったのは少し未来のお話。

※※※※※

「無事に《蜜の大樹》の樹液が集まったので、あとはこれを醸造壺にイーストと共に入れ、一日寝かせる」

ソンバルト隊長に教わったとおり、僕たちは集めた《蜜の大樹》の樹液とイーストを醸造壺に入れ、タイマーを一日にセットしてから帰路につく。

「他の食材は採集するだけだけど、《フォレストハニー》は《蜜の大樹》の樹液を短時間ながら醸造し、煮詰めないと作れないから料理系クエストではあるのか」

「これって、キャンペーン・クエストとは別のクエストなんですよね？」

「多分そうだろう。なにも情報がないから絶対とは言えないけど。まあこのクエストはクエストで珍しくて面白いから、このままでいいんじゃないかな？　別に俺たちはキャンペーン・クエストをクリアする必要もないわけだし」

野営地に戻った僕たちは、まずは《エルフの雫》の材料となり、加工が不要な食材をソンバルト隊長に渡し、翌日、醸造壺にイーストと一緒に入れておいた《蜜の大樹》の樹液を大鍋で煮詰める。

透明だった樹液はほのかに茶色っぽくなっており、熱されると爽やかな甘い香りが周囲に漂った。

そして煮詰まっていくと、やはりメープルシロップに色がそっくりだ。

「煮詰めたから大分量が減ったけど、これを壺に入れて……」

それでも、大きな壺二つ分の《フォレストハニー》が完成した。

「失敗しなくてよかったね」

本当、ケインさんの言うとおりだ。

「もし失敗したら、《蜜の大樹》の樹液集めからやり直しですからね」

「もしかすると、《フォレストハニー》を作るのは難しいのかもしれない。料理スキル熟練度が低いと失敗しやすいとか？」

今の流れが、エルフ関連クエストの料理特殊ルートだと考えると、料理スキル熟練度が一定以上ないとクリアが難しいという、ケインさんの推論は正しい気がする。

「あとは、ソンバルト隊長に《フォレストハニー》を渡せば……どうぞ」

《エルフの雫》の材料集めイベントが続いているせいか、早朝一番に《エブリウェア・フードストール》の前にいたソンバルト隊長に《フォレストハニー》が入った壺を渡した。

「確かに《フォレストハニー》を受け取った。《エルフの雫》の材料は一つあれば十分なので、もう一つはユズ殿たちが使ってくれ」

「「「「「「やったぁ――――！」」」」」」

《フォレストハニー》があれば、あんなこともこんなことも！

まずはストレージからパンを取り出してカットすると、ロックさんが火を起こし、それを炙《あぶ》ってくれた。

「ロックさん、火起こしが手慣れてきましたね」

「限定酒場で串焼きでも売ろうと思ってな。火起こしと焼き台の扱いは任せてくれ。カットしたパンは、串に刺して焼くだけでいいか」

料理スキル熟練度を上げたおかげで焦げることもなく、パンがほどよく焼けてきた。

「これにクリームを塗って、さらにその上に《フォレストハニー》をかける。時間があればパンケーキを焼きたかったけど」

「香ばしいパンと、溶けたクリーム、そしてハチミツとも違う《フォレストハニー》の爽やかな甘味が三重で折り重なって……」

「パンを炙ったから、パンの香ばしい香りも合わさって最高！」

「早く《エルフの雫》の材料を集め終えて、パンケーキを焼きたいわね」

「朝にこれを食べると、一日が始まったって気がするな」

みんなで十時のオヤツ代わりに試食をしてみるが、《フォレストハニー》を使うと美味しいスイーツが簡単に作れて最高だ。

「さしずめ、《クリームハニートースト》ってところか。黒パンを囓っていた頃に比べると、贅沢《ぜいたく》な気分になれるね」

「甘いけど、クドクないのがいいなぁ」

「戦闘面の苦労は少なかったけど、時間をかけて《蜜の大樹》の樹液を採りに行った甲斐があった」

「これ、パンケーキにたっぷりかけてみたいよ」

ケインさんたちも、美味しそうに《クリームハニートースト》を食べていた。

そして……。

「拙者にも、その料理を一つ」

「私も欲しいです」

「ぼっ、僕にもください」

これも、クエストにあらかじめ設定された動きなのか。

ソンバルト隊長たちも《フォレストハニー》を用いた《クリームハニートースト》を注文するのは想定外だった。

「美味い、今度は朝食に食べたいな」

「野菜のスムージーと合わせたいですね」

「美味しい……。あのソンバルト隊長、《エルフの雫》についてみなさんにお話があったのでは？」

「おっと、そうだった」

急ぎ《クリームハニートースト》を料理して提供すると、三人はそれを美味しそうに食べた。

そしてソンバルト隊長が、《エルフの雫》について話し始める。

「みなさんの協力のおかげで、《エルフの雫》を作るのに必要な材料はあと一つとなったのです」

「まだ必要な材料があるんですね」

「《エルフの雫》とは作るのが面倒な代物なのでね。効果は抜群なのだけど。そして最後の材料だが……」

ソンバルト隊長は、次の材料について説明を始める。

「そういえば、ロック殿はお酒を作っているとか」

「ええ、最初は大失敗して全部酢にしてしまって。でも醸造期間を短くして、いかにも安酒ってやつは成功しました。残念ながら、ダークエルフが作る酒にはまだまだ及びませんな」

「最初は作ることができなかったものが作れるようになった。それはとても素晴らしいことで、ロック殿の努力は将来必ず実を結ぶだろう。ところでロック殿は、《モンキー・スピリッツ》に興味ないかな？」

「あります！」

「《エルフの雫》で入手困難な食材は、まず《フォレストハニー》。そしてこの《モンキー・スピリッツ》だ」

《モンキー・スピリッツ》とは、つまり『猿酒』のことらしい。

創作物ではよく出てくるが、本当に猿がお酒を作るわけがなく、実際のところは森などで放置され、発酵した野生の果物を猿が口にして酔っぱらっていただけ、などと言われているものである。

だがソンバルト隊長によると、ＳＡＯには本当に猿が作る猿酒が存在すると言うのだ。

「その《モンキー・スピリッツ》も、エルフの雫の材料なんですね」

「これも、《フォレストハニー》かそれ以上に入手が難しいが、《エルフの雫》には必要な材料だ。では参ろうか」

「わかりました」

僕たちが、《クリームハニートースト》を振る舞ったのが発端となったのか？

再び僕たちとケインさんたちはソンバルト隊長の案内で、森の奥へと歩いていく。

ミケアさんとマルクも同行してくれるので心強い。

「おっと、ここで出現か」

そうこうしていると、モンスターが出現して戦闘になった。

森の中での戦闘だったが、ケインさんたちとソンバルト隊長たちが補佐してくれるので特に問題は起こらない。

僕たちも、弱いモンスターを倒させてもらって経験値を稼ぐ。

本当は料理だけしていたいんだけど、どうしても最低限の戦闘をこなす必要がある以上、モンスターの倒し方の習得やレベルアップも必要だからだ。

「猿酒かぁ……。創作物でしか見たことがないけど、どんな味がするんだろう？」

未成年である僕はお酒を飲んだことはないので、猿酒がどんな味なのか気になって仕方がなかった。

「ソンバルト隊長は、『スピリッツ』と言っているだろ。俺が作るのにようやく成功した、エールっぽいアルコール度数の低い酒じゃねえ。アルコール度数が高い本格的な酒が手に入るはずだ。ソンバルト隊長、楽しみですね」

「ロック殿ならそう言うと思ったよ。少々手に入れるのが大変だが、手に入れた時の喜びはひとしおというものだ。《エルフの雫》の大切な材料だが、拙者もストックが尽きてきたので、頑張って手に入れようと思う」

「ソンバルト隊長……。それは職務怠慢では？」

自分の分の《モンキー・スピリッツ》も手に入れたいと、欲望に忠実なソンバルト隊長に呆れるマルク。

確かにこれでは、どっちが子供なのかわからないな。

「我が種族の恥を晒すようだが、実はこの野営地に後方から運ばれて来る予定だった酒を積んだ荷駄が、森エルフの奇襲を受け燃やされてしまったという報告が入ってね。この野営地における酒の在庫はひっ迫している。拙者のみならず、多くの同胞たちが《モンキー・スピリッツ》を必要としているのだよ。《エルフの雫》に使う《モンキー・スピリッツ》は少量なので、残りの大半は……というわけさ」

つまり、手に入れた《モンキー・スピリッツ》の大半は、ダークエルフたちが飲んでしまうってことか。

「酒は、士気を保つのに必要ですからな」

「ロック殿の考えは正しい。たかが酒と侮るなかれ」

「私はお酒が飲めませんけど……」

「僕もまだお酒を飲む年齢ではないですけど……。でもＳＡＯでは、お酒を飲んでも酔っぱらわないから試してみようかな」

同じく酒飲みであるロックさんは、ダークエルフたちが《モンキー・スピリッツ》を欲していることに理解があった。

ミケアさんとマルクはお酒を飲まないけど、《エルフの雫》のお世話になるかもしれないし、これも任務だと割り切っているようだ。

「(お酒がかかわると、ミケアさんとマルク君の方が大人よね)」

小声でチェリーさんがそう言うと、僕たちとケインさんたちが同時に首を縦に振った。

「拙者を左遷したり、補給部隊だからと軽く見る同僚や上司たちには腹が立つが、このままでは拙者も酒を楽しめなくなってしまう」

「それは本当に辛いよな」

「ロック殿、だから我々は必ず《モンキー・スピリッツ》を手に入れなければならないのだ」

「喜んで手伝わせてください！　ところでそのぉ……」

「当然、手に入れた《モンキー・スピリッツ》は山分けにする」

「やっほ――――い！」

そりゃあロックさんも、実利がなければ《モンキー・スピリッツ》の入手を手伝うわけないか。本格的なお酒が手に入ると聞いて、一人大喜びのロックさん。

少し戦いに慣れてきた僕たちはあまり強くないモンスターを選んで倒し、他の食材を採集しながら《モンキー・スピリッツ》を目指す。

詳しい場所を知るソンバルト隊長についていて森の奥に向かって歩いていき、ついに猿の生息地に到着した。

「キィ？」

「可愛いお猿さんね。モンスターではないのね」

「（というか、ＳＡＯのゲームシステム的に言うと、敵性モンスターではない。アクティブではないと言うのが正しいのかな）」

姉ちゃんの発言に、そっと小声で訂正を入れるケインさん。

「森の猿たちは、果物だけを食べるとても大人しい生き物だ。そして、余った果物を用いて《モンキー・スピリッツ》を作る習性がある。それを手に入れに来たというわけだ」

やはり《モンキー・スピリッツ》は、猿が作るものなんだな。

「どうすれば、《モンキー・スピリッツ》を手に入れられるのですか？　果物と交換するとか？」

「ははは、ユズ殿は優しいのだね。《モンキー・スピリッツ》は力を用いて手に入れなければならない」

「もしや、猿たちを倒して手に入れるんですか？」

僕は自分たちに襲いかかってくるモンスターを倒すことに抵抗はなくなっていたが、静かに森で暮らしている《フォレスト・モンキー》……一応モンスター扱いらしいけど、襲ってこない……を倒してまで食材を手に入れるのはどうなのだろうという気持ちがあった。

「ユズ君は誤解しているようだが、《フォレスト・モンキー》を殺して《モンキー・スピリッツ》を手に入れたところで、そのあとお酒を作る猿がいなくなってしまう。そんな残酷な真似はしないさ。あそこが、《フォレスト・モンキー》たちが《モンキー・スピリッツ》を作っている大木だよ」

森の奥に高さはさほどでもないが、直径百メートルはあろうかという極太な大木が生えており、そこからなんとも言えない甘さと芳醇《ほうじゅん》さを兼ね備えた香りが漂ってくる。

目を凝らして見ると大木のあちこちに大きなウロがあり、その中には水ではなく、琥珀色の液体が溜まっていた。

「あの琥珀色の液体が、《モンキー・スピリッツ》なんですね」

「ヒナ殿、《モンキー・スピリッツ》の香りは素晴らしいだろう」

どう表現したらいいのだろうか?

森の果物の爽やかさと甘さ。

それが発酵して、旨味と深さがほどよくブレンドしたかのような芳醇な香りが鼻腔をくすぐる。

「このお酒、お料理やデザートに使ったらとても美味しくなりそうですね」

「そう、《モンキー・スピリッツ》は料理の隠し味にもよく使われている。味に深みを与えてくれるのさ」

「ソンバルト隊長、《モンキー・スピリッツ》はどうやって手に入れるんですか？」

料理が美味しくなると聞き、姉ちゃんはソンバルト隊長に《モンキー・スピリッツ》の入手方法を強く尋ねた。

よほど欲しいらしい。

僕もだけど。

「その答えは……きた！」

突如、『ドシン！』という大きな音と共に地面が揺れた。

地震ではなく、大木の上から全長二メートルはあると思われる銀色の体毛が美しい、巨大な《フォレスト・モンキー》が僕たちの前に立ち塞がったのだ。

「「「「「「デカッ！」」」」」」

あまりに巨大なので、僕たちは驚きのあまり言葉も出ない。

僕たちは立ち尽くしてしまったが、戦闘経験の差なのだろう。

ケインさんたちは臨戦態勢を取っており、僕たちも慌てて真似る。

「あまり意味なさそうだけど」

チェリーさん……。

確かに僕たちは戦闘が苦手だけど、それを言ってはおしまいだと思う。

他の《フォレスト・モンキー》は全長五十センチほどなのに、一体だけが常に二足歩行でとても大きかった。

高さ数十メートルの樹上から飛び降りたのに怪我《けが》一つない巨大な《フォレスト・モンキー》、《キングオブ・フォレスト・モンキー》はとてつもない身体能力と強さを秘めているようだ。

「もしかして、この大きな猿に勝たないと、《モンキー・スピリッツ》は手に入らないのですか？」

僕たちではどう考えても無理っぽいが、ケインさんたちはこいつに勝てるのだろうか？

「彼は強いが、それは他の小さな猿たちを守るためのもの。戦いを好む性格ではないけど、《モンキー・スピリッツ》は彼と《デュエル》をして勝たないと手に入らないのさ。さて、久々だけどどうかな？」

「デュエルって、プレイヤー同士が戦う決闘だと思っていたけど、モンスターともできるんですか？」

「いや、そんな話は聞いたことがないな。おそらく、このクエスト限定のイベント的なものだろう」

「いざ勝負！」

ソンバルト隊長は剣を抜いて構え、《キングオブ・フォレスト・モンキー》とデュエルを始める。

しばらく睨《にら》み合《あ》いが続き、双方共になかなか手が出ない状態が続くが、ついに両者が動いた。

目にも止まらぬ速さで両者が激突、気がついた時には位置を逆にして、お互いに背中を向けていたのだけど……。

「ふう……まさに、紙一重の勝利だな」

大猿に挑んだソンバルトは、かなりの僅差で先制して無事勝利することに成功した……らしい。

「ソンバルト隊長が勝った！　全然わからなかったけど」

「速すぎて見えなかった」

「そもそも、どんな感じでソンバルト隊長は勝ったんだ？」

「さあ？　なにがどうなったのか私にはさっぱりよ」

「……ええとですね……」

ソンバルト隊長の説明によると、今回のデュエルは先に一撃入れた方が勝ちなのだそうだ。

とはいえ、両者の動きがあまりに速くて、僕たちにはまったく見えなかったのだけど。

「ケインさんたちには見えたんですか？」

「辛うじて見えたけど、俺たちが両者の戦闘力に追いつくにはもう少し時間がかかりそうだな。ソンバルト隊長は強いよ」

ケインさんたちでも完全に見えない戦いが、僕たちに見えるわけがない。

ソンバルト隊長が勝利したことがわかればいいんだ。

「ウキ」

「大分久しぶりだったが、いつもありがとう」

デュエルに勝利したので、大猿から猿酒が入った壺を受け取るソンバルト隊長。

この二人……二人でいいか、面識があり、勝負が終わると和気あいあいとした雰囲気で壺の受け渡しをしていた。

「ああ、すでに壺から芳醇な香りが……。久々に《モンキー・スピリッツ》が飲める」

ソンバルト隊長は、壺に頬ずりしそうなほど嬉しそうな表情を浮かべた。

「ソンバルト隊長、そのお酒は《エルフの雫》の材料に使うのでは？」

しっかりとマルクに釘《くぎ》を刺されていたけど。

全部ソンバルト隊長が飲んでしまわないか、心配だったのだろう。

「マルク、エルフの雫を作るのに必要な《モンキー・スピリッツ》は少量だから、残りはこれを手に入れた拙者へのご褒美なのさ」

「はあ……」

ソンバルト隊長の言い分に呆れるマルク。

間違ってはいないのだけど。

「それならば、次はマルクが挑戦してみるかね？」

「いえ、僕は……」

だが同時にマルクは、まだ見習い騎士でしかない自分があの大猿に勝てないことにも気がついていた。

「あのぅ、俺たちの《モンキー・スピリッツ》なんですけど……」

《モンキー・スピリッツ》が貰えなければ、僕たちはなんのために《エルフの雫》クエストを受けたのか、わからなくなってしまう。

特にロックさんが強く、自分たちの分の《モンキー・スピリッツ》をソンバルト隊長に要求していた。

「……。拙者も騎士の端くれ。約束は守らなければならぬ。もう一戦いこうか」

「ウキ！」

心なしか大きな《フォレスト・モンキー》は、ソンバルト隊長との再戦を喜んでいるようにも見えた。

お互い切磋琢磨《せっさたくま》しているライバル同士といった感じか？

こうして再び、大猿とのデュエルを開始する。

再び両者が向かい合い、先ほどと同じように両者が目にも留まらぬ速さで交錯した……やはり僕たちには速すぎてよく見えなかった。

「ウキ」

「やはりそなたはやるな」

「ウキ」

「会話になってる？」

チェリーさん、そこは気になるけど、今は勝敗の方が大切だから。

「また拙者の勝ちだな」

「ウキ」

二回目のデュエルもソンバルト隊長が勝利して、これで二つ目の《モンキー・スピリッツ》を手に入れた。

「ユズ殿、約束の《モンキー・スピリッツ》だ」

「やったぁ――――！」

ソンバルト隊長から《モンキー・スピリッツ》を直接受け取った僕よりも、その横にいるロックさんの方が圧倒的にテンションが高かった。

よほど嬉しかったようだ。

こうして無事に、《モンキー・スピリッツ》の入手に成功したのだけど……。

「なあユズ、もっと欲しくないか？」

「……そりゃあロックさんはそうでしょうけど、そんな都合よく何回も、ソンバルト隊長が大猿と戦ってくれるのですか？」

「試してみればいいじゃないか。ソンバルト隊長、《モンキー・スピリッツ》が欲しいんだけど」

「（ロックさんって、お酒が絡むと鬼畜だなぁ……）」

「（酒は料理にも使えるからさ。ここは貪欲にいこうぜ）」

稀少《きしょう》なお酒だからこそ、手に入るのならいくらでも手に入れたいロックさん。

「ある意味、潔いのかもしれない」

ケインさんは、お酒のことになるとブレないロックさんに感心しているようだ。

「任せるがいい」

「「「「「（引き受けるんだ！）」」」」」

ソンバルト隊長がロックさんの我儘《わがまま》な願いを簡単に引き受けたので、僕たちは驚きを隠せずにいた。

ただ同時に、これはゲームのバグなのではないかと思い、それを利用して本来一つしか手に入らないアイテムを複数手に入れるのはよくない気がしてきたのだ。

《モンキー・スピリッツ》が、必ず一つしか手に入らないアイテムという情報も今のところないのだけど。

「（姉ちゃん、ロックさんを止めた方がいいんじゃない？）」

「（他の食材やアイテムならともかく、お酒だからロックさん、止まるかな？）」

一度目はすべて酢になってしまったにもかかわらず、執念でロックさんは安酒の醸造を成功させた。

彼は本当にお酒が大好きだから、「これはバグかもしれないので利用するのはやめた方がいい」と僕たちが言っても止まるかどうか。

「（僕ももの凄く欲しい食材なら、何個でも手に入れようとしちゃうかも）」

「（それは私もかな？）」

「（私も、やらないって断言できないかも）」

「ようし！　もう一回だ！」

三人でそんな話をしている間に、ロックさんは四度ソンバルト隊長に大猿とのデュエルをお願いしていたのだけど……。

「ミケア君、久々に君の実力を見ておきたい。拙者の代わりに戦ってみてくれ」

「わかりました」

なんと四度目はソンバルト隊長に代わり、ミケアさんが大猿とデュエルを始めてしまう。

そしてその結果は……。

「ソンバルト隊長、すみません。負けてしまいました」

「次は勝てるよう、精進したまえ」

どうやら、《モンキー・スピリッツ》を無限に貰えるなんて美味しい話はなかったようだ。

実はそういうバグがあったけど、すぐにミケアさんが代わりに大猿と戦って負けてしまうシナリオに差し替えられたとか?

真実は僕たちにはわからないけど。

「あんなに強い大猿に勝てるなんて、さすがはソンバルト隊長です。僕もいつか、あの大猿に勝てる日がくるのでしょうか?」

「ちゃんと訓練を続けていれば勝てるようになるさ」

大猿とのデュエルでソンバルト隊長の強さを目の当たりにしたマルクは、翌日からは補給の仕事を嫌がらなくなった。

ソンバルト隊長からすれば、それが一番大きな収穫だったかもしれない。

そして翌朝。今日も屋台で料理を売っていたら、ソンバルト隊長が食事目当てでやって来た。

そして僕たちが手に入れた《フォレストハニー》と《モンキー・スピリッツ》のおかげで、無事に必要な数の《エルフの雫》の製造に成功したと教えてくれた。

彼が話を終えた瞬間、クエストクリアのお知らせがきて、クリア報酬の経験値とお金が手に入る。

「そういえば、もうすぐ森エルフたちと戦闘になるかもしれないんだが、俺たちも《エルフの雫》

を使えないのかな？」

本来のキャンペーン・クエストから離脱してしまったため、野営地周辺でレベル上げをしているケインさんたちも食事をとりに来ており、彼らは《エルフの雫》に興味を持ったみたいだ。

自分たちも手に入れたいと、ソンバルト隊長に頼んだのだけど……。

「《エルフの雫》は効果が強力な反面、体への負担が大きい。エルフには効果絶大だが、人族が使うとかえって害になるのだ」

ソンバルト隊長から、《エルフの雫》は僕たちには使えないと釘を刺されてしまった。

というか元々、クエスト専用の、プレイヤーは入手できないアイテムなのかもしれない。

「俺たちには使えないのか……。残念だなぁ」

「ケインさんたちはエルフ戦争キャンペーン・クエストの本ルートから外れたのに、《エルフの雫》が必要なんですか？」

「それなんだけど、この野営地に森エルフが攻めてくることは確実という前提で、かなり空気がピリピリしているだろう？　俺たちもその戦いに参加できれば、再び本ルートに戻れるんじゃないかってさ」

「なるほど……」

だとしても……。

「あっ、私たちは戻りたくないです」

「レイドを組んでいても、キャンペーン・クエストの一部に不参加だった場合は、それ以降のクエストには参加できないから、そもそもこれからも別行動で大丈夫だよ」

「それよりも、もうすぐ戦になるかもしれないんですよね？　僕たちは避難……じゃなかった。料理を作って後方支援担当になるのかな？」

《翡翠の秘鍵》クエストの最初で、森エルフの騎士と戦闘になって防御に必死だったのを思い出す。あんなのが何人も攻めて来たら僕たちの戦闘力ではお話にならない。

ダークエルフとケインさんたちに、食事を提供する仕事に専念しようと思うのだ。

「そこは、適材適所でいいと思うよ」

エルフとの料理クエストは、今のところ僕たちだけしか経験できていないらしいので、確かにこれを捨てるのは惜しいかも。

「まさに、『腹が減っては戦はできぬ』です！　無事に《エルフの雫》は手に入りましたが、もうひと押し。ユズ殿たちに森エルフたちとの戦いで勝利できるよう、お腹と気力を満たす料理を作ってほしいのです」

とここで、食事を終えたソンバルト隊長の頭上に《！》マークが浮かび、話しかけると新しいクエストを告げられる。

新クエストは、『ダークエルフたちが防衛戦で勝利できるよう、お腹と気力を満たす料理を作ろう！』か。

「野戦食ですね」

「これより、拙者たち補給部隊の者たちも戦闘に参加するのでね。この野営地を落とされるわけにはいかない。デアキン殿も全力で戦闘食を作るはずだが、やはりかなりの人員を防衛戦に奪われて、人手が足りないのだ」

僕たちに森エルフたちと戦えって言われたら困るけど、料理を作るのなら問題ない。

「それで、どのような料理を作ってほしいんですか？」

イメージ的には、軍隊が食べるミリメシみたいなもの？

ただ僕たちはそういうのに詳しくない。

となると、戦闘中でも手軽に食べられて栄養のある携帯食みたいなものだろうか？

「戦闘中になにかを食べるのは下品であるし、思わぬ隙を生む。森エルフたちと戦う前の最後の食事だと思ってほしい。お腹と気力を満たし、森エルフたちに一泡吹かせるための料理だ」

「お腹と気力が満たされる料理ですか？　もの凄く範囲が広い気が……」

なかなかイメージが纏まらないな。

「ソンバルト隊長、具体的にどんな料理なんですか？」

「ヒナ殿、今回の戦いはかなりの接戦、激戦が予想される。これまで、貴殿らは拙者たちに様々な美味しい料理を提供してくれた。拙者たちのやる気を充実させ、森エルフたちからこの野営地を守れる料理の集大成がいいと思う」

「「「「「（……いや、それじゃあ、わかんないから……）」」」」」

ソンバルト隊長の説明に、イマイチピンとこない僕たち。

ましてや、料理にさほど詳しくないケインさんたちなんて。

「あまり沢山食べてしまうと体が動かなくなるので一人前がいいだろう。だが一品では、戦いの前に気力が充実しない」

「一品では駄目……定食みたいな感じかな？」

その昔、『安達食堂』で平日お昼に出していた日替わり定食は、主菜の他に複数ついている副菜も好評で、多くのお客さんが食べに来ていた。

「う――ん。確かに『安達食堂』の日替わり定食は好評だったけど、副菜の浅漬け、ホウレンソウのお浸し。ヒジキの煮物、サツイモの煮物とかでワクワクするかな？　それも日本人ならともかく、ダークエルフが」

「まさか、戦闘前にフルコースを作るわけにいかないしな」

「大勢に出さないといけないのに、給仕できないから無理よ。あまり皿数が多くても駄目で、できれば一皿で、そこに複数の料理を……。あっ！」

「チェリーさん、なにか思いついたのか？」

ソンバルト隊長の要望を叶《かな》える料理を、チェリーさんは思いついたようだ。

そして僕も……。

「ロックさん、僕も思いつきました」

「優月、どんな料理を作るつもりなの？」

「チェリーさんと同じ答えだと思うな。その料理とはね……」

姉ちゃんの問いに答えるかのように、自分のアイデアを話す僕。

ソンバルト隊長による説明が曖昧だったからこそ、料理の自由度は高いと推察し、僕はあの料理を作ってみようと思うのであった。

第十三話 大人のお子様ランチと防衛戦

「少量ずつ色々な料理が集まったメニュー。それはつまり……」

「「「お子様ランチだ！」」」

「だよねぇ。ビュッフェという手もあるけど」

「今にも森エルフが攻めてくるのに、のんきにビュッフェを食べている時間はないので却下！」

「それは祝勝会向けじゃないかしら？」

「あとで、ソンバルト隊長に提案してみようかな？　沢山料理を作れば、料理スキル熟練度も上がるから」

「それいいかも」


僕たちはこれまでに作った料理を集めて、お子様ランチを作ることを決めた。

お腹はともかく、気力を充実させるにはテンションを上げなければいけない。

一品料理だと、その料理が好きな人しか喜ばないし、もしその料理が嫌いなら気力は下がってしまうだろう。

そこで、様々な料理を詰め込んだお子様ランチに決めたってわけだ。

「とはいえ、マルク君を除き大人が食べるので、大人も満足できる《お子様ランチ》を作ろうと思います」

「大人も満足できるお子様ランチか……。そういうのを出しているお店が結構あるな。子供の頃を思い出させつつ、プレートにのせる料理の量を増やし、味も大人向けにして、グレードも上げてある。結構いい値段がするんだが、人気だって聞くな」

ロックさんは、大人用のお子様ランチを出すお店の取材に行ったことがあるらしい。

そういえば僕も、前にテレビで紹介しているのを見たことがあったのを思い出した。

「私も賛成！　デザートで貢献できると思うわ」

「では、早速作戦会議を」

僕たちは四人で顔を突き合わせ、《大人のお子様ランチ》を構成する料理を考え始める。

いきなり作ったことがない料理を作れるわけもなく、これまでに作ったことがあるか、それをアレンジしたものが候補としてあがった。

「チーズ入りハンバーグ、シケット・スパイダーの脚肉を使ったクリームコロッケ（カニクリームコロッケモドキ）、モチ麦のカレーピラフ、オムレツ、自家製トマトソースを使ったミートパスタ、カットフルーツ各種、生クリームたっぷりのプリンアラモード。こんなところかな？」

これだけの料理で構成された《大人のお子様ランチ》なら、お腹だけでなく気力も充実するはずだ。

「優月、ダークエルフの国《リュースラ王国》の小さな旗を飾るのを忘れないようにしないと」

小さな旗かぁ……。

完成した《大人のお子様ランチ》に立っていたら嬉しいけど、ゲームシステム的に実現可能なのだろうか？

「旗って、野営地で売ってるのかな？」

自分で作れるとは思えないので、購入できたら《大人のお子様ランチ》に挿すとしよう。

「必要な食材と調味料を確認しつつ、試しに作ってみよう」

「森エルフたちが攻めてくる前に完成させないと」

早速僕たちは、大人のお子様ランチを構成する料理の材料を集め始めた。

「一つ一つの料理を作ってからひと皿に盛り合わせるのは、ゲームシステム的に無理そうだよね」

なので、《大人のお子様ランチ》を構成する料理の食材と《インサイシヴ・キッチンナイフ》をタップしてオートでカット。

続けて、下ごしらえした食材と調理器具をタップする。

割と複雑な作業ののちに完成した料理は……。

「おおっ！　それっぽくなった」

ＳＡＯでも、お子様ランチは作れるのか。

無事に完成した《大人のお子様ランチ》を試食してみるけど、美味しい料理しか入っていないので美味しいという感想しかない。

「ユズ！　小さな旗なんだが、道具屋で頼んだら作ってくれたぜ」

「作ってくれるんだ……。《リュースラ王国》の旗」

お子様ランチに立てる以外の使用目的が見つからない、爪楊枝《つまようじ》のような木の棒についている《リュースラ王国》の小さな旗を、ロックさんが見つけてきてくれた。

彼はちょくちょくお酒を買いに行くので探してもらったのだけど、本当に作ってもらえたなんて……。

「これを使うと、この《大人のお子様ランチ》に旗が立つのかな？」

早速完成した《大人のお子様ランチ》と小さな旗をタップすると、カレーピラフ風の山の頂上に旗が立った。

「これなら、ソンバルト隊長も喜ぶかな？」

「どうかしら？」

姉ちゃんの懸念は、ソンバルト隊長が左遷されているという事実だろうか？

とはいえ彼にもリュースラ王国への帰属心はあるだろうと、彼のところに完成した《大人のお子様ランチ》を持っていく。

まだ食事をとってからそれほど経っていないのに、彼はすぐにそれを試食、すべてを平らげてからこう言った。

「美味しいが、これでは勝てる気がしないな。お腹はともかく、やる気が満ちてこない」

ソンバルト隊長は《大人のお子様ランチ》に満足せず、ただ料理すればいいわけではないのだ、ということを知る。

「全体的に、料理のクオリティが足りないのかな？」

食材の質、調理器具の質、料理スキル熟練度。

どれが足りていないのか。

いちいち細かく調べている時間はないので、とりあえず急ぎ改善できるものはすべて改善していかなければ。

「『ご馳走』とは、それを作るために走り回ることも意味するのです！　行くわよ！　優月」

「わかったよ」

姉ちゃんの指示のもと。

ソンバルト隊長の下を辞した僕たちは、急ぎレアリティの高い食材、調理器具を集めることにした。

野営地を出て、近くの森でレアリティが高いドロップ品を手に入れつつ、他のプレイヤーたちからの入手も試みる。

《フォレスト・ディアー》のヒレ肉、《トレンブリング・カウ》のミルクで作ったチーズ、《シケット・スパイダー》の上位種《ラージツリー・スパイダー》の脚肉、《フォレスト・イーグル》の卵などなど……。

レアリティが高いためなかなかドロップしなかったり、採集に苦労する食材を走り回って集め、それを《大人のお子様ランチ》の材料にすることにした。

「まずは食材の質を上げる。これが終わったら次は……」

新しいキッチンナイフを手に入れ、料理の成功率を上げることも検討してみることにした。

「今のものを超えるキッチンナイフか。無事に手に入れたとして、また強化試行回数をすべて使って強化しないと、《インサイシヴ・キッチンナイフ＋4》の方が性能いい、なんてことになりかねないな」

「ですが、そういつまでもこのナイフを使えるとは思いません」

「俺としちゃあ、このナイフを使い続けたい思いが強いんだがな……」

ロックさんは元料理人だ。

調理道具……特に刃物は大切に使い通けるのが常識だったので、まだ第三層なのにキッチンナイフを新調することに抵抗があるのかもしれない。

「上の階層でせっかくレアリティが高い食材を手に入れても、キッチンナイフの性能が低いばかりに食材を無駄にしてしまうかもしれないですから」

「これまで頑張ってくれたから、予備でとっておくとか？」

「せっかく取っておいても、上の階層であればあるほど使い道はないと思うの」

チェリーさんも、キッチンナイフを新調したあと、なにかあった時のため予備のナイフとして《インサイシヴ・キッチンナイフ》を残す案に反対であった。

彼女は戦闘はしないけど、料理人としてシビアな意見を述べたわけだ。

「でも、愛着があるしなぁ……」

悩んでいる僕たちのもとに、ケインさんが現れ、こんなアドバイスをしてくれた。

「それなら、そのナイフをインゴットに戻して、それを材料に新しいキッチンナイフを作ってもらえばいいんじゃないかな？」

「そんなことができるんですか!?」

もう第三層なのに、まだゲームの知識が怪しい僕たちにとって、ケインさんのアドバイスが慈雨に見えた。

「それなら今のうちに、新しいキッチンナイフを新調しておいた方がいいか……。《大人のお子様ランチ》は難易度が高いうえに、戦いに赴くダークエルフたちのために沢山作らないといけない。可能な限り調理器具の性能は上げておいた方がいいだろう。鍛冶師を探そう」

意見が纏まったので、僕たちは野営地の中にある、数軒のお店があるエリアへと向かった。

ここは正式な町ではなく臨時で作られた野営地なので、意識しなければ見逃してしまう規模でしかない。

「あそこだ」

ここでよくお酒を購入していたロックさんは商業エリアに詳しく、鍛冶屋の小旗を掲げている店頭まで案内してくれた。

途中、道具屋、裁縫屋、革細工屋の前も通りすぎたが、そこに並べられている商品はとても高額で、今の僕たちには手が出せそうにない。

料理に使えそうで、僕たちの興味を引く品がなかったので、一通り確認してから鍛冶屋の前で足を止めた。

鍛冶屋と思《おぼ》しきダークエルフの男性は、僕たちを一瞥《いちべつ》してから「フン」と鼻を鳴らしただけで仕事に戻り、テンプレな愛想の悪い職人像を見事に再現していた。

「(料理人も、鍛冶師もイケメンよねぇ。さすがはエルフ)」

「(そこは徹底しているのね)」

愛想が悪いのは欠点にならないらしい。

姉ちゃんとチェリーさんは、鉄床《かなとこ》に向かってハンマーを振り下ろし続ける、長髪を後ろで束ねている細身のイケメン兄さんに視線が釘付《くぎづ》けだった。

やはりイケメンは得なのだと、僕はこの世の中の残酷な事実に気がついてしまったのだけど。

「(問題は腕だよなぁ)」

「(ダークエルフの鍛冶師って、なんか腕がよさそうなイメージです)」

「(それはドワーフなんじゃないの？　SAOにドワーフがいるのか知らんけど)」

それがわかるほど、僕たちはSAOに精通していないのだけど。

「じゃあ早速、新しいキッチンナイフを作ってもらいましょう。《インサイシヴ・キッチンナイフ》を材料にね。すみません、まずはこのナイフをインゴットに戻してください」

「フン」

鍛冶師の愛想の悪さは相変わらずだったが、姉ちゃんの注文はちゃんと通っていたようだ。

NPCショップ特有のメニューウインドウが出現したので、あとはこのナイフを素材に戻すのみとなる。

「さようなら、《インサイシヴ・キッチンナイフ》よ。これまでありがとう」

「あなたは、新しいキッチンナイフの礎となるのよ」

「また色々な料理を作ろうな」

「戦いには使わないけど許してね」

こいつで色々な料理を作ったな、などと少しだけ感傷に浸りつつ……まだ使えるキッチンナイフを新調する感覚に慣れない。

ゲームだから、適切なタイミングで装備の変更が必要なので仕方がないんだけど。

姉ちゃんから《インサイシヴ・キッチンナイフ》を受け取った鍛冶師はそれを受け取り、背後の炉《フォージ》にそっとのせた。

すると上面から立ち上る緑色の炎……凄い色だな……でナイフ全体が赤く染まっていく。

さらにナイフが眩《まばゆ》い光を放ったかと思うと、金属が溶ける絵も音もなく、小さな金属製の直方体へと変化した。

「さすがはゲームというべきか」

現実で武器をインゴットに戻すには手間がかかるので、悪いことではないか。

特に今は急いでいるのだから。

「ありがとうございます」

「フン」

この人、腕はいいけどやっぱり無愛想で、でも職人だから逆にこういう人の方がいいのかな？　世間一般のイメージだと、無愛想な職人の方が腕もよさそうだし。

「ええと……あまり経験ないから操作に慣れないなぁ……」

姉ちゃんはブツブツ言いながら、鍛冶屋から受け取った金属素材《モリブデン・インゴット》を一旦ストレージに仕舞ってからメニューウインドウを消し、残ったショップメニューを自分の前に引き寄せ、武器作成に必要な操作をしていく。

「武器の強化は《基材》と《添加材》だけだけど、新規作成には《心材》が必要なのね」

その辺の知識は、姉ちゃんが事前にケインさんたちに聞いていたみたいで、慣れないながらも操作を続けていた。

「《心材》は《モリブデン・インゴット》。《基材》と《添加材》は、第三層でケインさんたちに指導を受けながら戦って手に入れたものと、野営地の外で料理と交換したものもある」

死蔵しても意味はないので、ここで惜しげもなく投入。

だって、素材をケチって武器作成に失敗したら嫌だから。

「失敗しないでね」

工賃の金額を確認……やはり優れた調理器具は高いな、と僕が思っていると、姉ちゃんが覚悟を決めて《ＹＥＳ》のボタンを押した。

すると鍛冶屋は、《基材》と《添加材》の入ったと思しき革袋を炉の中に放り込む。

すぐに袋は燃え尽き、炉の中で姉ちゃんが選択したアイテム群が赤く焼けてきた。

「今のところ、匠の技はないんだな」

「ゲームですからねぇ……」

とは言いつつ、初めて見る武器作成に興味津々な僕たちは視線を逸らさない。

ロックさんとそんな話をしている間に素材群が溶け崩れてきて、炎の色が白くなった。

鍛冶師がその瞬間を狙ったかのように、手元に置いていた《モリブデン・インゴット》を炉の中に投入。

素材群が溶けるに従い、インゴットが眩く光り始める。

「こうして見ていると面白いわね」

インゴットが十分に熱せられると、鍛冶師は手袋をはめてから金床へと移し、ハンマーで打ち始めた。

等間隔で「カン！　カン！」と槌音《つち》が鳴り響く。

「これ、どのくらいで完成するのかな？」

「ハンマーで叩く回数が多いほど性能がいい武器ができるって、ケインさんが」

「じゃあ、すぐに完成しない方がいいのか」

「《インサイシヴ・キッチンナイフ》よりも良《い》い性能のキッチンナイフが出来ますように」

祈るような気持ちで鍛冶屋の作業を見守っていると、ハンマーの音が十回を超えた。

「……これって多い方？」

「さあ？」

「姉ちゃん、そこケインさんに聞いておかないと」

「なるようにしかならないって」

「誤魔化された感が……」

そんな話をしている間にも、鍛冶屋は懸命にハンマーを振り下ろしている。

「汗かかないのな」

「ゲームだからでしょうね。私、汗かきだから羨ましいわ。今は汗かかないけどね」

僕たちが見守るなか、三十二回でハンマーの音が止まった。

「……悪くない」

「「「喋った！」」」

正確には、「フン」以外の言葉を初めて喋った、だな。

「ありがとうございます」

「フン」

あっ、『フン』も言うのね。

早速、姉ちゃんが代表して受け取ったキッチンナイフの性能を確認してみると……。

「《プロフィシェンツ・キッチンナイフ》か。熟練者のキッチンナイフってこと？」

「みたいね。その前が『鋭利な』で、今度は『熟練者の』。どっちの性能がいいのか、名称だけでは見分けがつきにくいけど……」

「ウインドウの下に表示されている、攻撃力とか攻撃速度は確実に上がってるな」

「本当だ」

「ねえねえ。それよりも、強化値の試行回数を見てよ」

チェリーさんも徐々にＳＡＯの知識がついてきたようだ……なんて偉そうに言える立場にない僕だけど。

「《インサイシヴ・キッチンナイフ》が四回だから、六回くらいなら成功かしら？」

一応武器扱いとはいえ、僕たちは調理にしか使わないし、攻略組のようにレアリティが高い素材を積極的に集めていたわけではない。

というか、素材の多くは他のプレイヤーとの交換で得ているので、なかなか現時点で一番優れた素材は手に入らなかった。

普通に考えたら、プレイヤーたちも二番目、三番目の素材を料理と交換するだろうからだ。

武器の名前から性能を推察しにくいし、《インサイシヴ・キッチンナイフ》よりも試行回数が一回でも多ければいいかなって思っていたか……。

「《プロフィシェンツ・キッチンナイフ》の試行回数……十回！」

「いきなり、２．５倍！」

まさか、こんなに高性能になるなんて……。

「すげえ」

「これで、レアリティの高い食材も失敗が少なく料理できるな」

戦闘で使う気は微塵もないのは、前のナイフの時と同じだけど、覚悟を決めて新調して大成功だ。

すでに強化試行回数を使い果たした《インサイシヴ・キッチンナイフ》よりも高性能な《プロフィシェンツ・キッチンナイフ》の入手に成功した。

「ただ一つ問題があって、これを強化しないといけないんだよ」

「そこが問題ですよね」

僕たちが第三層での戦闘と料理との交換で得た《基材》と《添加材》の在庫は、このナイフを作る時に大半を使ってしまった。

それでも、強化前の今の段階でもなかなかスペックは悪くなさそうだ。

戦闘に使うわけじゃないので、攻撃力を見てもあまり参考にならないかもしれないけれど……いや、攻撃力が高い方がレアリティの高い食材でも正確に確実にカットできるのか？

攻撃速度は、調理速度に繋がるかもしれないとかもあるか？

「とにかく、まずはこの《プロフィシェンツ・キッチンナイフ》で料理をしてみましょう」

チェリーさんを先頭に、僕たちは再び食料倉庫前に戻って《エブリウェア・フードストール》を開き、《大人のお子様ランチ》に使わない食材を使って料理を作る。

「食材が均等に切れる！」

「すげえ、全然失敗しないぜ！」

やはり高性能な調理器具を使うと、料理の出来や成功率に大きな補正が入るんだな。

「なるべく早く《プロフィシェンツ・キッチンナイフ》を強化したいわね」

「《基材》と《添加材》。どうしようかな？」

悩んでいると、そこに《大人のお子様ランチ》完成まで野営地の外でレベル上げを続けていたケインさんたちが食事をとりに戻ってきた。

「ケインさん、一つお願いが！」

僕たちは、武器の強化に使う素材と料理との交換。

それも、交換素材の先払いをケインさんたちにお願いした。

ケインさんたちは一度にそんなに料理を食べられないので、先に素材を代金をとして貰い、そのあと決められた回数、無料で食事を提供するという条件だ。

ただ、僕たちがその契約を破ると思われたら成立しないので、僕たちにどれだけの信用があるかだ。

「いいよ」

「本当ですか！」

ケインさんたちが、すんなりと受け入れてくれてよかった。

「ユズ君たちが信用できるのは、これまでのつき合いであきらかだからね。それに後から料理を食べさせてもらえる方が、上の階層で新しく、美味しい料理が食べられて得だから」

「ありがとうございます！」

「僕たちの武器を強化する素材が減ったけど、森エルフたちとの戦闘に備えてレベルを上げる必要があるから、また頑張ればいいしね」

ケインさんたちから多くの素材を受け取るが、もう少し欲しいところだ。

そう思っていたら、思わぬところで素材を手に入れることができた。

「みなさん、今日の料理の経費ですけど、このところコル貨幣が不足しておりまして、私たちが空いている時間にこの野営地周辺で狩ったモンスターの素材でよろしいでしょうか？」

「「「問題ないです！」」」

補給部隊の経理も担当しているミケアさんが、料理の食材費代わりに武器の強化に使える素材も選択できるようしてくれたのだ。

まさか、こんな方法で素材が手に入るとは思わなかった。

これまで、ダークエルフたちにほぼ原価で料理を提供し続けた甲斐があったというものだ。

「今、十回全部強化するのは無理だけど、四回くらいまでは大丈夫ね」

《インサンシブ・キッチンナイフ》よりも高性能な《プロフィシェンツ・キッチンナイフ》を同じ＋４にすれば、かなり高性能になるはずだ。

「それじゃあ、あの『フンさん』のところに向かいましょう」

間違いなくあのダークエルフの鍛冶師は『フンさん』なんて名前じゃないと思うけど、僕たちは無事に《プロフィシェンツ・キッチンナイフ》の《正確さ》を＋４まで伸ばすことができた。

また《正確さ》だけを上げるのかって？

料理は正しく作らないと美味しくないから当然だ。

「これで可能な限りの強化を終えたから、あとは実際に《大人のお子様ランチ》を料理してみましょう」

「そうね。もう森エルフ襲来まで時間がないだろうから」

僕たちは手に入れた新しい相棒《プロフィシェンツ・キッチンナイフ》の性能を確認すべく、いつも料理をしている倉庫群まで戻ったのであった。

※※※※

「デュータさんから貰ったプロ仕様の調理器具！」

「苦労して集めた、レアリティの高い食材の数々！」

「そして、《インサイシヴ・キッチンナイフ》より作られし、《プロフィシェンツ・キッチンナイフ》！」

「これらを用いて、《大人のお子様ランチ》を作ってみましょう」

《大人のお子様ランチ》を作るのに必要なものがすべて揃った……はずなので、早速《エブリウェア・フードストール》で調理を試みる。

ただその手順に、前回と大きな差はない。

必要な食材と調理器具を選んでタップし、《料理》を選ぶだけだ。

「……成功するといいね」

「成功というか、ソンバルト隊長が合格を出す《大人のお子様ランチ》をね」

無事に成功することを祈りながら料理の結果を見守っていると、見た目は前と同じ？

いや、前回よりも美味しそうな《大人のお子様ランチ》が完成した。

「ソンバルト隊長が合格を出せば、クエストはクリアしたようなものね」

早速四人で、料理した《大人のお子様ランチ》を持って、彼がいるテントへと向かう。

「ソンバルト隊長、こちらの書類にサインをお願いします」

「ソンバルト隊長、森エルフ襲来に備え、物資の搬出許可願いが出ていますけど、どうされますか？」

「……むむむっ、多くの人手が防衛戦にとられた結果、拙者の仕事が増えてしまった」

書類と奮闘中のソンバルト隊長に《大人のお子様ランチ》の試食をお願いすると、彼はパパパッと書類にサインをしてから、それを勢いよく食べ始めた。

「ただ多くの料理をただ組み合わせただけでなく、一つ一つの料理がすべてこれまでよりもはるかに美味しくなっている！　実に素晴らしい！」

レアリティの高い食材を集め、調理器具も可能な限り更新し、トドメでキッチンナイフも新調、可能な限り強化をした成果が出たようだ。

「もうすぐ森エルフたちが攻めてくるはずだ。急ぎこの料理を作ってくれないか？」

「わかりました」

ソンバルト隊長から合格を貰えたと思ったら、森エルフたちがもうすぐ攻めてくるという。

このタイミングって、ゲーム的には僕たちが彼の満足する料理を作れたから？

とにかく僕たちは《エブリウェア・フードストール》に戻り、必要な数の《大人のお子様ランチ》を作り始める。

「材料を多めに確保しておいてよかった」

「まさに戦飯《いくさめし》よね」

「お子様ランチだけどな」

「ロックさん、大人のお子様ランチよ」

必要なレアリティが高い食材をストレージから取り出し、《プロフィシェンツ・キッチンナイフ》で食材をオートでカットする。

さすがは高性能なキッチンナイフ。

食材が均等に切れている。

次に、下ごしらえが終わった食材と調理器具をタップして料理を作っていく。

《大人のお子様ランチ》は複数の料理で構成されているので、オート調理が多いＳＡＯの料理でもやることが多くて面倒だけど、その手順は数をこなすことで体が覚えていった。

「完成しました！」

「ちっ、ちっ、ちっ。ユズ、これを忘れちゃいけないぜ」

最後にロックさんが、なぜか作ってもらえた爪楊枝ほどの木の棒につけてあるリュースラ王国の旗を差して《大人のお子様ランチ》が完成した。

自国の小旗は、ダークエルフたちのやる気が上がる……と思いたい。

「トロけるチーズ入り肉汁ハンバーグ、シケット・スパイダーの脚肉を使ったクリームコロッケ、モチ麦のカレーピラフ、オムレツ、自家製トマトソースを使ったミートパスタ、カットフルーツ各種、生クリームタップリのプリンアラモード。すべてが美味なことこの上なしだ」

少量ずつながら、これだけの種類の料理とデザートを組み合わせるとなると結構な手間だった。

無事に完成してくれて……前に作ったものよりも美味しそうだから、きっと今度は合格点が出るはずだ。


「完成した料理は、まず誰が食べますか？」

「まずは、戦闘の指揮が必要なので拙者が」

「あれ？　さっき試食で食べたのでは？」

「試食と、戦前の腹ごしらえは別なのでね」

『また食べるんですか？』と思いつつも、僕たちは再びソンバルト隊長に、完成した《大人のお子様ランチ》のプレートを手渡した。

「やはり美味そうだ。美味しくてワクワクするので、つい二人前食べたくなってしまうほどだ」

「ソンバルト隊長、肝心な森エルフたちとの戦いで動けなくならないでくださいね」

「ミケア君、その心配はないから安心してくれ」

ミケアさんのツッコミをスルーして、ソンバルト隊長は料理を食べ始めた。

「二度食べても素晴らしい美味しさだ！　お腹も体が重たくならない程度に満たされ、気力も充実してきた」

再び《大人のお子様ランチ》を絶賛したソンバルト隊長は合格を出し、次に僕たちが完成させた《大人のお子様ランチ》を調理場まで持っていき、デアキンさんにも食べさせる。

すると彼は、神妙な面持ちで試食を続けた。

そして食べ終わってから一言。

「うむ。これは素晴らしい料理だ。普通、これだけの種類の料理を食べたら体が重たくなるはずだが、少量ずつを一つの皿に盛ることでその問題を解決した。これを食べれば、仲間たちも気力を充実させながら戦えるはずだ。俺も調理を手伝おう」

物理的に、野営地にいるダークエルフたち全員に《大人のお子様ランチ》を、それも森エルフたちが襲来するまでに作るのは難しい。

デアキンさんと調理班が手伝ってくれることになり、『デアキンに調理方法を教えますか？』のウインドウが出現する。

「はい。手伝ってもらえますか？」

「……任せろ」

料理でわかり合える仲というか、僕たちとデアキンさんたちは協力して料理を作り始める。

「ユズ殿たちは、我々ここに残っている補給班の分だけ作ってくれれば」

「待ってくれ！　俺たちの分も頼む」

再び料理を始めようとしたところ、野営地の外でレベル上げをしていたケインさんたちが戻って来て、彼らも《大人のお子様ランチ》を所望した。

「《エルフの雫》は人間は使えないけど、《大人のお子様ランチ》なら俺たちでも食べられる。一度はエルフ戦争キャンペーン・クエストの本ルートから脱落した俺たちだけど、森エルフの襲撃を防ぐことが救済手段になって、再び戻れるかもしれない」

僕たちと別行動をしていたケインさんたちにも森エルフの襲撃が知らされたってことは、まだ本ルートに戻れる可能性があるのか？

それとも、本ルートでなくても森エルフたちの襲撃イベントが発生するのか。

真実は不明だけど、ケインさんたちにはお世話になっている。

四人分の《大人のお子様ランチ》を追加で用意するくらいなら、大した手間でもなかった。

「おおっ！　これが」

「本当に美味しそうだな」

「ソンバルト隊長が合格を出すはずだ」

「大人のお子様ランチ……。美味しい物しか皿にのってねぇ！」

ケインさんたちは、自分たちの目の前に置かれた《大人のお子様ランチ》に目を輝かせた。

美味しい料理とデザートだけで構成されているので、嫌いな人はいないと思う。

「戦いの前に、こんなに美味しい物を食べると戦死してしまうかも」

「ミケアさん、それは不謹慎なのでは？　本当に美味しいですね。デザートもついてて最高ですよ」

ミケアさんとマルクも、完成した《大人のお子様ランチ》を美味しそうに食べている。

「マルク、君はまだ見習い騎士で未成年だ。拙者とミケア君の後ろで防御に徹するように」

「わかりました」

「素直でよろしい。今すぐ戦いに参加したいだろうが、焦りは禁物。どうせ否《いや》が応《おう》でも、成人になったマルクは森エルフたちと死闘を繰り広げることになるのだから」

《翡翠の秘鍵》に関わる争いが終わったところで、すでに多くの死者を出した両国の敵対関係は終わらず、争いはしばらく続くだろう。

当然成人したマルクも、それに参加せざるを得ない。

ソンバルト隊長はそれがわかっていたからこそ、一日でも早く戦場に出たいというマルクを抑えることが多かったのか。

ここはゲーム世界だけど、ちょっと考えさせられるな。

「これが、《プロフィシェンツ・キッチンナイフ》か」

「試行回数制限が10！　凄すぎる！」

「これ、売ってくれとは言わないけど、貸してくれないかな？」

ダガー使いであるアッキーさんからしたら、《プロフィシェンツ・キッチンナイフ》は垂涎《すいぜん》の高性能武器であるため、貸してほしいと頼まれてしまった。

「アッキーさん、この《プロフィシェンツ・キッチンナイフ》は料理専門で、モンスターは一匹たりとも倒してはいけないんです」

「そこは拘るよね」

だけど僕たちが、武器としても使えるキッチンナイフで絶対にモンスターを倒さないと公言しているので、断るとすぐに諦めてくれた。

意味のない拘りかもしれないけど、僕たちは料理人だ。

モンスターとの戦いと、料理を作るキッチンナイフが同じものであることに抵抗が強かった。

「それじゃあ、《大人のお子様ランチ》をいただこうか」

「気力を上げる人族考案の料理か。効果があればいいが」

最初ダークエルフたちは《大人のお子様ランチ》に懐疑的な視線を向けるが、ソンバルト隊長を見てその効果を実感……僕たちにはわからないけど……し、とても美味しそうに食べ始めた。

「納得の美味しさだ」

「最期の晩餐《ばんさん》としては、いい料理かもしれないな」

ちょっと不謹慎な発言をするダークエルフもいたけど、《大人のお子様ランチ》には満足してくれたようだ。

「無理に倒そうとは思わず、森エルフから野営地を守った時に貰える経験値目当てで頑張ろう」

「森エルフも強いからな」

「連携が途切れないようにしないと」

「下手に孤立して囲まれたら死んじゃうからね」

ケインさんたちは、森エルフの襲撃からこの野営地を守るクエストへの参加を表明しており、クエストをクリアするため《大人のお子様ランチ》を一心不乱に食べ始めた。

「ちょっとシュールな光景だな」

ロックさんの言うとおり、容姿の整ったダークエルフたちが《大人のお子様ランチ》を食べる様子は衝撃的で一生忘れられないかもしれない。

食べ終わると、ダークエルフたちはそれぞれ所定の防衛地点に移動した。

そしてソンバルト隊長たちは……。

「拙者たちの守るべき箇所は、当然であるが倉庫群である！　もしこれを燃やされたり奪われた場合、野営地の維持すら困難になるのだから」

ここで《？》マークがソンバルト隊長の頭上に浮かび、タップすると、『森エルフたちから倉庫群を守れ！』のクエストが表示された。

「食料を守らないと、補給が尽きてダークエルフたちが負けてしまうのはわかるけど……」

「私たちの戦闘力で、森エルフの騎士たちに勝てるの？」

「私が一番頼りにならないわよ？」

「俺もケインさんたちに比べたら全然だしなぁ……」

《翡翠の秘鍵》クエスト開始時の森エルフ騎士の強さを思い出し、僕たちは生き残れるのか不安になってしまったのだけど、同じく倉庫群を守る役割を仰せつかったケインさんたちに声をかけられる。

「ソンバルト隊長たちもいるし、俺たちもいるから、ユズ君たちは防御に徹してくれ」

「「「ありがとうございます！」」」

まあ、そうするしかないとも。

とにかく森エルフたちの襲来が終わるまで、ＨＰバーをゼロにしないことだ。

「来たぞ！　敵を倒すのではなく、倉庫に被害を出さないことを最優先に！」

野営地には守らなければいけない場所が多く、倉庫群を守るダークエルフは少なかった。

補給部隊のダークエルフたちの多くが、他の場所を守るために駆り出されており、ケインさんたちも貴重な戦力扱いなのだ。

僕たちは、真に人数合わせでしかないけど。

早速、姿を見せた森エルフたちとダークエルフたちが剣を交えるが、ソンバルト隊長は圧巻の強さだった。

わずかな時間で一人を斬り捨て、森エルフの騎士が青いクリスタルのような塊に変化してから、粉々に砕けて消えた。

「さすがはソンバルト隊長」

「防御に徹して、決して倉庫群に近づけさせるな！」

ケインさんたちは、四人で一人の森エルフの騎士と戦っている。

それで互角といった感じなので、僕たちが森エルフの騎士たちと戦ったらすぐに死んでしまうだろう。

ソンバルト隊長たちの後ろで、防御に徹しているだけでもヒヤヒヤ物なのだ。

「でも、耐えられないほどじゃないかも」

野営地が広いってことは、森エルフたちも分散しているわけで、僕たちはほとんどダメージを受けていなかった。

「森エルフたちの第一目標は、《翡翠の秘鍵》の奪取のはず。倉庫群への襲撃は、あくまでも陽動のはずだ」

「昔読んだ歴史小説にも書いてあったけど、戦力の分散はよくないと思うけどな」

「戦とは、常にミスが少ない方が勝ちますからね」

「人族も、拙者たちと同じような考えに至るのですね。ユズ殿！　手伝ってください！」

「はい？」

ソンバルト隊長の視線を追うと、やはり戦力が少ないせいか、一棟の大型テントから火があがっていた。

これを消火しろってことか。

どうせ僕たちは戦いで役に立てないし、消火作業中はソンバルト隊長が守ってくれる。

僕たちは倉庫群のある場所近くの池から水を汲み、火のついた大型テントにぶっかけていく。

あがった火に向けて、四人で何度か水をかけると、無事鎮火に成功した。

「中の物資に被害がなくてよかった。おっと！　また大型テントに火があがったぞ！」

再びソンバルト隊長が大きな声をあげ、僕たちは火のあがったテントの消火に走る。

自然と、火が広がらないうちに消火して、大型テントの中の物資を守るのが僕たちの仕事となっていた。

「ヒナ殿、なにか喉を潤せるものが欲しいのだが」

どうして左遷されたのか不思議に思うほど、ソンバルト隊長の剣の腕前は素晴らしかった。

一人で何人かの森エルフを斬り伏せつつ、消火作業をしている僕たちを守っているのだから。

「やはり、森エルフたちの目的は《翡翠の秘鍵》のようだ。そうでなければ、この倉庫群にはもっと多くの森エルフたちが襲撃してきたはず」


自ら森エルフたちとは戦っていないとはいえ、ヘマをしたら森エルフたちによって殺されてしまうという緊迫感のなか、いつ終わるのか気が気でなかった森エルフたちの襲撃がようやく終わった。

どうやら《翡翠の秘鍵》の奪取に失敗した森エルフの本隊が撤退を指示したようで、ミケアさん、マルク、ケインさんたちが戦っていた森エルフたちも姿を消す。

「勝利だ！」

「「「「「「「「おお――――っ！」」」」」」」」

ソンバルト隊長が勝利を宣言すると、僕たちもダークエルフたちと一緒に喜びの声をあげた。

「ふう……。結局俺たちは、森エルフたちに殺されずに済んだだけだったな」

「倉庫群を守ったので、素晴らしい戦果だと思います」

真正面から森エルフの騎士と戦って死なないんだから、やっぱりケインさんたちは凄いと思う。

「さすがはソンバルト隊長です。僕もいつか、ソンバルト隊長のように戦えるようになりたいです」

「ちゃんと訓練を続けていれば勝てるようになるさ」

ソンバルト隊長が大猿とのデュエルで勝利し、森エルフの騎士を数名倒したところを直《じか》に見たせいだろう。

マルクが彼を尊敬の眼差《まなざ》しで見つめるようになったのは、それは大きな収穫かもしれないと思う僕たちであった。

「ユズ殿たちにはお世話になった。また会える日を楽しみにしている」

「ソンバルト隊長、ミケアさん、マルク。僕たちも大変お世話になりました」

「ああっ、ユズさんたちの料理が食べられなくなるのは残念ですねぇ……。特にスイーツの数々が。デアキンさんは食事優先で、あまり作ってくれないんですよ」

「本当ですね……っ！　ええと、強い軍を作るには、美味しい食事が大切だと知ったので」

「うんうん。『腹が減っては戦はできぬ』だからな」

「ミケアさん。次に会う時までに、新しいスイーツを開発しておくから」

「うわぁ、楽しみですね」

「お世話になりました。さあ、この成果をみんなにお披露目するわよ」

僕たちはソンバルト隊長たちに別れの挨拶をしてから、ズムフトへの帰路についた。

ケインさんたちはもう少しレベル上げをしたいそうで、先に野営地を出ている。

一番の目的であった《デッドオアアライブマッシュルーム》の毒の有無を完全に見分けられるようになり、豊富な森の食材を手に入れ、新しい料理を覚えられたし、なにより《プロフィシェンツ・キッチンナイフ》の入手にも成功した。

料理人プレイヤーの成果としては十分すぎるだろう。

「お金はまったく稼げてないけど」

「レベルと料理スキル熟練度はちゃんとあがったし、《プロフィシェンツ・キッチンナイフ》を限界まで強化できたのは幸いじゃない。お金なんて、これからいくらでも稼げるから」

森エルフたちの襲来クエストをクリアした報酬として多めの経験値と、《プロフィシェンツ・キッチンナイフ》を強化できる素材が手に入ったのはよかった。

早速《正確さ》だけ＋6まで伸ばしたけど、そのおかげでほとんど失敗せずに料理を作れるように。

他にもコルや武器、防具なども手に入ったのだけど、そちらはケインさんたちに譲っている。

「僕たちがいない間に、ズムフトの料理人プレイヤー勢力図に変化はあったかな？」

「グルメギャング団が調子に乗ってそうな気がするな」

「あの子たち、それなりにちゃんと料理するものね」

「詰めが甘いのはいつものこととして、早速ズムフトで新メニュー攻勢を仕掛けてお金を稼ぎましょう」

どうやらエルフとの特殊な料理クエストに関わることになってしまった僕たちだけど、そのおかげでいくつもの料理に関わるクエストをクリアし、多くの成果を得ることに成功したので、これを生かして料理を作り、安達食堂再開のための資金を貯めないと。

第十四話 真のトップ料理人プレイヤー

「さあ、いらっしゃいませ！　現在ＳＡＯにおける料理人プレイヤーのトップパーティー、グルメギャング団が作る美味しい料理はいかがかな？」

「森の幸であるキノコを用いたキノコ料理の数々に！」

「鹿型モンスターの柔らかい赤身を用いたステーキプレートと、ローストした鹿肉とクレソンをパンで挟んで、表面を炙った《鹿肉サンド》。鹿肉を揚げた《鹿肉カツサンド》もあるよ。お好みで、西洋ワサビを塗ると大人の味だ！」

「森で採れたハーブを使ったハーブティーと、木の実や果物を使ったスイーツで午後の優雅な一時も過ごせます。食事もティータイムも、グルメギャング団にお任せあれ」


実に素晴らしい。

巨大な古木をくり抜いて作られた町ズムフトで、俺たちグルメギャング団は本腰を入れて料理を売った結果、今ではナンバーワン料理人プレイヤーと称されるようになっていた。

第三層で手に入る食材を用い、ズムフトの環境を利用して、緑溢れる野外で食事とお茶、スイーツを楽しむ野外レストランカフェを作りあげたのだ。

外に置く椅子とテーブル、それを置く場所の借り賃が高くついたが、惜しまずに初期投資をしたおかげで、他の料理人プレイヤーたちを頭三つ、四つ追い抜いていた。

「(今のこの立ち位置こそが、本来グルメギャング団がいるべき場所だったんだ)」

次々と訪れる客たちに料理を売りながら、俺は一人感慨に耽《ふけ》る。

他のメンバーたちも、まるで羽が生えたかのようにテキパキと料理を作って販売していた。

グルメギャング団の士気はマックスまで高まっていた。


「(もはや完全に、食の探求団を追い抜いただろうな)」

ほんの少し前までは、本当に食の探求団がナンバーワンだったのかもしれない。

だけど今では、俺たちがその地位を奪い取ることに成功した。

「どうせ、食の探求団が戻ってくるまでだろうぜ」

中にはそんなことを言う者たちもいたが、噂によれば奴らはどういうわけか、ケインさんたちと共にエルフ戦争キャンペーン・クエストの攻略に挑んでいるという。

俺もこのキャンペーン・クエストについて調べてみたが、食の探求団が苦手な戦闘が絡むクエストばかり続いて、料理関連のクエストは一切なかった。

「(つまり、食の探求団は判断ミスをした！)」

さらに先に行こうと焦った結果、料理人プレイを進めるのに必要ないキャンペーン・クエストに余計な時間を取られ、ナンバーワン料理人パーティーの座を、俺たちグルメギャング団に奪われてしまったのだから。

「(今やグルメギャング団は、ズムフトで一番客を集められるようになった！)」

俺たちグルメギャング団は、過去に食の探求団との料理勝負で連敗している。

その悔しさをバネに、気合を入れて新しい料理の研究と試作を繰り返し、その結果今の客数と評価を得ることに成功した。

さらに慢心も禁物だと俺たちは心に誓い、常に料理の開発と改良を続けている。

「(もう食の探求団は俺たちに追いつけないさ)さあ、いらっしゃいませ――！」

俺たちが走り続ければ、食の探求団も追いつけまい。

他の料理人プレイヤーたちが俺たちを羨ましそうに見ているが、それならちゃんと正しい努力をしろってんだ。

そして、今はキャンペーン・クエストクリアに夢中になっている食の探求団がこのズムフトに戻って来たその時こそ、俺たちグルメギャング団がナンバーワン料理人プレイヤーであることが周知の事実となる。

「(慣れない戦闘で料理などしている暇もあるまい。とはいえ油断は禁物だ。料理を売って売って売りまくり、料理スキル熟練度を上げてやる！)」

食の探求団が、二度と俺たちグルメギャング団よりも上だなどとみんなに言われないようにしなければ。

※※※※※

「急ぎ戻って来たら、グルメギャング団の料理が圧倒的大人気なのか」

「彼らはゲームシステム上のルールに則《のっと》ってだけど、ちゃんと努力はするからね」

「他の料理人プレイヤーたちでは太刀打ちできないか」

「屋台の周辺にテーブルと椅子を置いて、レストランとカフェをやっているのね。第三層は、外の方が気持ちいいものね」


ズムフトへ帰る途中の戦闘も、レベルアップとクエストクリア報酬である武器と防具のおかげで、大分余裕を持って進められるようになった。

これも、戦闘方法を指導してくれたケインさんたちのおかげだろう。

思ったよりも早くズムフトに到着することができ、町の中心に向かって歩いているとちょうど昼時で、多くの屋台がプレイヤーたちに料理を売っていた。

みんな料理スキル熟練度が上がったおかげで、それなりに食べられる料理が作れるようになったおかげか、誰も利用していない屋台はなかった。

だが、客数には明確な差が存在し、一番お客さんを集めていたのはグルメギャング団の屋台であった。

森林レストランカフェといったコンセプトらしく、新緑の香りが森の木々を撫《な》でながら吹く風と共にリラックスできる場所に椅子とテーブルを置き、キノコや野草、木の実、そして鹿型モンスターの肉を用いた料理とスイーツ、お茶を出して大人気らしい。

事実、見ればすぐにわかるほど多くのお客さんを集めていた。

「やるなぁ」

「やればできる子たちだったのね」

チェリーさんが微妙に酷《ひど》いことを言っているような気が……。

だけどこれまでの言動を考えると、そう言われても仕方がない面も……。

しばらくカポネたちの様子を見ていると、彼らは僕たちの存在に気がついたようで話しかけてきた。

「ようやく戻ってきたのか！　食の探求団！　さてはキャンペーン・クエストのクリアが難しくて、途中で諦めたようだな」

「えっ？　ちゃんとクリアしましたよ」

本当にエルフ戦争キャンペーン・クエストなのか怪しい、謎の料理クエストだったけど、それをクリアしてこその食の探求団ってことで。

「ふんっ、くだらない嘘を。俺は知っているぞ。攻略集団のリンドやキバオウたちが、キャンペーン・クエストのクリアを放棄したってな。攻略集団がクリアできずに放棄したものを、戦闘が全然駄目なお前たちにクリアできるわけがないだろうが！　まあいい。お前たちがいない間、俺たちグルメギャング団が料理人プレイヤーの新しいトップだと評価されるようになったのだから。だが俺は思うんだ。お前たちに勝たなくては、その評価も完璧とは言えないと。勝負しろ！」

随分と長い話だったけど、やはり最後にカポネから勝負しろと言われてしまった。

「いくらあまり料理をしていなかったとはいえ、それが理由で勝負を断るなんてことはないよな？」

せっかく屋台の経営が上手くいっているんだから、わざわざ僕たちに勝負を挑まなくてもいいのに……。

「あの……。忙しいのでは？」

僕たちなんて無視して、料理を売ってくださいって。

これは本心から出た気持ちだ。

「勝負をする時間くらいならすぐに作れる。さあ、勝負だ！」

どうやらカポネは、僕たちと料理勝負をしないと気が済まないようだ。

「(奴らの目標はナンバーワン料理人プレイヤーだから、過去に連敗した食の探求団を倒さないと気が済まないんだろうぜ)」

「食の探求団を倒して、初めて真のナンバーワン料理人プレイヤーを名乗れるってことですか。たとえ私たち相手に料理勝負で勝てたとしても、あなたたちが料理人プレイヤーのトップだって保証はないけど」

「ううっ……。相変わらずの減らず口を！　料理勝負だ！」

姉ちゃんも、あまりカポネを刺激しない方がいいんじゃぁ……。

まさか、ズムフトに戻って来てすぐグルメギャング団から料理勝負を挑まれるなんて……。

せっかく上手くいっているんだから、僕たちなんて無視してくれたらいいのに。

「断ると怒っちゃうから、受けてあげたら？」

「俺たちは子供か！　とにかく勝負だ！」

チェリーさんもカポネを怒らせてしまうから……。

この様子だとカポネは引きそうにないので、僕たちは仕方なしに料理勝負に応じたのであった。

※※※※※

「どのような目的があったのか？　突如ズムフトでやっていた屋台を畳み、森の奥へと消えた食の探求団。そして彼らの立場を継ぎ、今ではナンバーワン料理人パーティーだと多くのプレイヤーたちから評価されるようになったグルメギャング団。果たしてどちらが、真のナンバーワン料理人パーティーなのか。それが今、はっきりと証明されることになります！」

「大げさじゃないですかね？」

料理勝負といえば、押しかけ司会のマイクさんが名物となりつつあった。

しかし、僕たちもカポネたちも料理勝負のことは知らせていないのに、タイミングよく駆け付けてくるのだから凄い。

大昔の司会者のようなジャケット、蝶ネクタイ、雑な木彫りのマイクは更新できなかったようだけど。

マジックアイテムのマイクって、ＳＡＯにあるのだろうか？

「ズムフトでコツコツと料理を作り、堅実にお客さんを増やしてきたグルメギャング団と、とある筋の情報ではエルフ戦争キャンペーン・クエストに挑んでいた食の探求団。キャンペーン・クエストに料理関連のクエストがあるという話は聞いたことがありませんが、もしかしたらとんでもない隠し球があるかもしれません。それに元は、ナンバーワン料理人パーティーと評判が高かった食の探求団です。無策で絶好調のグルメギャング団に挑むとは思えません」

「なんか、えらく情報通なのな」

ロックさんが、マイクさんの情報収集能力に感心している。

誰も教えなくても、料理勝負の会場に駆けつけるしね。

マイクさんの情報源が気になるところだ。

「肝心の料理勝負のルールですが、これから自慢の料理を各々の屋台で出してもらい、それを食べた人が美味しい方に投票するというものです。このところ、観客が増えましたからね」

確かに、前々回の料理勝負よりも観客数がかなり増えていた。

なんでも、前回見逃して悔しい思いをしたプレイヤーが多かったらしい。

娯楽が少ないＳＡＯなので、料理勝負にも大きな需要があるってことみたいだ。

ただ大勢に無料で料理を食べさせると、僕たちとグルメギャング団の財政状態が危うくなってしまう。

そこで、有料で料理を食べた人だけが投票できるというシステムにした。

ラーメンやB級グルメのイベントで料理を購入すると投票券が貰え、それを気に入ったお店に投票するシステムと同じだ。

自分の投票で勝者が決まる。

そこがよかったのか、思ったよりも希望者が多かった。

「まあ、こういう仕組みを作ってこそ、料理勝負を無理なく続けられるのです」

料理を購入しないと投票できないので、ここで頑張れば安達食堂再開の資金が少し貯まるかも。

とは言いつつ、新しい食材や調理器具に消えてしまうんだけどね。

たとえ勝負に負けても、料理の売り上げがあるから損失は少ない。

この仕組みを考えたマイクさんって、本当に多才だと思う。

そして今後も、両者による料理勝負は続くってことか。

「だからこそ、この料理勝負で勝って食の探求団の知名度を上げさせてもらうわ」

姉ちゃんは、料理勝負を完全に宣伝の場だと思っているようだけど。

「それはこっちのセリフだ！　今回こそは、俺たちグルメギャング団が勝利して、ナンバーワン料理人プレイヤーの称号を手に入れるんだ！」

料理勝負が始まり、僕たちは《エブリウェア・フードストール》を展開して料理の準備を始める。

「作る料理はどうしようか？」

「カポネたちは、私たちが無駄なキャンペーン・クエストにかまけて全然料理をしていないって勘違いしている。ならば、そこでの私たちの成果を見せてあげましょう」

「毒のない《デッドオアアライブマッシュルーム》料理と《大人のお子様ランチ》だね」

「そういうこと」

「グルメギャング団のキノコ料理には、《デッドオアアライブマッシュルーム》は使われていないからな」

「あの子たち、結局諦めたのね」

カポネたちは毒アリ、毒ナシの見分け方が不完全なので、まだ料理を販売することができないようだ。

他のキノコ料理も美味しいけど、《デッドオアアライブマッシュルーム》の美味しさは一線を画す。

まずはこれを出して、グルメギャング団との差を強調しよう。

「そして真打ちが、《大人のお子様ランチ》なのね」

「《デッドオアアライブマッシュルーム》料理と《大人のお子様ランチ》で、グルメギャング団を圧倒する！」

姉ちゃんはやる気満々なようだ。

「それでは、料理を作り始めてください！」

マイクさんの合図で、両パーティーは料理を始める。

「グルメギャング団が作る料理は、屋台で出しているもの……いえ、さすがにそれはないか」

これまでの戦訓から、少なくともなんらかの改良を加えてくる可能性が高い。

「向こうがなにを作ろうと、僕たちは今作れる最高の料理を作ればいいんだ」

「さすがはリーダー、いいこと言うな」

普段はお飾りのリーダーだけど。

「こっちは手間がかかるから、料理を頑張りましょう」

僕たちは、ダークエルフたちに出した《大人のお子様ランチ》をさらに改良した料理を作るが、いくつもの料理で構成されているので手間がかかる。

幸い、森エルフ襲撃時に大人数分を作ったので、テキパキと作業できた。

「グルメギャング団も大勢のお客さんを相手にしているから、手際はいいのね」

「あいつら、俺たちがズムフトにいない間にお客さんを増やしていたんだな」

「料理が完成し始めたようなので、審査に参加したい人は料理を食べて投票してください！」

僕たちも、カポネたちも、完成した料理のアピールを始める。

「鹿肉をレアに焼き上げ、その上に森の恵みであるキノコをたっぷり使ったソースをかけたキノコソースステーキと、同じくキノコを大量に使い、キノコの旨みたっぷりなスープ。新鮮な野菜と野草を使った《フレッシュサラダ》と自家製フルーツドレッシング。白くてフワフワのパンもある！なんとパンはおかわり自由だ！」

「やっぱり、普段お店で出しているメニューと変えてきたわね」

前の勝負で姉ちゃんから、ステーキにつけるサラダとパンがあまり美味しくないって指摘されたので、そこをしっかりと強化しているのがわかった。

「サラダの食感を変えるため、森で手に入れた木の実を炒って砕いたものをふりかけてあるし、フルーツを使ったオリジナルドレッシングは三方亭のものを参考にしたのね」

「パンも相当改良してあるな」

チェリーさんとロックさんも、グルメギャング団侮りがたしと思ったようだ。

参考に一つ購入してきた料理を試食してみるが、これまで屋台で販売していたものよりも一段上の美味しさだった。

『打倒、食の探求団!』を実現すべく、俺たちは料理の改良を繰り返してきたからな!」

カポネは自分たちの料理に相当自信があるようだが、それがハッタリではないことは自分たちの舌で実感した。

「鹿肉のステーキ、やわらけぇ」

「このキノコのソースがいいんだよ」

「このスープも、キノコの旨みたっぷりで、しみじみ美味い。はあ……心が落ち着く」

「俺はサラダなんて好きじゃないけど、野草がシャキシャキで、ふりかけてある炒った木の実のアクセントで飽きさせないし、このオリジナルのドレッシングも甘いのに美味しいな」

グルメギャング団の料理はとても好評で、次々と購入され、投票されていく。

さすがは僕たちがズムフトにいない間、ナンバーワンの売り上げを誇っていただけのことはある。

「ははは、今回こそ俺たちグルメギャング団の勝利らしいな。頑張って料理スキル熟練度を上げ、新メニューの研究を重ねた成果だ。お前たちは、料理に関係ないクエストにかまけている間に料理の腕を落としたか？」

「三度目の正直で、ようやく我々の勝利か」

「それでも最後まで手は抜かない」

「……最後の詰めを怠らない」

次々と自分たちの料理が購入され、マイクさんが用意した木札が自分たちの箱に投票されていく様子を見たカポネたちが勝利宣言をした。

ただしＳＡＯでは、料理の腕が落ちるというよりも、食材のレアリティ上昇に料理スキル熟練度の上昇が追いつかず料理に失敗してしまう、が正解なんだろうけど。

一方僕たちの方は、まだ料理が完成していない状況。

どうやらカポネたちは、その理由を料理スキル熟練度を上げていなかったからだと思ったようだ。

「《翡翠の秘鍵》クエストは戦闘主体のクエスト。料理関連のクエストはない！　その思い込みが、三度あなたたちの敗北を誘う！　料理の完成が遅れていたのは、手の込んだ料理で作るのに時間がかかるからよ。みなさん、お待たせしました！」

それに加えて、《デッドオアアライブマッシュルーム》も食材として料理に組み込んだので、余計に時間がかかったってのもある。

この辺は、料理を作れば作るほど効率化されていくけど。

「食の探求団が提供する料理は、《真・大人のお子様ランチ》です！」

僕たちは、ダークエルフたちに提供した《大人のお子様ランチ》をさらに改良した《真・大人のお子様ランチ》を完成させた。

「大人のお子様ランチだと……」

「すげえ、すべて単独で主役を張れる美味しそうな料理だけで構成されているじゃないか」

「大人のってことは、大人も食べていいんだな」

「なんかワクワクしてきたぜ！　《真・大人のお子様ランチ》をくれ！」

「俺もくれ！」

「お前、今、グルメギャング団の料理を食べただろう？　お腹は大丈夫なのか？」

「だってさ。大人のお子様ランチだぜ！　別腹に決まってるだろうが！」

完成して並ぶ《真・大人のお子様ランチ》に多くのお客さんが殺到し、その勢いはグルメギャング団以上であった。

最初に作った分はすぐになくなってしまい、僕たちは料理を作っても作っても追いつかない状態になってしまった。

「は――い、四人前と二人前ですね。少々お待ちください」

「ここまで好評だとは思わなかった」

「ユズ、どうして《大人のお子様ランチ》なんて料理が存在するのか。あらためて理解できただろ

う？」

「お子様ランチってたまに無性に食べたくなるけど、まさか子供用を注文するわけにいかないものね。『大人の』という免罪符が必要なのよ」

それに、SAOという娯楽が少ない環境が重なり、イベント要素もある《真・大人のお子様ランチ》は大人気となったわけだ。

「このハンバーグ、小さいのに肉汁が溢れ出てくるし、中に入ったチーズがトロけていてうまぁ！」

「このクリームコロッケ、カニクリームコロッケか？　しかし、今のところ海産物なんてないはず……」

「これ、《シケット・スパイダー》の脚の身だよ。俺は食べたことあるからわかるんだ」

「本当にカニみたいな味がするんだな。麦飯だが、カレーピラフにすると結構わからないものだな。この黄色さが、古い喫茶店とかで出てくる、黄色いカレーを思い出す」

「食の探求団の手打ちパスタと、肉たっぷりのミートソースは安定の美味しさだな」

次々と売れていく《真・大人のお子様ランチ》は大好評だ。

そして『真』になって増やした料理が、グルメギャング団の料理に差をつける鍵となる。

「キノコのスープがついているのか。まあ、こういう料理にスープがついているのは定番……。なんだこのスープ！　グルメギャング団のスープよりもはるかに美味しい！」

「なんだと？　俺たちのキノコスープは、吟味に吟味を重ねた森のキノコをふんだんに使っている……まさか！」

「《デッドオアアライブマッシュルーム》のキノコスープです。そして……」

「付け合わせの野草とキノコの炒め物も、《デッドオアアライブマッシュルーム》を使っているのか！　これも美味い！　しかしＨＰが減っている可能性も……一人もいないのか、凄いな！」

「サイドメニューのスープまでこんなに美味しいなんて！」

「デザートも、ほどよい甘味のカットフルーツと、卵の味が濃厚なプリンの上に生クリームがのってるぞ！」

「この生クリーム、《トレンブル・ショートケーキ》にのってるやつだ」

「豪華だな。その分高いけどこれ一食で大満足できるし、お得感を感じるぜ」

「ようし、俺も食うぞ！」

「俺もだ！」

さらに大勢のお客さんが殺到し、結局僕たちは食材がなくなるまで《真・大人のお子様ランチ》を作り続けた。

そして料理勝負は終了し、マイクさんが投票結果を発表する。

「集計の結果、食の探求団の勝利です！」

「「やったぁ――――！」」

今回の料理勝負もグルメギャング団に勝利でき、僕たちは喜びの声をあげた。

「勝利して、宣伝になって、《真・大人のお子様ランチ》も売り切れになって大儲け。明日からも売るぞぉ――――！　急ぎ、明日使う食材を集めないと」

姉ちゃんも、喜んでいるようでなによりだ。

「また負けたのか……」

「努力と工夫が足りなかったというのか？」

「次こそは……」

「……無念……」

今回の料理勝負では、グルメギャング団も工夫に工夫を重ねた美味しい料理を出してきた。

だけど僕たちも美味しい料理を複数作り、さらに《真・大人のお子様ランチ》として組み立て、お客さんの興味を魅いた。

さらにそれだけは不安だと、《デッドオアアライブマッシュルーム》料理まで加えたんだ。

これで負けたら、相手が凄かったと諦めるしかなかった。

「次こそ、俺たちグルメギャング団が勝利するからな！」

「今のうちに、勝利の余韻を味わっておくんだな」

「次は白星を摑む！」

「……」

負けたグルメギャング団はとても悔しそうだったけど、勝負なので仕方がないというか、料理では手を抜きたくなかった。

こうして僕たち食の探求団は、一時グルメギャング団に奪われていた、料理人プレイヤーナンバーワンの評判を取り戻すことに成功するのであった。

エピローグ×第四層への道！

「えっ？　第三層のフロアボスが？」

「今情報が流れてきたんだ」

「さすがは攻略集団ですね」

今日もズムフトで《エブリウェア・フードストール》を展開して料理を販売し、数量限定の《真・大人のお子様ランチ》があっという間に売り切れてしまったな、なんて思っていたら、ケインさんたちが姿を見せた。

なお、すでに《真・大人のお子様ランチ》が売り切れたことを先に告げると、あからさまに残念そうな表情を浮かべている。

ケインさんたちは、ダークエルフの野営地を防衛した時に食べた《大人のお子様ランチ》を気に入っていたからだ。

「というわけで、じきに第四層への転移門が開くはずだ」

「それなら準備する必要がありますね」

僕たちは今日、早めに店仕舞いとし、必要な準備を終えてから、ズムフトに出現していた転移門を潜った。

そして僕たちがやることと言えば……。

「第三層突破記念、恒例の半額セールをやります！」

肉汁ハンバーグ、チーズ入りハンバーグ、ハンバーガー、ピザ、牛肉まん、ミートスパゲッティ、クラフトコーラ、炭酸飲料、《デッドオアアライブマッシュルーム》料理、シケット・スパイダーの脚玉子炒め、炒り《蜜の大樹に巣くう幼虫》、真・大人のお子様ランチ等々。

これまでの成果をすべて、半額で販売し始めた。

《真・大人のお子様ランチ》のような数量限定の料理はすぐに売り切れ、他の料理も転移門から出てきた多くのプレイヤーが購入していく。

「第二層、第三層でもやったから、徐々にイベントとして定着しつつあるわね。いい傾向よ」

『階層突破記念！　料理半額祭り』は儲からないけど、大量に料理を作るので料理スキル熟練度が上がりやすい。

これのおかげで、食の探求団の名前も大分知れ渡ったはずだ。

「この《デッドオアアライブマッシュルーム》の炒め物。この前の料理勝負で食べたものよりも美味しくないか？」

一昨日の料理勝負で僕たちが作った《真・大人のお子様ランチ》に入っていた《デッドオアアライブマッシュルーム》料理を食べたことがあるプレイヤーが、さらに料理が美味しくなったと口にする。

「他の料理もそうだ。料理スキル熟練度が上がったからか？」

「それもあるけど、正解は隠し味にほんのちょっと、《モンキー・スピリッツ》を使っているからでした」

ソンバルト隊長から貰った、《モンキー・スピリッツ》が入った瓶を大切そうに抱きかかえる姉ちゃん。

「でもさぁ、料理勝負の時には使わなかったよね」

ソンバルト隊長によると、料理に少量の《モンキー・スピリッツ》を加えると味に深みが出て美味しくなるという。

なので姉ちゃんが料理勝負で使わなかったのが不思議だったし、このタイミングでか、と思わなくもなかった。

「《モンキー・スピリッツ》は数量限定だし、グルメギャング団との勝負では《デッドオアアライブマッシュルーム》という切り札があったから。《モンキー・スピリッツ》を調味料代わりに使った料理はあえて半額セールで提供することにより、より食の探求団の料理の美味しさをアピールできるってわけ」

「策士だねぇ、ヒナさんは」

「重ねて使うと、切り札の効果が目立たなくなっちゃうものね」

転移門を潜って第四層に到着したプレイヤーたちは足を止めて食の探求団の料理を楽しみ、ますます僕たちの知名度は上がっていく。

「クソッ！　次こそは必ず勝利してやるからな！」

「カポネさん、グルメギャング団も半額セールを始めたけど、食の探求団ほど客が集まらないですね」

「うう……出遅れたせいだが、続けるしかない」

「全然儲からないけど」

「……料理スキル熟練度は上がる……」

そういえば、グルメギャング団他、いくつかの料理人パーティーが僕たちを真似て半額セールを始めたけど、あまりお客さんは集まっておらず、本来の目的である知名度の向上にはさほど役に立っていなかった。

食の探求団が始めた半額セールの成功は、これを一番に始めた姉ちゃんのおかげだけど、油断してお客さんを奪われないようにしないと。

グルメギャング団はいまだ料理人プレイヤーの頂点に立つことを諦めておらず、これからも僕たちの料理勝負は続くであろう。

僕たち姉弟はそれに打ち勝ち、必ずＳＡＯ内で安達食堂を再開するのだと、あらためて心に誓ったのであった。

あとがき

お久しぶり……はじめましての方もいらっしゃるでしょうか？

『なろう作家』、『WEB作家』などと呼ばれることが多いY・Aと申します。

普段は色々と小説を書いたり、コミカライズ原作などをやってます。

本作『ソードアート・オンライン　オルタナティブ　グルメ・シーカーズ』ですが、無事に二巻目が出ることになりました。

さて第二巻ですが、デスゲームから脱出するため、命がけでアインクラッド攻略を目指すSAO本編とは違って、様々な料理の再現を、命がけではないけど懸命に目指す優月たちというお話になっています。

モンスターと戦うよりも、料理を作りたい。

武器よりも、素晴らしい調理器具、美味しい料理を作れる食材、調味料が欲しい。

そんな目的で集まった、実はかなり変人寄りの、《食の探求団》四人組による我が道を行く活躍をお楽しみいただけたらと思います。

もし自分がSAO内に閉じ込められたら、果たして命がけでゲームクリアを目指すだろうか？

それよりも、自分の好きなことを優先してしまうかもしれない。

頭の片隅にそんな気持ちが少しでもある方は、このお話が合うこと請け合いです。

新キャラクターとして、料理人プレイヤーのトップを目指し、優月たちをライバル視する《グルメギャング団》が登場して激しいバトルとなりますが、料理勝負なので人は死なないためご安心を。

「SAO内に閉じ込められた人の中には一定数、愛すべき変わり者たちがいて、彼らもそうなのか」くらいに思っていただけたらと思います。

最後に、この作品を購入してくれた読者のみなさま、またもお腹が空きそうなイラストを描いてくださった長浜《ながはま》めぐみ先生、担当のA様、電撃文庫編集部のみなさま、そして監修でご迷惑をおかけしております川原《かわはら》先生。

今回も大変お世話になりました。

もし次巻が出るとしても、やはり優月たちは料理が最優先なので、急に覚醒して最前線でフロアボスと戦うなんてあり得ませんが、よろしくお願いします。

Y・A

電撃の新文芸

ソードアート・オンライン　オルタナティブ
グルメ・シーカーズ2

著者／Y.《ワイ》 A《エー》
イラスト／長浜《ながはま》めぐみ

2024年10月17日　初版発行

発行者／山下直久
発行／株式会社ＫＡＤＯＫＡＷＡ
〒102-8177　東京都千代田区富士見2-13-3
0570-002-301（ナビダイヤル）
印刷／TOPPANクロレ株式会社
製本／TOPPANクロレ株式会社

【初出】……………………………………………………………………………………………
本書は、「電撃ノベコミ+」に掲載された
『ソードアート・オンライン　オルタナティブ　グルメ・シーカーズ』の続きを、書き下ろしたものです。

ISBN978-4-04-915828-1　C0093　Printed in Japan

ファンレターあて先
〒102-8177
東京都千代田区富士見2-13-3
電撃の新文芸編集部

「Y. A先生」係
「長浜めぐみ先生」係